20世紀最勇敢而偉大的愛戀

墨利斯的情人

Maurice

E. M. Forster

E. M. 佛斯特 ——著 王聖棻 ——譯

E. M. 佛斯特不朽之作

Begun 1913

Finished 1914

Dedicated to a happier year.

一九一三年動筆

一九一四年完稿

獻給更幸福的一年

照亮黑暗時代的璀璨愛情

♦

墨利斯的情人文學特輯沙龍

《墨利斯的情人》創作故事

•

那些因愛獲罪的名人們：
19到20世紀英國的同志壓迫事件

•

近代同志文學之最：
著名同志文學作品介紹

導讀——

「可以出版，但值得嗎？」E・M・佛斯特的時代喟嘆

野人文化編輯部

E・M・佛斯特（一八七九—一九七〇）是著名的英國小說家，作品包含《印度之旅》、《霍華德莊園》等經典名作。他一生中發表的六部小說中有五部翻拍成電影，其中由《墨利斯的情人》改編的同名電影曾拿下威尼斯影展兩項大獎。

佛斯特在一九一三年開始創作《墨利斯的情人》，並於隔年完成。然而，由於當時封閉的社會風氣以及法律對同性戀者的刑罰，這本小說在完稿將近六十年後，於佛斯特逝世的隔年才得以面世。佛斯特在這本書的打字稿封面寫下：**可以出版，但值得嗎？**到底是怎樣的時代背景，讓佛斯特終生無法出版這本小說？在那樣的時代下，同志戀人又經歷了哪些困境？

那時，同性戀是一種需要「治療」的疾病

在佛斯特十六歲時（一八九五年），英國作家奧斯卡・王爾德因為同性戀情而受到起訴，被判處兩年苦役。當時，英國法律視男性間的性接觸為犯罪行為，法律與社會對同志的輕蔑，讓許多同志經歷自我批判與恐懼。

這樣的情感，充分展現於《墨利斯的情人》主角身上。佛斯特透過三位生活在二十世紀初，個性、出身、階級皆迥異的角色，描繪出同性戀者對自身情慾的摸索，也呈現出他們所面

對的社會眼光以及內心的矛盾與掙扎。例如，墨利斯與第一位戀人分手時絕望的求醫，希望「治好」只能愛上男人的自己，卻屢次受挫。這些描寫彷彿重現了佛斯特生活的英國社會對待同志的態度。

他（墨利斯）討厭看醫生這個主意，但是又沒辦法靠自己的力量殺死淫慾。……他可以天真的決定「遠離年輕人」，卻無法將他們的模樣從腦袋裡趕走；他時時刻刻都在心裡犯罪。不管什麼懲罰都比現在這樣好，因為他認為醫生會懲罰他。只要有治好的機會，什麼療程他都可以接受。即使無法治癒，他也會因為忙於治療，而減少胡思亂想的時間。

他應該找誰呢？年輕的喬維特是他唯一熟識的醫生，那趟火車旅行的隔天，他刻意用隨意的語氣問了喬維特一句：「嘿，你在這附近出診的時候，會遇到像奧斯卡・王爾德那種不可言說的病人嗎？」但是喬維特回答：「不會的，感謝老天，那是精神病院的工作。」

——第三部・第三十一章

幸福結局是絕對必要的

在這樣的時代，公開出版的文學作品中，即使出現了同性愛的描寫，也多以悲劇收場。然而，佛斯特在創作《墨利斯的情人》時，卻執意賦予這個故事幸福的結局。在後記中，他對這個安排如此寫道：

幸福結局是絕對必要的，否則我就不必費心去寫它了。我下定決心，在小說裡，無論如何都應該讓兩個男人墜入愛河，並且在小說允許的範圍內永遠相愛，……幸福是這部小說的基

2016年時的劍橋大學國王學院樣貌。佛斯特於1897年到1901年就讀國王學院，並且在1946年獲選爲該學院榮譽研究員。©Suicasmo ©Wikimedia Commons

故事主角墨利斯與克萊夫相遇的劍橋大學三一學院。（攝於2008年）©Hans Wolff ©Wikimedia Commons

調，順帶說一句，它也帶來了一個意想不到的結果：**它讓這本書變得更難出版。**

佛斯特在出版人生最後一部小說《印度之旅》後，直到去世之前都不再發表任何小說。那段時間佛斯特並未停止創作，他在母校劍橋國王學院留下大量未發表的作品，而正是這些故事的主題讓它們無法公開。佛斯特終身未婚，也從未表明自己的性傾向。然而，在佛斯特去世後曝光的一篇日記中，他寫道：「如果我寫更多，或者更確切的說，出版更多作品，應該會成爲更有名的作家，但性阻止了後者。」日記裡的「性」不只是廣義的「性」，也是指男人之間的性和愛。佛斯特最終將這部小說的打字稿遺贈同志小說家克里斯多福·伊薛伍德（Christopher Isherwood），《墨利斯的情人》也才得以問世。

左上／佛斯特獲頒萊頓大學名譽博士學位。（攝於1954年）©Wikimedia Commons

右上／佛斯特畫像。由英國畫家朵拉．卡靈頓（Dora Carrington）繪於1924或1925年。©Wikimedia Commons

右下／佛斯特之墓。佛斯特於1970年逝世於伴侶鮑勃．白金漢（Bob Buckingham，1904–1975）家中。（攝於2009年）©Wikimedia Commons

那些因愛獲罪的名人們：十九到二十世紀英國的同志壓迫事件

直到二十世紀末，男性之間的性行爲才在英國的部分地區除罪化。在此之前，男同性行爲可被判處監禁；回溯到十六世紀，甚至可以根據《性悖軌法》判處絞刑。許多著名同性戀者的審判，也讓同志更加害怕自己的性傾向曝光。

「不敢說出名字的愛」——奧斯卡．王爾德

英國著名的詩人及作家，著有《道林．格雷的畫像》、《快樂王子與其他故事》等眾多作品。一八九五年，王爾德因爲受到戀人阿爾弗雷德．道格拉斯勳爵的父親昆斯伯里侯爵指責爲同性戀者，因而起訴侯爵誹謗。然而王爾德不但敗訴，還被侯爵以「猥褻」的罪名反告，最後被判處兩年苦役。在審判中，王爾德被要求對戀人詩作中出現的「不敢說出名字的愛」作出解釋，他經典的回答也流傳至今：

「……這愛在本世紀被誤解了，以至於它可能被描述為『不敢說出名字的愛』，並且由於這個誤解，我現在站在了這裡。……這愛本該如此，而這個世界卻不能理解；這個世界嘲笑它，有時竟然讓這愛中之人成為眾人的笑柄。」

《艾倫．圖靈法案》同性戀者獲赦

英國電腦科學家、數學家、密碼學家，被譽爲「電腦科學之父」及「人工智慧之父」。圖靈在二戰中破譯了德軍密碼，對盟軍的勝利發揮關鍵作用，更提出判斷機器是否具有智慧的「圖靈測試」，對人工智慧有重大貢獻。一九五二年，圖靈因爲同性性行爲而觸犯「嚴重猥褻

王爾德（左）與戀人道格拉斯勳爵合影。
（攝於1893年）©Gillman & Co

16歲時的艾倫・圖靈。
（攝於1928年）©Wikimedia Commons

罪」，被判處化學閹割（注射女性賀爾蒙）。一九五四年，圖靈被發現過世於臥室床上，一旁有沾附氰化物的蘋果。二〇一七年，《艾倫・圖靈法案》生效，近五萬名與圖靈一樣獲罪的同性戀者得到赦免。

照亮黑暗時代的愛——十九到二十世紀歐美同志文學之最

在同志受到法律及社會壓迫的黑暗時代裡，仍有許多如繁星點亮黑夜的美麗作品，例如：

最早的同志文學：男同志文學《阿卡迪亞的一年：凱倫尼昂》、女同志文學《寂寞之井》

《阿卡迪亞的一年：凱倫尼昂》（Ein Jahr in Arkadien: Kyllenion）由薩克森－哥達－阿爾滕堡公爵（August, Herzog von Sachsen-Gotha-Altenburg）創作於一八〇五年，是歐洲最早的同志文學作品之一。故事以古典希臘神話爲背景，講述兩個英俊牧羊人墜入愛河的田園寓言。

《寂寞之井》（The Well of Loneliness）是英國女作家瑞克里芙．霍爾（Radclyffe Hall）的小說，出版於一九二八年，內容描寫出身上流社會的女主角與同性戀人的愛情，及她最終迫於社會限制而對戀人做出的絕望之舉。此書在出版時頗受爭議，曾被英國法院列爲禁書。

全球最佳百大同志小說評選榜首：《威尼斯之死》

《威尼斯之死》（Der Tod in Venedig）是德國小說家、諾貝爾文學獎得主托馬斯．曼（Thomas Mann）於一九一二年出版的作品，述說年邁作家獨自前往威尼斯旅行時，邂逅並瘋狂愛上一名五官精緻的美少年，傷心的流連於威尼斯追尋他的身影，以至最終染上霍亂，獨自死在異鄉。這部小說隨後由義大利同志導演盧契諾．維斯康堤改編爲電影《魂斷威尼斯》（Morte a Venezia）。

同志文學中首次出現的幸福結局：男同志文學《伊姆雷：備忘錄》、女同志文學《鹽的代價》

《伊姆雷：備忘錄》（Imre: A Memorandum）由美國作家史蒂文森（Edward Irenaeus

Prime-Stevenson）於一九〇六年出版，是最早以美好結局結尾的美國同志小說之一，描寫關於兩個男人在咖啡館裡偶然相遇後，逐漸相戀的故事。

《鹽的代價》（The Price of Salt）是美國當代著名女作家派翠西亞・海史密斯（Patricia Highsmith）於一九五二年出版的小說，講述懷抱著舞台設計師夢想來到紐約，卻只能擔任百貨銷售員的特芮絲，偶然在百貨公司遇見身陷離婚官司的貴婦卡蘿，兩人墜入愛河的故事。本書後來改編爲電影《因爲愛你》（Carol），並入選爲第68屆坎城影展主競賽片。

最奇幻的同志文學作品：《歐蘭多》

《歐蘭多》（Orlando: A Biography）是英國女作家維吉尼亞・吳爾芙（Virginia Woolf）於一九二八年發表的意識流小說，故事跨越三個世紀，描述十七世紀伊麗莎白時代的英格蘭年輕貴族歐蘭多，在沉睡中醒來後，發現自己成爲一名十九世紀女性的奇幻冒險。

《歐蘭多》1928年初版封面插圖。©Wikimedia Commons

《威尼斯之死》1921年版本書中版畫插圖。©Wikimedia Commons

目錄

第一部

第一章

每個學期，全校都會有一次健行活動。全校活動，意思是三位老師和所有的男學生都會參加。這通常是一次愉快的郊遊，每個人都很期待，大家把分數拋到腦後，無拘無束。爲了不影響紀律，健行都在假期即將來臨之前舉行，那時就算放縱一點也無傷大雅。其實，雖說還在學校，他們受到的款待倒更像是身在家裡，因爲校長夫人亞伯拉罕斯太太會和一些女性朋友在喝茶的地方和他們會合，而且非常殷勤好客，就像媽媽一樣。

亞伯拉罕斯先生是一位老派的預備學校校長。他不在乎孩子們的功課或運動，只顧著把孩子們餵得飽飽的，盯著他們不學壞就行。他把其餘的工作都留給孩子們的父母，從沒想過這些父母託付給他的責任有多大。在雙方的恭維中，這些身體強健、課業落後的男孩進了公學，赤手空拳的準備接受這個世界給他們的第一次沉重打擊。缺乏教育熱情這件事有很多地方値得討論，但從長遠來看，亞伯拉罕斯先生的學生表現得並不差，他們一個個當上父親之後，有些人還是把自己的兒子送回他這裡上學。低年級助理教師里德先生和他是同類型的老師，只是更蠢一些；而高年級助理教師杜希先生像一帖興奮劑，讓整個學校不至於死氣沉沉。這兩個人不怎麼喜歡亞伯拉罕斯先生，卻也知道他不可或缺。杜希先生是個有能力的人，觀念傳統，卻不與世界脫節，也能從正反兩面看問題。他不適合和父母周旋，也教不了太愚鈍的孩子，但他非常適合教一年級，他指導的孩子甚至還有人成了學者。他的組織能力也不錯。儘管從表面上看來，亞伯拉罕斯先生統領校務，並且偏愛里德先生，實際上，亞伯拉罕斯先生卻任由杜希先生自由行事，最後還讓他成了學校的合夥人。

杜希先生心裡總是記掛著一些事。這一次是霍爾，一個高年級的男孩，馬上就要離開他們去上公學了。他想趁出遊的時候和他「好好聊聊」。他的同事們都表示反對，因爲此例一開，他們要做的事就更多了，校長則說他已經跟霍爾談過了，那孩子寧願跟學校的死黨一起去最後一趟健行。確實可能是這樣，不過只要是對的事情，從來沒有人擋得住杜希先生。他只是笑了笑，沒有應聲。里德先生知道所謂的「好好聊聊」是什麼意思，因爲早在他們剛認識不久時，就在教育專業上觸及了那一個主題。里德先生當時就不表贊同。「這可是一片危險的薄冰。」他這麼說。校長不知道這件事，也不想知道。當他的學生在十四歲離開他時，他總是忘了他們已經從男孩長成了男人。在他看來，他們屬於一個名爲「我的男孩們」的種族，身形矮小卻五臟俱全，就像新幾內亞的俾格米人[1]。這個種族甚至比俾格米人還容易理解，因爲他們不結婚，也很少有人死亡。他們禁慾、永恆不朽，排成長長的隊列從他面前經過，一次從二十五人到四十人不等。「我不懂那些談教育的書有什麼用處。早在『教育』這個概念出現之前，孩子們就已經存在了。」要是聽見這些話，杜希先生會微笑以對，因爲他對進化論可是滾瓜爛熟。

現在我們把眼光轉到那些孩子們身上。

「先生，我可以牽你的手嗎？……先生，你答應過我的。亞伯拉罕斯先生兩手都被人牽了，里德先生也是，所有的手都牽滿了。……噢，先生，你聽到了嗎？他當里德先生有三隻手呢！……我才沒有，我說的是『所有的手指』。你這個嫉妒鬼！嫉妒鬼！」

1 俾格米人（Pygmies）並不是一個種族，而是泛指全族成年男子平均高度都少於一百五十或一百五十五公分的種族。「俾格米」這個名字源於希臘語，原來是古希臘長度量度單位，大約是手肘到手指關節的距離。

「你們都說完了吧！」

「先生！」

「我要跟霍爾單獨走一段路。」

孩子們發出失望的喊叫聲。其他老師看情況不對，就把學生們都叫過來，領著他們沿懸崖往高地走。霍爾得意洋洋的跳到杜希先生身邊，他覺得自己年紀已經太大了，所以沒牽老師的手。他長得胖胖的，是個漂亮的小伙子，但沒有什麼特別出眾的地方，這方面他和他的父親很像。二十五年前，他的父親也曾經走在散步隊伍裡，接著默默無聞的進了一所公學、結了婚、生了一個兒子和兩個女兒，最近死於肺炎。霍爾先生是個好公民，卻毫無生氣。在散步之前，杜希先生已經先把關於他的事情調查清楚了。

「好了，霍爾，覺得我會給你來段說教嗎？」

「我不知道，先生。亞伯拉罕斯先生給了我一本《神聖的田野》[2]，亞伯拉罕斯太太給了我袖扣，同學們給了我一套瓜地馬拉郵票，面值不到兩塊錢。先生，你看！就是有隻鸚鵡站在柱子上的那套。」

「眞棒，眞漂亮！亞伯拉罕斯先生跟你說了什麼？說你是個可憐的罪人吧？希望是。」男孩笑了。他並不明白杜希先生的意思，但知道他是故意說笑。他感到很輕鬆，因爲這是自己在學校的最後一天，就算犯了什麼錯也不會挨罵。再說，亞伯拉罕斯先生還說他成就非凡。他看見校長寫給他母親的信，開頭寫著：「我們以他爲榮；他將在桑寧頓公學爲我們爭光。」孩子們紛紛送禮物給他，說他很勇敢。大錯特錯，他一點也不勇敢：他怕黑。但沒有人知道這件事。

「那，亞伯拉罕斯先生跟你說了什麼？」他們來到沙灘，杜希先生又問了一次。眼看一場長談逼近，男孩眞希望自己現在是和朋友在懸崖上，但他也知道，當男孩遇上男人，希望是沒有用的。

「亞伯拉罕斯先生叫我要像我爸爸一樣，先生。」

「還有沒有別的？」

「他要我永遠不做被媽媽看見了會感到羞愧的事。那樣的話，無論誰都不會走歪了路；還說公學會和我們學校大不相同。」

「亞伯拉罕斯先生是怎麼說的？」

「他說會有各式各樣的困難……更像這個世界。」

「他跟你說過世界是什麼樣子嗎？」

「沒有。」

「你問過他嗎？」

「沒有，先生。」

「你這樣就不太明智了，霍爾。要把事情弄清楚。亞伯拉罕斯先生和我就是來解答你們的問題的。你覺得這個世界，也就是大人的世界，是什麼樣子呢？」

「我不知道。我還小，」他很眞誠的說：「大人們很奸詐嗎？先生？」

杜希先生被他的回答逗笑了，問他見過什麼奸詐的例子。他回答，大人確實不會對小孩不好，但他們不是一直互相騙來騙去嗎？他拋開了學生該有的禮貌，開始像個孩子似的說話，言語變得天馬行空，很有意思。杜希先生躺在沙灘上聽他說，一面點起了菸斗，抬頭望著天空。學校所在的那片小小的草地，現在已經被遠遠的拋在後面，學校其他人都在前方。天色灰灰的，沒有風，雲和太陽彼此交融，難以分辨。

「你和媽媽住在一起，是嗎？」他看那男孩自信了些，便打斷他的話問道。

2《神聖的田野》（Those Holy Fields）是牧師薩繆爾・曼寧（Samuel Manning, 1822-1881）的一本宗教地理著作。

「是的，先生。」

「你有哥哥嗎？」

「沒有，先生，只有艾妲和吉蒂兩個妹妹。」

「有叔叔和伯伯嗎？」

「沒有。」

「這麼說你認識的男人不多？」

「媽媽雇了一個馬車伕，還有一個管花園的，叫喬治，但是，當然，您指的應該是紳士。媽媽還請了三個女僕照看家裡，但是她們懶到連艾妲的長襪都不補。艾妲是我的大妹妹。」

「你多大了？」

「十四歲又九個月。」

「嗯，還是個什麼都不懂的小傢伙呢！」他們兩個人都笑了。過了一會兒，他說：「我像你這麼大的時候，父親跟我說了一些事，事實證明它們非常有用，也幫了我很多忙。」這不是眞話：他的父親從來沒跟他說過什麼。但是他必須爲自己即將要說的話起個頭。

「眞的嗎，先生？」

「要我告訴你他說了什麼嗎？」

「請說，先生。」

「接下來我會像你的父親一樣和你稍微聊一聊，墨利斯！我就喊你的眞名吧。」接著，他非常簡單而親切的探討了性的奧秘。他談到上帝在創世之初，爲了讓世間有人居住而創造了男女，也談到男女開始擁有性能力的時期。「墨利斯，現在你即將成爲一個男人，這就是我告訴你這件事的原因。你媽媽沒辦法告訴你這件事，你也不應該對她或任何一位女士提起，如果下一間學校的男孩們對你提到這件事，就叫他們閉嘴，跟他們說你都知道。你以前聽過這些嗎？」

「沒有，先生。」

「一個字都沒聽過？」

「沒有，先生。」

杜希先生站起身來，嘴裡依然咬著菸斗，他挑了一片平坦的沙灘，用手杖在上面畫了幾幅示意圖。「這樣會好懂一些。」他對男孩說，但男孩只是呆呆的望著：那些圖和他目前爲止的人生經歷毫無關係。他很專心，當這門課只有他一個學生的時候，這是很自然的事，而且他知道這門課很嚴肅，跟他自己的身體有關。但是他又沒辦法把自己和這些事情聯繫起來；杜希先生一把它們拼湊在一起，它們就散成碎片，像個怎麼相加也加不出來的數值。他試了又試，卻只是徒勞。他遲鈍的腦子就是不肯醒過來。他已經進入了青春期，卻缺乏智力，而在這樣的懵懂狀態下，屬於男人的衝動正悄悄潛入他的身體，就像它在每個男人身上必然發生過的那樣。要打破這種懵懂的狀態是不可能的。不管多麼科學或富有同情心的描述它，都沒有用。男孩一再點頭，卻又一再被拖回夢裡，在屬於他的時刻到來之前，他是不可能被引到那裡去的。

不管杜希先生的科學知識程度如何，他富有同情心這一點是絕無疑問的。事實上，他太有同情心了；他一心想教導墨利斯，卻沒有意識到他對這件事若不是一無所知，就是不知所措。「這些東西相當麻煩，」他說：「但還是得克服，千萬別把它弄得神神秘秘的。接下來，偉大的事情，愛、生命，就要降臨了。」他流暢的說完，以前他也曾經用這種方式和孩子們聊過，知道他們會問什麼樣的問題。然而，墨利斯卻沒有問，只是不斷的說：「我懂，我懂，我懂。」起初杜希先生擔心他不是眞的懂了，就考了他幾題，他的回答令人滿意。這個男孩的記性很好，而且，（人的結構就是這麼古怪）他甚至發展出一種虛假的智慧，一種表面的閃光，來回應這個男人指路的明燈。最後，他確實問了一兩個關於性的問題，而且都問到了重點。杜希先生非常高興。「這樣就對了，」他說：「現在你再也不需要困惑，也不必再煩惱了。」

還有愛和生命沒有談到，當他們沿著灰暗的海邊漫步時，杜西先生提到了這兩個話題。他說理想的男人應該是童貞而且禁慾的。他還描繪了女人的光輝。他自己也訂了婚，即將結婚，所以他變得更有人情味，藏在厚鏡片後頭的眼睛也有了光彩；他臉紅了。他告訴這個小男孩，愛一個高尚的女子，保護她，爲她服務，這就是生命的冠冕。「你現在還不懂，有一天你會懂的。當你眞的懂得了，請記住這位把你推上正軌的可憐老先生。一切都緊密結合在一起，一切的一切。上帝在祂的天堂裡，這世界一切都好。[3]男人和女人！是多麼美妙的事！」

「我想我不會結婚的。」墨利斯說。

「十年後的今天，我邀請你和你的妻子與我和我的妻子共進晚餐。你願意嗎？」

「噢，先生！」他開心的笑了。

「那就這麼說定了！」無論如何，用這句玩笑話結束今天聊的一切十分恰當。墨利斯很高興，也開始思索起結婚的事。但當他們自在的走了一段路之後，杜希先生突然停了下來，摀著臉頰，像是每顆牙都突然痛了起來似的。他轉過身，望著身後那一大片沙灘。

「我沒把那些該死的示意圖擦掉。」他慢吞吞的說。

海灣另一端，有幾個人正沿著海岸隨他們的腳步走來。他們的路線正好經過杜希先生畫的性愛示意圖，而且這群人裡面還有一位女士。他一身冷汗的往回跑。

「先生，應該沒關係吧？」墨利斯大喊：「潮水可能已經把那些畫沖掉了。」

「天哪……感謝上帝……漲潮了。」

剎那間，男孩突然鄙視起他來。「騙子，」他心想：「騙子，懦夫，他其實什麼也沒告訴我。」然後，黑暗再次席捲了一切。這黑暗雖久遠，卻並非永恆，當令它痛苦的黎明來臨時，它也將俯首稱臣。

3 這兩句話來自英國詩人及劇作家羅伯特・白朗寧（Robert Browning, 1812-1889）一八四一年的詩劇《比芭走過》（Pippa Passes），比芭是一個義大利紗廠女工，在她眼中萬物和諧各得其所，「山坡上綴著露珠，雲雀在空中飛翔，蝸牛爬在棘刺上，上帝在祂的天堂裡，這世界一切都好」。

第二章

墨利斯的母親住在倫敦附近，一棟松林間的舒適別墅裡。他和他的妹妹們都是在那兒出生的，父親每天從那兒出門上班，下班又回到那兒去。教堂剛建成時他們差點搬家，但是現在對別墅的地點已經和其他事情一樣習以爲常了，甚至還覺得很方便。教堂是霍爾太太唯一需要去的地方，因爲商店都會送貨到那裡去。車站距離不遠，女孩們唸的那所還算不錯的走讀學校[1]也很近。這是個設施齊備的地方，在這裡，什麼都不需要努力爭取，成功與失敗難以區分。

墨利斯喜歡自己的家，認爲母親就是這個家的守護神。要是沒有她，就不會有柔軟的椅子，不會有食物，也不會有輕鬆的遊戲，他非常感激母親提供了這麼多東西，也很愛她。他也喜歡妹妹們。他一到家，她們就歡呼著跑出來，幫他脫掉大衣，然後扔在客廳地板上讓傭人去撿。成爲眾人關注的中心，把學校裡的事拿出來炫耀的感覺眞是太棒了。他的瓜地馬拉郵票獲得了眾人的稱讚，《神聖的土地》和杜希先生送他的霍爾拜因[2]畫作圖卡也是。喝過茶之後，天氣放晴了，霍爾太太穿上膠鞋，和他一起在庭院裡散步。他們互相親吻，有一搭沒一搭的聊著天。

「墨利……」

「媽咪……」

「現在，我得讓我的墨利有段快樂時光才行。」

「喬治呢？」

「亞伯拉罕斯先生寄來的成績單評語眞是好極了。他說你讓他想起了你可憐的父親……這段假期我們該做什麼好呢？」

「我最想待在家裡。」

「多可愛的孩子啊……」她比以往更親熱的抱住了他。

「沒有哪裡比得上自己的家，每個人都這麼覺得。是啊！這裡還有番茄……」她喜歡一個個唸出蔬菜的名字。「番茄，蘿蔔，青花菜，洋蔥……」

「番茄，青花菜，洋蔥，紫馬鈴薯，白馬鈴薯，」小男孩低聲說著。

「蕪菁葉……」

「媽媽，喬治呢？」

「他上星期走了。」

「爲什麼喬治要走？」他問。

「他年紀太大了。豪威爾每兩年總要換一次人的。」

「哦。」

「蕪菁葉，」她繼續說：「又是馬鈴薯，甜菜根……墨利，如果外公和伊達姨媽問起，你想去看看他們嗎？我希望你這次假期過得快快樂樂，親愛的。你的表現一直都很棒，但亞伯拉罕斯先生也眞是個好人；你知道的，你爸爸也唸過這間學校，所以我們也把你送到爸爸以前唸過的桑寧頓公學，好讓你在各方面都能成長得跟你親愛的爸爸一樣。」

---

1 走讀學校不同於寄宿學校，意思是只在學校上課而不住宿。

2 小漢斯．霍爾拜因（Hans Holbein der Jüngere，約 1497-1543），德國畫家，最擅長油畫和版畫，是歐洲北方文藝復興時代的藝術家，最著名的作品是許多肖像畫和系列木版畫《死神之舞》。

一陣啜泣聲打斷了她的話。

「墨利，小寶貝……」

小男孩哭了。

「我的小乖乖，怎麼了？」

「我不知道……我不知道……」

「怎麼了？墨利斯……」

他搖了搖頭。她因爲沒能讓他高興，一時難過，也哭了起來。女孩們跑出來，驚叫道：「媽媽，墨利斯怎麼了？」

「噢，不要，」他哭著說：「吉蒂，走開……」

「他太累了。」霍爾太太說。她每件事都拿這個理由解釋。

「我太累了。」

「回你房間去吧，墨利……噢，我的小甜心，這眞是太糟了。」

「不……我很好。」他咬緊牙關，那一團奔騰上湧、衝出意識表面淹沒了他的巨大悲傷開始下沉。他能感覺到那悲傷正在下降，降到他的心底，直到他再也感覺不到它的存在。「我沒事。」他狠狠的看了周遭一眼，擦乾眼淚。「我想我可以玩玩正方跳棋[3]。」在棋子擺好之前，他說起話來已經一如往常；孩子氣的崩潰結束了。

他擊敗了崇拜他的艾姐和不崇拜他的吉蒂，接著又跑進花園找車伕，說了些「你好，豪威爾，豪威爾太太呢？你好，豪威爾太太。」之類問候的話，用的是一種居高臨下的口氣，跟他一向和上流階層交談時的口氣不同。接著他話鋒一轉：「那是新來的小園丁嗎？」

「是的，墨利斯少爺。」

「喬治年紀太大了？」

「不，墨利斯少爺。他找到更好的工作了。」

「噢，你的意思是，他是自己辭職的。」

「是的。」

「媽媽說他年紀太大，是你要他走的。」

「不是的，墨利斯少爺。」

「我可憐的柴堆會很高興的。」豪威爾太太說。墨利斯和之前那個小園丁常常在柴堆裡玩。

「那是媽媽的柴堆，不是你的。」墨利斯說完，便回屋了。儘管豪威爾夫婦彼此都裝出一副被冒犯的樣子，他們其實並不那麼覺得。他們當了一輩子僕人，就喜歡紳士頤指氣使的派頭。「少爺已經很有樣子了，」他們對廚師說：「眞是越來越像他的父親。」

來吃飯的巴利夫婦也有同感。巴利醫生是這個家庭的老朋友，或者更確切的說，他是他們的鄰居，而且對他們有一定的興趣。霍爾家是個沒有人會眞的感興趣的家庭。他喜歡吉蒂，她身上有一種堅毅。但女孩們都已經上床睡覺了。後來他告訴妻子，墨利斯應該也就是那樣了。「然後這一生就在床上結束，他會的，就跟他父親一樣。這樣的人到底有什麼用呢？」

墨利斯終於上了床，但還是滿心不情願。那個房間一直讓他覺得害怕。他已經撐了一整晚，要求自己像個男人，但是當媽媽親親他，和他道晚安時，之前的感覺又吞沒了他。問題出在鏡子上。他並不介意在鏡子裡看到自己的臉，也不介意自己的影子投射在天花板上，但是，他眞的很不想看見自己在天花板上的影子倒映在鏡子裡。他會把蠟燭挪開，免得弄出這一連串投射，但之後又會鼓

3　正方跳棋（Halma），是由美國外科醫生喬治・霍華德・蒙克斯（George Howard Monks）在一八八三年或一八八四年於哈佛大學醫學院所推出的二至四人棋類遊戲。Halma原文為希臘文，意為跳躍。

起勇氣把蠟燭放回去，於是又瞬間被恐懼攫住。他很清楚那只是影子，也沒聯想到什麼可怕的東西，但就是怕。最後，他會猛然吹熄蠟燭，跳到床上。他受得了一片漆黑，但這房間有個更大的缺點，就是它正對著一盞路燈。在天氣好的夜晚，光線會肆無忌憚的透進窗簾，偶爾會有黑色的污斑落在家具上，就像一個個骷髏頭。他驚恐的躺在床上，心臟狂跳，雖然所有的家人都在他的身邊。

他張開眼睛，想看看那些污斑是不是變小了，這時，他想起了喬治。有種東西在他心底那塊深不可測的地方翻攪著。他低聲唸著這個名字：「喬治，喬治。」喬治是誰？一個無足輕重的人。他只是一個普通的僕人。媽媽、艾妲和吉蒂比他重要多了。但是墨利斯的年紀太小了，無力爭辯。他甚至沒有注意到，當自己陷入悲傷時，也克服了恐怖的鬼影。

他睡著了。

第三章

桑寧頓是墨利斯人生的下一個舞台。他在這個舞台上走了一趟，沒引起眾人的一點注目。他的功課不怎麼樣（雖然他的程度其實比表面上更好），體育也不怎麼行。如果人們注意到他，就會喜歡他，因爲他有張開朗友好的臉，對別人的關注很有反應；但是像他這種類型的男孩實在太多了，這些人構成了學校的脊梁，而我們是沒辦法注意到每一塊脊椎骨的。他做過的事都很平常：被關過禁閉，挨過一次藤條，照著傳統的模式一個年級、一個年級的往上升，終於搖搖晃晃的攀上了六年級，當上了宿舍長，後來又成爲學校糾察。他也是橄欖球隊的一員，雖然他的動作不夠靈巧，但力氣很大，勇氣十足，然而他在板球場上的表現就沒那麼好了。他在剛入學時被欺負過，而在其他人不開心或軟弱時，他也會欺負這些人，不是因爲他殘忍，而是本來就該這麼做。總之，他就是一所平庸學校裡的平庸學生，給人留下了模糊的好印象。「霍爾？等等，霍爾是哪一個？喔，對對對，我想起來了，他這個人還不錯。」

在這一切表象之下，他很迷惘。他已經失去了孩子那早慧的澄澈，那能改變和解釋宇宙、能提出具備美以及奇蹟般洞察力解答的澄澈。這種澄澈來自「嬰孩和吃奶的口中[1]」，而不是十六歲少

1 語出《聖經》〈詩篇〉第八章第二節：「你因敵人的緣故，從嬰孩和吃奶的口中，建立了能力，使仇敵和報仇的，閉口無言。」

年之口。墨利斯忘了自己曾經是無性的，直到成熟後才意識到，他幼時的知覺有多麼公正清明。現在他已經離這些清明的覺知很遠很遠了，因爲他正深深沉入生命陰影之谷[2]。這座山谷夾在小山和大山之間，沒人能不呼吸谷中瀰漫的霧氣而從中通過。他在裡頭摸索的時間比大多數男孩都長。

在一切都晦澀不明、難以意識的地方，最好的比喻就是一場夢。墨利斯在學校時做過兩個夢；從這兩個夢可以理解他的狀態。

在第一個夢裡，他覺得很生氣。他正在打橄欖球，對手是個面目模糊的人，這個人的存在令他厭惡。他努力踢著球，接著面目模糊的人變成了喬治，那個小園丁。但是，他必須很小心，否則之前那個人又會再次出現。喬治一絲不掛，裸身跳過柴堆，沿著田野朝他奔來。「要是現在他變得不對勁，我會瘋掉。」墨利斯說。而就在他們抓住彼此的時候，喬治又變回去了。一種極度的失望喚醒了他。他沒有把這個夢和杜希先生教的東西聯繫起來，更別說連結到他的第二個夢。他只是以爲自己生病了，後來又覺得，這大概是對某件事的某種懲罰。

第二個夢就更難說明了。什麼也沒有發生。他一張臉也沒看見，只聽見一個細不可聞的聲音說：「那是你的朋友。」然後就結束了，這個夢讓他整個人充滿了美好，教會他溫柔。他可以爲一個這樣的朋友而死，也願意讓一個這樣的朋友爲他而死；他們願意爲彼此做出任何犧牲，視俗世爲無物，死亡、距離和苦難都不能把他們分開，因爲「這是我的朋友」。不久之後，他受了堅信禮，也試著說服自己，那位朋友一定是基督。但是基督一臉大鬍子，看起來很邋遢。他是個希臘神祇嗎？就像古典辭典裡畫的那樣？很有可能，但最有可能的是，那個朋友只不過是個凡人。墨利斯克制住自己，不再進一步解釋自己的夢。他盡可能把這個夢拖進了生命最遙遠的角落。他再也見不到那個人，再也聽不見那道聲音了，然而，它們變得比他知道的任何事情還更眞實，而且事實上……

「霍爾！又做白日夢！罰抄一百行！」

「先生……噢！這次絕對要抄與格[3]了。」

「又作夢。太遲了。」……事實上，它們會在光天化日之下把他拉回夢裡，放下簾幕。然後，他會重新吸收那張臉和「這是我的朋友」六個字，等到他再度從簾幕後出現時，又變得嚮往溫柔，渴望對每個人友善，因爲這是他朋友所希望的，要是他做個善良的人，他的朋友說不定會更喜歡他。不知道爲什麼，所有幸福中都混雜著痛苦。可以肯定的是，因爲有了這個朋友，所以他一個朋友都沒有。他會找個沒有人的地方掉眼淚，並且把哭泣的理由歸咎在要罰抄的那一百行上。

現在我們可以理解墨利斯的秘密生活了；它有一部分是獸性的，一部分是理想的，就像他的兩個夢。

身體一發育成熟後，他就變得淫穢。即使在領聖餐的時候，他的心裡也會冒出骯髒的念頭，因此他覺得自己受到了某種特殊的詛咒，但卻無計可施。學校的風氣很純潔，不過就在他入學之前，發生了一件可怕的醜聞。「害群之馬」被開除了，其餘的人整個白天都要接受嚴格的訓練，晚上又被嚴密監督，所以他幾乎沒有機會和同學交流經驗，這是他的運氣，也可以說是他的不幸。他渴望下流的言詞，但幾乎聽不到，自己也很少說出口，那些見不得人的事情，主要都是由他一個人進行。在書籍方面，學校的圖書館純潔無瑕，但他去外公家時偶然發現了一本無刪節的《馬提亞爾》[4]。他磕磕絆絆的讀著，耳朵燙得像火燒一般。在思想方面，他積存了一小批骯髒的念頭。在

2 《聖經》原文是「死蔭的幽谷」（Valley of the Shadow of Death），這裡改成了「生命陰影之谷」（Valley of the Shadow of Life）以表示與創造生命相關。

3 與格（dative）是拉丁文語法中的一種格，通常表示動詞的間接賓語。與格存在於古希臘語、拉丁語、俄語、古英語和德語中。

4 馬提亞爾（Marcus Valerius Martialis，40－？），古羅馬文學家，曾經往返於西班牙至羅馬城兩地。早年生活貧寒，後來憑藉詩歌而聞名於世。他的詩被認為有諷刺和淫穢兩大特點。

行爲方面，新鮮感過去之後，他就停止做這些事了，因爲他發現它們帶來的疲乏比樂趣要多。

如果大家能理解，這所有的一切，都是在恍惚的狀態下發生的。墨利斯在陰影之谷裡睡著了，離兩旁的峰頂很遠，而他並不知道這件事，也不知道他的同學們同樣正在沉睡。

而他的另一半生活卻似乎和淫穢八竿子打不著。他逐漸升上高年級，也開始對別的男孩產生好感。不管這個男孩的年紀比他大或小，只要這個男孩在場，他就會笑得特別響亮，說話特別荒唐，而且完全唸不下書。他不敢表示友善（那可是很失格的事），更別說開口表達愛意了。他熱愛的那個人沒多久就會甩掉他，弄得他一肚子悶氣。然而，他也有自己的復仇方式。有時候也會有別的男孩崇拜他，一旦他知道了，也會甩掉他們。有一次，他和對方互相迷戀，彼此都不知道自己渴望什麼，但結果是一樣的。他們沒幾天就吵架了。一片混亂中浮現的，卻盡是他在夢中第一次感受到的美麗與溫柔。它們一年又一年的成長，漸漸枝繁葉茂，像一株只長葉子的植物，沒有開花的跡象。他在桑寧頓的學業即將結束時，這個成長停止了。一個停頓、一片靜默突然襲擊了這複雜的成長過程，這個年輕人開始膽怯的看向周遭的一切。

第四章

墨利斯快要十九歲了。

頒獎那天，他站在台上朗讀了一篇自己寫的希臘文演說稿。大廳裡坐滿了學生和他們的父母，但墨利斯只當自己是在海牙會議上演講，指出這場會議的愚蠢之處。「噢，歐洲的人們啊，這是何等愚蠢，竟談論廢止戰爭？什麼？戰神阿瑞斯豈不是宙斯之子嗎？再者，戰事鍛鍊你的四肢，令你強壯，才不至於像我的對手一樣。」其實這篇希臘文寫得糟透了，墨利斯是因為思路與眾不同才得獎的，僅此而已。負責審查的老師把他的分數打得高了一些，因為他馬上要畢業了，品行端正，而且又即將進入劍橋。放一套作為獎品的書在他劍橋的書架上，對學校的宣傳是有好處的。於是，他在熱烈的掌聲中收下了一套格羅特的《希臘史》[1]。當他回到母親身邊的座位時，意識到自己又變得受歡迎了，他很納悶這是怎麼一回事。掌聲久久不止，最後大家都鼓掌歡呼；艾妲和吉蒂在遙遠的另一頭猛拍手，臉都興奮得漲紅了。幾個和他一起畢業的朋友大聲起鬨，喊著：「致詞！」這不合規矩，所以很快就被校方制止了，但校長親自站起來說了幾句話。他說霍爾是學校的一份子，他

1 喬治・格羅特（George Grote, 1794-1871），英國政治激進主義者，古典歷史學家。最有名的著作是長達十二卷的《希臘史》。

在他們心中永遠如此。這些話十分公允。這些人爲他鼓掌，並不是因爲墨利斯有多傑出，而是因爲他平庸。學校可以藉著他的形象來宣揚自己。典禮結束之後，大家都跑到他面前，用非常感傷的口氣說：「幹得好啊，老兄。」甚至還有人說：「要是沒了你，這鬼地方可要無聊死了！」他的家人們也分享了勝利的喜悅。之前她們來看他的時候，他總是擺出一副討人厭的樣子。「抱歉，媽，但是您和您的孩子終歸是要各走各路的。」這是他在一場足球比賽結束之後說的話，當時她們正想和他一起分享他滿身的泥巴和榮耀，艾妲聽了這番話還哭了。而現在，艾妲正熟練的和校隊隊長聊天，吉蒂正接過一塊蛋糕，而他母親正專注的聽著舍監太太抱怨裝暖氣的事有多讓人失望。每個人、每件事突然都一片和諧。世界原本就是這樣的嗎？

幾碼之外，他看見了他們的鄰居巴利醫生，醫生注意到他，用驚人的音量大喊：「墨利斯，恭喜你成功了，眞是勢不可當啊！我爲你乾了這杯……」他一口喝下杯裡的東西：「……簡直噁心透頂的茶。」

墨利斯笑了起來，帶著內疚朝他走去；因爲有件事讓他良心不安。巴利醫生曾經拜託他和他的一個小姪子交朋友，這位小姪子那學期剛入學，但是墨利斯什麼也沒做，根本沒把他當一回事。他眞希望自己當時能更有擔當一點，現在，他覺得自己是個大人了，但爲時已晚。

「你輝煌人生的下一個舞台是哪裡？劍橋嗎？」

「他們是這麼說的。」

「他們這麼說，是嗎？那你怎麼說呢？」

「我不知道。」今天的英雄溫和的說。

「劍橋畢業之後呢？去證券交易所？」

「我想是的……我父親的老搭檔說，要是一切順利，就讓我進去。」

「你父親的老搭檔讓你進去之後，再來呢？娶個漂亮的太太？」

墨利斯又笑了。

「這位漂亮的太太應該會為這個滿懷期待的世界帶來一個墨利斯三世吧？在這之後是老年，孫子，最後是墳前的雛菊。所以這就是你對人生的看法了。嗯，我的看法不是這樣。」

「您的看法是什麼呢，醫生？」吉蒂喊道。

「幫助弱者，匡正錯誤，親愛的。」他越過人群望著她，答道。

「我相信我們所有人都是這麼想的。」舍監太太說，霍爾太太也表示同意。

「噢，不，並不是。我也不是一直都這麼想的，否則我現在就應該正在照顧我們家迪基，而不是在這個豪華的地方逗留。」

「下次請務必把親愛的迪基帶來跟我打個招呼。」霍爾太太要求：「他爸爸也來了嗎？」

「媽！」吉蒂小聲的說。

「是的。我哥哥去年過世了，」巴利醫生說：「您眞是貴人多忘事。戰爭並沒有像墨利斯想的那樣鍛鍊他的四肢，讓他變強壯。他的肚子中了一槍。」巴利醫生就這麼離開了。

「我覺得巴利醫生變得有點憤世嫉俗，」艾妲說：「我覺得他在嫉妒。」她是對的：巴利醫生當年是個少女殺手，他確實對一波又一波出現的年輕人心懷怨恨。可憐的墨利斯不一會兒又遇到了他。那時墨利斯正在和舍監太太道別，她是個端莊的女人，對高年級的孩子們很有禮貌。他們熱情的握了手。才一轉身，他就聽見巴利醫生說：「眞不錯啊，墨利斯，一個在情場和戰場上都讓人無法抗拒的年輕人。」他看見了他帶刺的眼神。

「巴利醫生，我不懂您的意思。」

「噢，你們這些年輕人！少裝清純了。不懂我的意思！碰到女人就裝老實！你就坦白點吧！老兄，坦白點。別想騙任何人。坦白的心靈才是純潔的心靈。我是個醫生，而且我已經老了，才跟你說這個。男人是女人生的，要是人類想繁衍下去，還是得跟著女人走才行。」

墨利斯凝望著舍監太太的背影，對她產生了一種強烈的排斥感，臉也漲紅了：他想起了杜希先生畫的那些圖解。有種苦惱浮到他的意識表層（完全不像悲哀那麼有美感），顯現出它的醜陋，然後又沉了下去。他沒有問自己那究竟是什麼，因爲屬於他的時刻還沒有到。然而這個暗示太過駭人，而他雖然是個英雄，還是渴望再次變回小男孩，永遠半夢半醒的在灰白的大海邊漫步。巴利醫生繼續對他長篇大論，在友善態度的掩護之下說了許多令他痛苦的話。

第五章

墨利斯選了一所他最好的朋友查普曼和其他桑寧頓老校友都會選的學院，在他陌生的第一年大學生活中，幾乎沒有什麼新鮮體驗。他是校友會的一份子，他們一起打球，一起喝茶，一起吃午飯，繼續講他們的方言和俚語，肩並肩坐在禮堂裡，手挽手在街上走來走去。他們不時會喝得酩酊大醉，故作神秘的吹噓著關於女人的事，但他們看事情的觀點依然停留在公學高年級，有些人終其一生都是這樣。他們和其他大學生並沒有恩怨，但這群人的關係太過緊密，所以不受其他人歡迎；資質又太平庸，因此無法領導別人，他們自己也不願意冒險認識來自其他公學的人。這一切都很適合墨利斯，他天生就懶。雖然他的難題一個也沒解決，但也沒增加，這樣就很不錯了。寂靜還在繼續。肉慾的念頭已經不那麼困擾他了。他不再四處摸索，而是靜靜的佇立在黑暗中，彷彿這就是他的身體和靈魂在痛苦的做好準備後迎來的結局。

第二年，他經歷了一次變化。他搬進了學院，也開始理解這個地方。白天，他還可以像以前一樣度過，但是晚上學院大門在他面前關上後，一個全新的過程便開始了。當他還是大一新生時，就有了一個重大發現：在成年人之間，行爲舉止必須有禮貌，除非有不禮貌的正當理由。曾經有幾個三年級生到宿舍去拜訪過他，他還以爲他們會打碎他的盤子，對他母親的照片出言不遜，然而他們並沒有，於是他也就不必費心計畫要在哪天去打碎他們的盤子，省下了不少時間。大學老師們彬彬有禮的程度更是不同凡響。這正是墨利斯期待的氣氛，可以讓自己漸漸溫和下來。他一點也不喜歡殘暴和粗魯，這違反他的天性。但是他在公學裡不得不這麼做，否則可能會被人踩在腳下；他原本還以為，在大學這個更大的戰場上更需要這麼做。

一進入學院，他就有了更多的發現。人們原來一個個都是活生生的。在這之前，他一直認為人就是一塊平平的硬紙板，上頭印著平凡無奇的圖案，就像他把自己假扮成的那樣。但是，夜裡他在宿舍庭院閒逛時，透過窗戶看見有人在唱歌，有人在爭論，還有人專注的看書。無須任何推理的過程，墨利斯就可以確信，他們是和自己有著相似感情的人。他從進入亞伯拉罕斯先生的學校以來就沒有坦率的生活過，就算被巴利醫生嘲諷了，也沒有發生任何改變。然而他明白了，當自己欺騙別人時，也欺騙了自己；他誤以為別人都是空空洞洞的，也希望別人以為他是。不，他們都有內在。「但是，主啊，千萬不要是像我這樣的內在。」一想到其他人都是眞實的，墨利斯就變得謙虛了，也意識到自己是有罪的：他覺得在所有人當中，沒有誰能比他更卑鄙無恥。也難怪他要假裝自己是一塊硬紙板了，因為如果人們知曉了他的內在，他就會被逐出這個世界。總而言之，上帝的命令實在太籠統，所以他並不擔心。但他想不出有什麼指責比住在樓下房間的喬伊．費瑟斯頓豪所說出的更可怕，或者有什麼地獄比被眾人孤立更痛苦。

發現這件事之後不久，他就獲邀和學院院長康沃利斯先生共進午餐。

除了他之外還有兩位客人，一個是查普曼，另一個是三一學院的一位文學士，是院長的親戚，名叫里斯利。里斯利長得又黑又高，一副裝腔作勢的樣子。別人介紹他時，他做了個誇張的手勢，說起話來滔滔不絕，而且老是使用強烈卻缺乏男子氣概的最高級形容詞。查普曼對墨利斯擠眉弄眼，暗示他和自己一起教訓這個新來的傢伙。墨利斯覺得應該先等等。他越來越不想讓別人痛苦，再說，他也不確定自己是不是眞的討厭里斯利，雖然他毫無疑問而且馬上就該這麼做。於是，查普曼單槍匹馬上陣。他發現里斯利很喜歡音樂，就開始貶低音樂，說了一些「我不喜歡那種自以為高人一等的東西」之類的話。

「我就喜歡！」
「噢，你喜歡啊！那就抱歉囉。」
「來吧！查普曼，你需要吃點東西，」康沃利斯先生喊著，心想這頓午飯可能會有點意思了。
「我想里斯利先生不需要吃飯了。我那些無禮的話已經讓他倒盡胃口了。」
他們坐了下來，里斯利轉頭對墨利斯笑了笑，說：「我**真**不知道該怎麼回答；」他每一句話都有一個字用力的加重語氣。「眞是羞辱人啊。說『不』也不行，說『是』也不行。**到底**該怎麼辦才好？」
「什麼都不說怎麼樣？」院長說。
「什麼都不說？那太可怕了，你一定是瘋了。」
「我可不可以冒昧的問一句，你老是說話說個不停嗎？」查普曼問。
里斯利說「是」。
「從來沒說膩過？」
「**從來沒有**。」
「沒有讓別人覺得煩過？」
「**從來沒有**！」
「那就怪了。」
「你該不會是暗示我讓你覺得煩了吧？那是假的，假的，你臉上還笑著呢！」
「就算我正在笑，對象也不是你。」查普曼說，他的脾氣一向暴躁。
墨利斯和院長都笑了。
「我又無言以對了。談話之難眞令人吃驚啊！」
「但是你似乎比我們大多數人更能堅持下去。」墨利斯說。他之前一直沒開口，他的聲音低低的，聽上去卻很不友善，里斯利有點嚇著了。

「當然。這是我的專長。我唯一在乎的東西，就是談話。」

「這話是認眞的？」

「我說的每句話都是認眞的。」不知道爲什麼，墨利斯知道他沒說謊。他立刻意識到里斯利是個認眞的人。「那你是認眞的嗎？」

「別問我。」

「那就說到你認眞爲止吧！」

「全是廢話。」院長低聲罵了一句。

查普曼爆笑起來。

「廢話？」里斯利問墨利斯，墨利斯領會了這話的重點，便回答他，行動比言語更重要。

「有什麼區別嗎？言語**就是**行動。你的意思是說，在康沃利斯的房間裡待的這五分鐘對你沒有任何影響嗎？比如說，難道你會忘記你**曾經**見過我嗎？」

查普曼咕噥了一句。

「但他不會，你也不會。之後就會有人告訴我，我們應該做點什麼了。」

院長終於出聲解救這兩個桑寧頓校友。他對他年輕的小表弟說：「你對記憶的理解是不對的，你把『重要的事』和『令人印象深刻的事』搞混了。毫無疑問，查普曼和霍爾會一直記得他們見過你……」

「卻完全忘了今天吃的是肉排。確實如此。」

「但肉排對他們還有一點好處，你對他們可是一點好處也沒有。」

「蒙昧主義者[1]！」

「這就跟一本書一樣，」查普曼說：「對吧，霍爾？」

「我的意思是，」里斯利說：「噢，我說得多清楚啊！我是說，肉排影響的是你的潛意識，而我影響的是你的意識，所以我不但比肉排更令你印象深刻，也比肉排更重要。你們這位院長活在中世紀黑暗時代，也希望你們跟他一樣，假裝只有潛意識，只有你們的知識碰觸不到的那部分才是重要的，他每天都催眠別人……」

「噢，閉嘴。」院長說。

「但我可是光明之子[2]……」

「噢，給我閉嘴。」接著他便把話題轉到正常的方向。儘管里斯利總是三句話不離自己，但他並不唯我獨尊。他不會隨便打斷別人的話，也不會假裝冷淡。他就像一隻跳躍嬉戲的海豚，不管大家去哪兒，他都會跟上，但又絲毫不妨礙他們前進。他正在玩耍，但玩得很認眞。對他來說，來回遊走和直線前進一樣重要，而且他喜歡跟他們待在一起。要是在幾個月前，墨利斯會同意查普曼的看法，而現在，他確定這個人是有內在的，不知道自己是不是該進一步認識他。午飯過後，他很高興的發現里斯利在樓下等他，里斯利對他說：

「你們沒看出來，我那個表哥根本不算個男人。」

「我只知道，對我們來說，他已經夠好了；」查普曼暴怒：「他非常討人喜歡。」

「沒錯。就像個閹人一樣。」說完他就走了。

「啊，我……」查普曼驚叫，但出於英國人的自制力，他忍住沒說出那個動詞。他深感震驚。

1 蒙昧主義（Obscurantism）：意為故意阻擾事情的明朗化進程，或者刻意不將事件全部資訊公之於眾。十八世紀時，啟蒙運動的哲學家們用「蒙昧主義者」一詞來描述那些啟蒙運動的反對者。

2 《聖經》〈以弗所書〉第五章第八節：「從前你們是暗昧的，但如今在主裡面是光明的，行事為人就當像光明的子女。」里斯利以此表示自己是已啟蒙的人。

他對墨利斯說自己並不介意適度的用一點髒話，但是這太過分、太失禮、太不紳士了，這傢伙不可能是公學出身的。墨利斯也同意。一個人可以罵自己的表哥是狗屎，但是不可以罵他是閹人。這種詞彙一點格調也沒有！儘管如此，墨利斯還是覺得這番話很好笑。之後，只要他被叫進院長室，腦子裡就會對院長產生各種惡作劇和不當的想法。

第六章

那一天和隔天，墨利斯都盤算著怎麼樣才能再見到那個古怪的傢伙。機會實在太渺茫了。他不喜歡去找大四的人，而且他們又不在同一個學院。他猜想里斯利在學生會裡應該很有名，所以他參加了週二的辯論會，希望能聽見里斯利的聲音：也許在公共場合會更容易理解他。墨利斯並不是因爲想跟他交朋友才被這個人吸引的，但是他確實覺得里斯利說不定能夠幫助自己，至於怎麼幫，他還沒想清楚。一切都很模糊，因爲群山依然遮蔽著墨利斯。里斯利肯定已經在山頂上跳躍嬉戲了，也許他會伸出援手。

墨利斯在學生會上沒見到里斯利，這讓他出現了叛逆心理。他不需要任何人的幫助；他好得很。再說，他的朋友沒有一個人受得了里斯利，他必須忠於朋友。但這種叛逆很快就過去了，他比之前更渴望見到里斯利。既然里斯利這麼古怪，他何不也怪上一回，打破所有大學生的慣例去拜訪他呢？既然人「應該當一個人」，那麼去拜訪他，就是一件人會做的事。這個發現深深觸動了墨利斯，他決定要當個不羈的波希米亞人，走進房間，用里斯利的風格來一場妙趣橫生的演講。他突然想到一句「你沒想到這是筆虧本生意吧」。這聽起來不算頂好，不過里斯利很聰明，不會讓人覺得自己像個傻瓜似的，所以，要是沒有更好的靈感，他就會把這句話說出來，剩下的，就靠運氣了。

這成了一場冒險。這個總是說一個人應該要不斷「說話」的人，讓墨利斯莫名激動起來。有天晚上接近十點，他溜進了三一學院，在庭院裡等著，直到大門在他身後關上。他抬起頭，注意到那片夜空。他平時對「美」這種事漠不關心，那一晚卻想：「好一片星光燦爛啊！」報時的鐘聲敲過了，整個劍橋的每一扇門都關上了，只剩下噴泉飛濺的水花聲。他的身邊都是三一學院的人，他們個個才智過人，又有文化涵養。墨利斯的朋友們就算嘲笑三一學院，也絕對無法忽視它充滿傲氣的光芒，也不能否認它幾乎無須他人肯定的優越。他在朋友們都不知情的情況下來到這裡，謙卑的尋求它的幫助。他準備好的絕妙言語在三一學院的氛圍中漸漸消失了，他的心怦怦狂跳。他覺得既羞愧又害怕。

里斯利的房間在一條短廊的盡頭；因爲走廊裡沒有障礙物，所以也沒有特意點燈，訪客們沿著牆走，撞上門就到了。墨利斯撞上門的時間比他預想的要早：這是一記可怕的重擊，連護牆板都在搖晃。他大吼一聲：「噢，該死！」

「請進。」一個聲音說。等待著他的是失望。說話的是與墨利斯同一個學院的人，名叫杜蘭。里斯利不在。

「你要找里斯利先生嗎？哈囉，霍爾！」

「哈囉！里斯利在哪兒？」

「我不知道。」

「噢，沒關係。那我走了。」

「你要回學院去嗎？」杜蘭頭也不抬的問。他跪在地上，面前是一堆自動鋼琴紙捲[1]，堆得像小山一樣。

「我想是的，因爲他不在。這裡沒什麼特別的。」

「等一下，我也要走。我正在找《悲愴交響曲》。」

墨利斯仔細審視了里斯利的房間，很想知道他在這個房間裡說過什麼話。接著他便往桌上一坐，看著杜蘭。他長得不高（應該說是相當矮），舉止天眞自然，還有一張白皙的臉，墨利斯跌跌撞撞的闖進來時，他的臉都紅了。在學院裡，他是出了名的聰明，也出了名的難接近。關於他，墨利斯所聽聞的幾乎都是同一件事，那就是他「太愛往外跑」，這次在三一學院碰見他，也證實了這一點。

「我找不到《進行曲》，」他說。「對不起。」

「沒關係。」

「我借了這些紙捲，想用費瑟斯頓豪的自動鋼琴放來聽。」

「他住在我的樓下。」

「你進學院了嗎，霍爾？」

「進了，要升大二了。」

「噢，是，那是當然，我大三。」

他的口氣一點也不傲慢，墨利斯也忘了對學長的尊重，說：「我得說，比起大三，其實你看起來更像個小大一。」

「也許吧，不過我覺得自己像個碩士。」

墨利斯仔細打量著他。

「里斯利是個了不起的傢伙。」他繼續說。

墨利斯沒有回應。

「不過就算是這樣，久久見他一次也就夠了。」

1　自動鋼琴的起源最早可追溯到十九世紀末的歐洲。以打孔紙捲（打孔位置與鋼琴譜相符）記譜，用腳踏風箱鼓風作為動力，通過紙捲緩緩轉動，紙捲上的孔位與驅動機械連動相應的「木手指」敲擊琴鍵奏出音樂。

「但你還是不介意來找他借東西。」

他又抬起頭。「我應該要介意嗎？」他問。

「我當然只是在開玩笑，」墨利斯說，一面從桌上滑下來：「你找到那首曲子了嗎？」

「沒有。」

「因爲我得走了。」他其實一點也不急，但他那顆狂跳不停的心臟，逼得他不得不說出這句話。

「噢，那好吧。」

這並不是墨利斯的本意。「你在找什麼？」他問，一面走向他。

「我一點都不懂這些。所以，你喜歡這種風格的音樂？」

「《悲愴》裡的進行曲……」

「對。」

「我比較喜歡愉快的華爾滋。」

「我也喜歡。」杜蘭看著他的眼睛說。要是按照慣例，墨利斯會把眼光移開，但這次他堅持了下來。接著，杜蘭說：「另外一個樂章說不定在窗邊那堆紙裡頭，我必須看一下。不會花太久的時間。」墨利斯堅決的說：「我現在就得走。」

「好吧，那我不找了。」

墨利斯沮喪而孤單的走了。星空變得模糊，快要下雨了。但就在等待門衛拿鑰匙開大門時，他聽到身後傳來急促的腳步聲。

「找到你的進行曲了？」

「沒有，我想我還是跟你一起走好了。」

墨利斯默默的走了幾步，然後說：「來，給我一點，我幫你拿。」

「我自己拿沒問題的。」

「給我。」他口氣粗暴，一把將紙捲從杜蘭的臂彎中搶過來。兩人一路無語，到了他們的學院，兩個人直接前往費瑟斯頓豪的房間，因爲十一點之前他們還有時間試聽一下音樂。杜蘭坐在鋼琴旁，墨利斯跪坐在他的旁邊。

「我還眞不知道你追求藝術呢！霍爾。」房間的主人說。

「沒有……我只是想聽聽他們在搞什麼。」

杜蘭開始放音樂，然後又停住，說他要用5／4拍來放。

「爲什麼？」

「這樣更像華爾滋。」

「噢，沒關係，按照你喜歡的樣子去放就行了。別調了，浪費時間。」

但這一次他沒能如願。他把手放在滾軸上時，杜蘭說：「你會把它撕破的，放開。」然後，杜蘭把音樂調成了5／4拍。

墨利斯仔細的聽著音樂，非常喜歡。

「你應該待在這一頭，」費瑟斯頓豪說，他正在爐火邊用功。「你應該離這部機器越遠越好。」

「我也這麼覺得。如果費瑟斯頓豪不介意的話，可以再放一次嗎？」

「可以，杜蘭，放吧！這是首愉快的曲子。」

杜蘭拒絕了。墨利斯看得出來，他不是個順從的人。他說：「樂章不同於獨立的樂曲，它是不能重複演奏的。」一個難以理解，卻顯然站得住腳的理由。他放了《最緩板》，和愉快完全搭不著邊，接著鐘敲了十一下，費瑟斯頓豪爲他們泡了茶。他和杜蘭要參加同一個榮譽學位考試，便談起了他們的專業科目，墨利斯只有聆聽的份。他的興奮始終未減。他看得出杜蘭不但聰明，而且頭腦冷靜又有條理。這個人知道自己想讀什麼，知道自己的不足之處，也知道學校能協助他到什麼地步。他不像墨利斯和他的伙伴那樣盲目相信老師和課堂上講的東西，也不像費瑟斯頓豪那樣公然鄙視一切。「你總是可以從年長的人那裡學到一點東西，即使他沒讀過最新出版的德文書。」他們爲索福克里斯[2]爭論了一會兒，落了下風的杜蘭說「我們這些大學生」故意忽視這位劇作家是一種裝腔作勢，建議費瑟斯頓豪重讀《埃阿斯》[3]，把目光放在劇中的人物身上，而不是作者身上，這樣的話，他會對希臘語法和希臘人的生活方式有更多瞭解。

墨利斯對眼前的一切感到後悔。不知道爲何，他希望費瑟斯頓豪是個精神不正常的人。費瑟斯頓豪無論腦筋或體能都極爲優秀，而且言詞犀利，旁徵博引。但是杜蘭只是無動於衷的聽著，然後把他話語中虛假的部分抖掉，只贊同留下的部分。墨利斯除了虛假以外什麼都沒有，他還有什麼希望？一陣憤怒刺穿了他。他跳起來，說了晚安，才出房門就對自己的倉促行事感到後悔。他決定等一等，但不是在樓梯上，因爲覺得這樣很荒謬，所以他選了樓梯底下和杜蘭房間之間的一個地方。他走到中庭，找到杜蘭的房間，甚至還敲了敲門，雖然知道主人不在。他還在火光中仔細觀察了房裡的家具和圖畫。然後他站上了院子裡的一座橋。不幸的是，這並不是一座眞的橋：它只是架在地面一個淺淺的凹坑上，是建築師拿來做效果的東西。站上去就像站在照相館裡一樣，橋的欄杆太低，根本沒辦法靠著。儘管如此，墨利斯嘴裡叼著菸斗，看上去還是相當自然，他只希望別下雨。

所有的燈都熄滅了，只有費瑟斯頓豪房間的燈還亮著。鐘敲了十二下，然後又過了一刻鐘。墨利斯幾乎整整一個小時都在留心杜蘭的動靜。不一會兒，樓梯傳來一陣嘈雜聲，那個文雅靈巧的小個子從樓梯間跑了出來，脖子上圍了一件長袍，手裡拿著幾本書。這就是他期待已久的時刻，但是他發現自己無法控制的想逃走。杜蘭在他身後朝自己的房間走去。機會正一點一滴的消逝。

「晚安。」墨利斯突然叫出聲；他的聲音完全變了調，兩個人都嚇了一跳。

「是誰？晚安，霍爾。睡前散步嗎？」

「我平常都會散散步的。我想你已經不想喝茶了吧？」

「我嗎？不，現在喝茶可能有點晚了。」他不冷不熱的補上一句：「來點威士忌怎麼樣？」

「你有嗎？」墨利斯跳了起來。

「對，進來吧！我放在一樓。」

「噢，在這裡！」杜蘭開了燈。火爐裡的火已經快要熄滅了。他叫墨利斯坐下，送上一張放著玻璃杯的小桌子。

「要多少？」

「謝謝，夠了，這樣很夠了。」

「要加蘇打水還是喝純的？」他打著呵欠問。

「加蘇打水。」墨利斯說。但是他不可能在這兒久坐，因爲這個人已經很累了，只是出於禮貌才請他進來的。他喝了酒之後，便回到自己的房間，在房裡抽了一大堆菸，然後又走到中庭。

此刻萬籟俱寂，一片漆黑。墨利斯在聖草草坪上來回踱步，他沒有發出聲音，胸口通紅發燙。他身體的其他部分一點一點的睡著了，首先是他的大腦，他最虛弱的器官。他的身體緊隨其後，然後是他的雙腳，它們帶著他上樓，躲開晨光。但是，他的心已經點燃了，從此再也沒有熄滅過，他的身上終於有了一樣眞實的東西。

第二天早上，墨利斯平靜了一些。一方面是因爲他感冒了，雨水在不知不覺間把他淋了個透；另一點是他睡過頭了，不但沒去做禮拜，還曠了兩堂課。要把他的生活拉回正軌根本不可能。午飯

2　索福克里斯（Sophocles，前497-前406），古希臘劇作家，古希臘悲劇的代表人物之一。他一生共寫過一百二十三部劇本，如今只有七部完整流傳下來。

3　埃阿斯（Ajax或Aias）是索福克里斯在西元前五世紀寫的希臘悲劇。描寫特洛伊戰爭中的英雄埃阿斯由於在爭奪阿基里斯甲冑的繼承權中落敗，因憤怒而發狂，最終拔劍自殺的故事。

之後，他換了衣服去踢足球，結果又一頭倒在沙發上，一直睡到喝茶時間。但是他並不餓。他拒絕了一個邀約，逛到鎮上，碰到一間土耳其浴室，就去洗了一場。這治好了他的感冒，卻讓他又沒趕上下一堂課。去食堂的時間到了，他覺得自己已經沒辦法面對桑寧頓那群老朋友，沒跟大家說不去便擅自缺席，獨自在學生聯合會吃了飯。他在那兒看到了里斯利，但心中毫無波瀾。夜晚又降臨了，他驚奇的發現自己的頭腦非常清醒，能在三個小時內做完六個小時的功課。他按照平常的時間上床睡覺，醒來時覺得精神飽滿，心情也非常愉快。在他的意識深處潛藏著某種本能，勸他休息二十四個小時，暫時別去想杜蘭以及所有和杜蘭相關的事。

他們開始有了一點點來往。杜蘭請他一起吃午飯，墨利斯也會回請，但不會回請得太快。有種和他本性不符的謹慎正在作用。雖說他向來在小事上也很謹慎，但這次的規模要大得多。他變得機警起來，十月開始的那個學期，他的所有行動都可以用戰鬥用語來形容。他不會冒險踏入艱難的領域。他偵察出杜蘭的弱點和長處，最重要的是，他鍛鍊並淨化了自己的力量。

如果問自己：「這一切是怎麼回事？」墨利斯會回答：「杜蘭是我在學校裡感興趣的一個男孩。」然而，他必須什麼也不問，只是緊閉著嘴、緊閉著心靈繼續前進。日復一日，時光帶著它的種種矛盾滑入深淵，他知道自己正在取得優勢。別的都不重要。如果他的功課出色、社交表現良好，那些矛盾只是個副產品而已，他一點都不關心。向上爬，向山腰伸出手，直到有一隻手抓住它，這就是他出生的目的。他忘了第一晚的歇斯底里，也忘了陌生的康復過程，那是他已經不再回顧的曾經。他甚至不再想到溫柔和情感；他對杜蘭的事依然漠不關心。他確定杜蘭不討厭他，而他要的就只是這樣。一次只做一件事。他甚至連希望都沒有，因爲希望會分散他的注意力，而他還有很多事情要做。

第七章

到了下學期，他們立刻就親密起來。

「霍爾，假期中我差點就要寫信給你了。」杜蘭一開口就這麼說。

「是嗎？」

「但那封信寫得爛透了，又臭又長。我那時過得很糟糕。」

他的口氣聽起來不太認眞，所以墨利斯回答：「怎麼了？聖誕布丁一直吞不下去嗎？」

現在看來，這個聖誕布丁是有寓意的；因爲他的家裡發生了一場大爭吵。

「我不知道你會說什麼……如果你不覺得厭煩，我很想聽聽你對這件事的看法。」

「一點也不煩。」墨利斯說。

「我們在宗教問題上發生了爭執。」

就在這個時候，他們的對話被查普曼打斷了。

「對不起，我們正在解決事情，」墨利斯跟他說。查普曼退了出去。

「你不必這麼做的，我這件爛事什麼時候處理都可以。」杜蘭提出反對意見，但接著又更加認眞的說下去。

「霍爾，我不想用我的信仰，或者更確切的說，用我缺乏信仰這件事來煩你，但是爲了把情況說清楚，我必須告訴你，我是個異端。我不是基督徒。」

墨利斯認爲異端是不正當的，他還在上學期的一次學院辯論會中說過，如果一個人對基督教有疑問，也該有閉嘴不談的風度。但他只對杜蘭說，這是個很困難的問題，涉及的層面太廣了。

「我知道……和那個無關，先不管這個問題。」他往爐火裡看了看，說：「是關於我媽看待這件事的態度。六個月前，也就是夏天時，我把這件事告訴她了，她並不介意。她照例開了個愚蠢的玩笑，但也僅此而已。事情就這麼過去了。我很感激，因爲這是我多年以來的心事。我還很小的時候，就發現有些東西比信教對我更有好處，從那之後，我就沒有再信過教了。而在認識了里斯利和他那群朋友以後，我覺得似乎有必要把這件事說出來。你也知道他們是怎麼看這個問題的……這確實是他們的主要觀點。所以我就告訴我媽了。她說：『噢，這樣啊！等到你跟我一樣歲數的時候，你會更明白的。』這已經是我能想像最溫和的回答了，所以我高興的走了。但是現在，一切又回來了。」

「爲什麼？」

「爲什麼？因爲聖誕節。我不想領聖餐。一年應該要領三次……」

「是的，我知道。聖餐。」

「……然後，聖誕節又要領聖餐了。我說我不領。我媽一反常態，用甜言蜜語哄我，要我去領一次，好讓她高興，接著她就生氣了，說我會敗壞她和我自己的名聲……我們家是地方鄉紳，周圍鄰居都是沒什麼知識的人。但我不能忍受的是最後一句話，她說我很邪惡。如果她在六個月之前就這麼說的話，我說不定還會尊敬她，可是現在！現在她把邪惡和善良之類的神聖詞句搬出來，就爲了逼我去做我不相信的事。我告訴她，我有我自己的聖餐禮。『如果我像你和那些女孩參加聖餐禮一樣的去見我自己的神祇，祂們會殺了我的！』我想我這話大概說得太重了。」

墨利斯不是很明白，他說：「所以你去了嗎？」

「去哪裡？」

「去教會啊！」

杜蘭猛然站起來，一臉嫌惡。然後他咬著嘴唇，露出微笑。

「不，我沒有去教堂，霍爾。我以爲這是顯而易見的事。」

「我很抱歉……我希望你坐下來。我不是故意要冒犯你的。我的反應眞的很慢。」

杜蘭在墨利斯椅子旁邊的地毯上蹲下。

「你認識查普曼很久了嗎？」停了一會兒之後，杜蘭問道。

「算上這裡和公學，認識五年了。」

「喔。」他似乎在思考什麼：「給我一根菸，把菸放在我嘴裡。謝啦。」墨利斯以爲談話已經結束了，但吐出一口菸之後，杜蘭又繼續說：「你知道……你說過你有媽媽和兩個妹妹，正好跟我一樣，在整個爭吵過程中我一直在想，如果你是我的話會怎麼做。」

「你媽媽一定跟我媽媽很不一樣。」

「你媽媽是什麼樣子？」

「她從來不爲任何事情吵架。」

「我想那是因爲你從來沒做過她不贊成的事，而且以後也不會做。」

「噢，不是的。她可不想累死自己。」

「你不懂，霍爾，特別是女人。我受夠她了。這才是我眞正的麻煩，我需要你的幫助。」

「她會回心轉意的。」

「沒錯，我親愛的小伙子，可是我呢？我一直以來肯定只是假裝自己喜歡她，這場爭吵把我的自欺欺人都打碎了，我還眞以爲我已經不再編造謊言了。我鄙視她的個性，我討厭她。好了，我把這世界上沒有第二個人知道的事告訴你了。」

墨利斯握起拳頭，輕輕敲著杜蘭的頭，「眞倒楣啊。」他低聲說。

「跟我說說你的家庭生活。」

「沒什麼好說的。我們就是過日子嘛！」

「眞是幸運的傢伙。」

「噢，我也不確定。你這是在開玩笑，還是你的假期眞的過得很糟，杜蘭？」

「完全就是地獄，痛苦和地獄。」

墨利斯鬆開拳頭，抓住杜蘭的一把頭髮又握起來。

「哇啊，好痛！」杜蘭歡快的叫道。

「關於聖餐禮，你妹妹她們怎麼說？」

「我有一個妹妹嫁給了牧師……別拉了，好痛。」

「完全就是地獄，是吧？」

「霍爾，我眞沒想到你是個傻瓜，」他抓著墨利斯的手說：「另一個妹妹跟阿奇伯德．倫敦律師訂了婚……哇啊！嘿！停手，我要走了喔。」他癱在墨利斯的雙膝之間。

「好啊。你說要走，怎麼又不走了呢？」

「因爲我走不了。」

這是他第一次鼓起勇氣和杜蘭打鬧。當他把杜蘭捲在壁爐毯裡，把他的頭塞進廢紙簍的時候，宗教和親戚之類的都淡入到背景裡了。費瑟斯頓豪聽見響聲，也跑過來助拳。在那之後有許多天，他們除了胡鬧就是胡鬧，連杜蘭也變得和他一樣蠢。不管他們在哪兒碰了面，哪裡都一樣，他們會彼此碰撞爭吵，還把朋友也牽連進去。杜蘭終於玩膩了。因爲他的身體比較瘦弱，不時因此受傷，還把椅子弄壞了。墨利斯立刻察覺變化，他不再活蹦亂跳的瞎鬧，但從瞎鬧當中，他們的感情漸漸向外流露。現在，他們總是並肩或搭著彼此的肩行走。他們坐下時，幾乎總是同一個姿勢：墨利斯坐在椅子上，杜蘭坐在他的腳邊，身體靠著他。這在他們的朋友圈裡並沒有引起任何注意。墨利斯還會撫摸杜蘭的頭髮。

他們的相處在各方面都有所進展。在四旬齋節開始的這個學期，墨利斯成了一個神學家。這並不全然是胡說，他相信自己擁有信仰，當自己習以爲常的事物遭到批評時便會感受到眞切的痛苦。在中產階級之間，這種痛苦戴著信仰的假面。這不是信仰，而是惰性。它從未給過墨利斯任何支持，也不曾賦予他廣闊的視野。它始終不存在，直到反對它的人碰觸到它，它才像一根無用的神經一樣疼痛起來。每個人家裡都有幾根這樣的神經，並且認爲它們是神聖的，儘管聖經、祈禱書、聖餐、基督教倫理和其他宗教方面的事物對他們來說都沒有生命，但只要有東西遭到攻擊，他們就會驚叫：「可是人怎麼能這樣呢？」然後加入護教協會。墨利斯的父親過世時差點成爲教會和協會的中流砥柱，要是其他條件類似的話，墨利斯也會成爲堅定的護教者。

然而其他條件並不相似。他有一股想要不計一切讓杜蘭留下深刻印象的慾望。他想讓他的朋友看見，除了蠻力之外，他還有別的本事，於是在他父親會謹慎的保持沉默的時候，他卻開始說話，不停說話。「你以爲我沒在思考，但是我可以告訴你，不是這樣的。」杜蘭常常沒有任何回應，墨利斯很害怕，唯恐失去他。他曾經聽人說過：「只要你能讓杜蘭開心就沒事，如果不能，他就會把你甩了。」他害怕如果展現出自己的信仰會帶來一直試圖避免的後果，但是他沒辦法停下來。渴望被關注的心情越來越強烈，所以他繼續說著話，不停的說。

有一天，杜蘭說：「霍爾，你爲什麼要這樣？」

「宗教對我來說意義重大。」墨利斯虛張聲勢的說：「我說得太少了，所以你以爲我對這件事沒有感覺。我很在意這件事。」

「這樣的話，在公共食堂吃完飯後，來喝杯咖啡吧。」

他們當時正要進入狀況。杜蘭身為拿獎學金的學者[1]，必須唸謝飯禱告詞，他的腔調裡有種玩世不恭的味道。吃飯時，他們互相對望。他們不同桌，但墨利斯設法挪了一下座位，這樣就能看上他的朋友一眼。拿麵包搓成小球互丟的那段時期已經過去了。杜蘭今晚看起來很嚴肅，也不和鄰座說話。墨利斯知道他滿腹心事，只是不知道他在想什麼。

「你想要什麼，你就會得到什麼。」杜蘭說，一面擺弄著那扇門。

墨利斯整個人都冷卻了，接著又滿臉通紅。但是，當墨利斯再次聽見杜蘭的聲音時，他正在攻擊墨利斯對三位一體的看法。他以為墨利斯很在乎三位一體，但在墨利斯的恐懼之火旁，三位一體似乎一點都不重要了。墨利斯癱在一張扶手椅上，全身力氣盡失，額頭和掌心都是汗。杜蘭走來走去準備著咖啡，一面說道：「我知道你不喜歡這樣，不過這是你自找的。你不能指望我無限期的壓抑自己。有時候我也得發洩一下。」

「說下去。」墨利斯清了清嗓子，說道。

「我原本不想說的，因為我非常尊重別人的意見，不會嘲笑他們，但在我看來，你沒有任何意見值得尊重。你的東西都是二手貨，不，十手貨。」

墨利斯緩過來一些，他說，這話說得太重了。

「你總是說『我很在意』。」

「你憑什麼認為我不在意？」

「你確實很在意某樣東西，霍爾，但顯然不是三位一體。」

「不然是什麼？」

「橄欖球。」

墨利斯又受了一次重擊。他手一抖，把咖啡灑在椅子扶手上。「你這樣說有點不公平，」他聽見自己說：「你至少也該有點風度的暗示說，我在意的是人。」

杜蘭看上去很驚訝，但他說：「無論如何，你其實對三位一體一點也不在意。」

「噢，去他的三位一體。」

杜蘭大笑起來：「就是這樣，就是這樣。現在我們來談談我的下一個觀點。」

「我看不出這麼做有什麼用，再說我的腦子也壞了……我是說我頭痛。這樣沒有哪一方得到好處，完全沒有。毫無疑問，我沒有辦法證明這件事，我指的是三位一體、一體三位這種安排。但這對幾百萬人來說意義重大，不管你怎麼說，我們都不會放棄它。我們對它有深切的感受。上帝是善的，這就是關鍵所在。爲什麼要往岔路走呢？」

「爲什麼你會對一條岔路有這麼深切的感受呢？」

「什麼？」

杜蘭幫他把說過的話整理了一下。

「嗯，這樣的話，整套論證就前後一致了。」

「所以如果三位一體出了問題，整個論證就無效了？」

「我不這麼覺得。一點也不。」

他的表現很糟，但他的頭是眞的在痛，一頭的汗才擦了又冒出來。

「毫無疑問，我沒辦法解釋清楚，因爲我只在意橄欖球。」

杜蘭走過來，心情很好的坐在墨利斯坐的那張椅子邊上。

「當心，你坐到咖啡了。」

「見鬼……還眞的沾到了。」

1 在劍橋或牛津，成績突出，拿獎學金的學生稱為學者（Scholar），其他學生則稱為自費生（commoner）。

當他忙著清理自己時，墨利斯沒再鬧他，只是往外望著中庭。距離他上次離開這裡時，彷彿已經過了好幾年。他不想繼續和杜蘭獨處，便叫了幾個人來。接著，他又平常的喝了一杯咖啡，但是這些人離開時，墨利斯卻不願意跟他們一起走。他又宣揚了一次三位一體的概念。「這是個難解的奧祕。」他爭辯道。

「對我來說這不算什麼奧祕，但我尊敬所有對它信以爲眞的人。」

墨利斯覺得很不舒服，他看著自己厚實的褐色雙手。三位一體對他來說眞的是個奧祕嗎？除了在自己的堅信禮之外，他曾經花五分鐘思考過這個理論嗎？其他幾個人的加入，讓他的頭腦清醒了點，不再感情用事。他瞥了自己的腦袋一眼。毫無疑問，它看起來跟他的手一樣有用，而且很健康，還有發展的能力。但是它不夠精細，從來沒有接觸過奧祕或其他的許多東西。它很厚實，而且是褐色的。

「我的立場是這樣的，」他停了一下，說：「我不相信三位一體，這一點我讓步，但是另一方面，我說『整套論證就前後一致了』，這是錯的。它並不一致，而我不相信三位一體並不表示我不是基督徒。」

「那你相信什麼？」杜蘭步步進逼。

「那個……宗教的本質。」

「像是？」

墨利斯低聲說：「救贖。」他之前從來沒在教堂之外說過這個詞，心情萬分激動。但是比起三位一體，他並沒有更相信救贖，而且知道杜蘭會察覺到這一點。「救贖」已經是這個花色中最強的牌了，但這個花色並不是王牌花色，他的朋友說不定用一張兩點的爛牌就能拿下它[2]。

當時杜蘭只說了：「可是但丁相信三位一體[3]。」然後他走到書架前，找出〈天堂篇〉的最後一段。他給墨利斯讀了三個相交的彩虹圈，以及彩虹圈交界處藏著一張人臉的那一段。詩歌讓墨利斯厭煩，但是接近結尾時，他喊道：「那是誰的臉？」

「神的臉，你看不出來嗎？」

「但那首詩寫的不是一場夢嗎？」

霍爾向來頭腦糊塗，杜蘭沒打算弄清楚他在說什麼，也不知道墨利斯心裡想的是自己在公學時作的夢，以及那個說著「那是你的朋友」的聲音。

「但丁會稱之爲覺醒，而不是夢。」

「那麼你認爲覺醒這類的說法沒有問題嗎？」

「信仰永遠是正確的，」杜蘭回答，一面把書放回去，說：「它是正確的，也是無可質疑的。每個人心裡都有某種可以爲之獻身的信仰。只是，這信仰會不會是由你的父母或監護人告訴你的？如果你眞有信仰，它難道不該是肉體和靈魂的一部分嗎？讓我看見你的信仰。別到處擺弄『救贖』或『三位一體』這種空話。」

「我已經放棄三位一體了。」

「那還有救贖呢！」

「你太窮追猛打了，」墨利斯說：「我一直都知道自己很蠢，這也不是什麼新鮮事了。里斯利那一群人跟你更像是同類，你最好去跟他們聊。」

杜蘭看起來很尷尬。墨利斯最後的回答讓他不知所措，他任憑墨利斯無精打采的走了，沒有阻止。第二天，他們又跟往常一樣見面了。這不算是一次爭吵，而是一個突然的坡度變化，在上升之

2 橋牌規則，打牌前必須先指定某種花色是王牌花色，即使是王牌花色中最小的牌，也比其他花色最大的牌大。

3 但丁《神曲》的構成圍繞著數字3，因為3代表在天主教信條中神聖的三位一體。全詩分為三部《地獄篇》《煉獄篇》《天堂篇》，每部三十三首，《地獄篇》最前面增加一首序詩，一共一百首。

後，他們走得更快了。他們又談起神學，墨利斯捍衛救贖。他輸了，意識到自己其實感覺不到基督的存在和祂的善良。如果耶穌眞的存在，他實在應該爲此感到萬分抱歉。他對基督教的厭惡越來越深。十天之內，他就不再領聖餐了；三週之內，所有他敢缺席的禮拜儀式也全都不去了。杜蘭對這般速度感到不解。其實他們都搞不清楚發生了什麼事，墨利斯雖然輸了辯論，也放棄自己所有的觀點，卻有種奇怪的感覺，覺得自己勝利在望，而且，一場從上學期就開始的戰役正在繼續。

杜蘭已經不再對墨利斯感到厭倦。杜蘭離不開他，無論何時，總是可以發現他窩在墨利斯的房裡，一心想跟他爭論。這太不像他了，他原本是個含蓄、沉默、一點也不好辯的人。他攻擊墨利斯那些觀點的理由是：「那些觀點爛透了，霍爾，這裡每個人的信仰都是可敬的。」這就是一切的眞相嗎？在他全新的舉止和激烈的破壞偶像主義背後，難道沒有其他東西的存在嗎？墨利斯認爲有。表面上他是撤退了，但他的信仰就像一枚下得漂亮的棄子；杜蘭爲了吃下它，暴露了自己的眞心。

學期快結束時，兩人觸及了一個更加微妙的主題。他們去上院長的翻譯課，其中一個人正低聲翻譯著，康沃利斯先生接在他後頭，用平淡沉悶的聲音說：「此段略去：涉及希臘人不可言說的惡習。」杜蘭後來評論道：他應該要爲了如此僞善而丟了他的薪水才對。墨利斯大笑。

「我認爲這是一個純學術層面的問題。希臘人，或者說大多數的希臘人，都有這種傾向，如果略過它，就等於略過了雅典社會的重要支柱。」

「是這樣嗎？」

「你讀過《會飲篇》[4]嗎？」

墨利斯沒讀過，也沒補充一句話，其實他研究過馬提亞爾。

「裡面全都是……當然是不可言說的內容，但是你應該讀一讀。這個假期就讀吧！」

那時，兩人都沒再多說什麼，但是自此之後，墨利斯可以自在的和他談論另一個話題了，一個他從未和任何人提起過的話題。他不知道這種事竟然是可以談論的，當杜蘭在陽光照耀下的中庭說起這件事時，一股自由的氣息深深觸動了他。

4《會飲篇》（Symposium）是古希臘哲學家柏拉圖的一篇對話式作品，討論愛的本質，以演講和對話的形式寫成，眾人一致稱讚了身為年長男子的愛人和作為少年男子的情人之間的愛情。

第八章

一到家，墨利斯就說起杜蘭，一直說到全家都把他有個朋友這件事記得牢牢的。艾妲懷疑這是不是某位杜蘭小姐的哥哥，其實並不是（而且這位杜蘭小姐是個獨生女），霍爾太太則是把這個名字和一個姓坎伯蘭的大學老師搞混了。墨利斯覺得很受傷。這強烈的感覺引起了另一種強烈的感覺，他對身邊的女性們變得極度反感。到目前為止，墨利斯和她們的關係雖然平凡，卻很穩定，但不管是誰，都不能把這個對他而言比全世界都重要的人的名字讀錯，這件事對他來說罪大惡極。每一件事一碰到家庭就被削弱了。

他的無神論也一樣。沒有誰的感受像他預期的那樣深切。憑著一股年輕人的蠻勁，他把母親拉到一邊，說自己的確應該永遠尊重她和女孩們的宗教偏見，但他的良心已經不允許他再前往教堂。她說，這眞是太不幸了。

「我知道你會難過，但是我沒辦法，親愛的媽媽。我生來就是這樣，爭論是沒有用的。」

「你可憐的爸爸一直都有去教堂。」

「我不是爸。」

「墨利、墨利，你說這是什麼話？」

「嗯，他本來就不是啊。」吉蒂自信滿滿的說：「這是眞的，媽，拜託！」

「吉蒂，親愛的，你夠了。」霍爾太太大聲說，她心想應該對兒子表明自己不贊同這件事，卻又不想把話說得太明。她說：「我們在談的事情跟你沒關係，再說你也完全搞錯了，因爲墨利斯跟他爸爸完全是一個樣，巴利醫生也是這麼說的。」

「巴利醫生自己都不去教堂了。」墨利斯說。他也掉進了家人那說話東拉西扯的習慣裡。

「他是位非常聰明的男士。」霍爾太太斬釘截鐵的說：「巴利太太也是。」

媽媽的口誤讓艾妲和吉蒂笑得發抖。只要想到巴利太太是個男人，她們就笑得停不下來，墨利斯的無神論也被忘得徹底。復活節那天，墨利斯沒有領聖餐，他以爲之後會爆發一場爭吵，就像杜蘭的情況一樣。然而，這件事卻完全沒人注意到，因爲在郊區，人們已經不再那麼嚴格的遵守基督教教規了。這讓他厭惡；讓他用新的眼光看待社會。這個社會一邊自我標榜爲敏感與重視道德的同時，眞的在意過什麼嗎？

他經常給杜蘭寫信，信總是寫得很長，想細細表達各種不同的感情。杜蘭不太能理解他的感受，卻也不會瞞著他。杜蘭的回信也一樣的長。墨利斯永遠把杜蘭的回信放在口袋裡，換衣服時就跟著換，上床睡覺時甚至把信別在睡衣裡。醒來的時候，他會摸摸那些信，看著路燈反射的光影，想著自己還是個小男孩時對它有多麼害怕。

◆

假期間還有一件關於格拉迪絲·奧爾科特小姐的插曲。

奧爾科特小姐是位稀客。她曾經在一家水療旅店對霍爾太太和艾妲十分親切，這次收到了請柬，也就應邀而來了。她很迷人，至少女人們都這麼說，男性訪客們則告訴這一家的兒子，說他眞是個幸運的傢伙。墨利斯笑了，他們也笑了；一開始並沒有理會奧爾科特小姐的墨利斯，現在倒是對她獻起殷勤來了。

墨利斯現在已經成了一個很有魅力的年輕人，雖然他自己並沒有意識到。大量的運動讓他不再手腳笨拙。他很重，但行動敏捷，他的臉似乎也按照和身體一樣的模式成長。霍爾太太把這點歸功於他的小鬍子，「墨利斯的小鬍子會成就他整個人」，這句話比她自己意識到的含意更加深刻。毫無疑問，這道小小的黑色色塊確實讓他的五官更加集中，當他微笑時，也讓他的牙齒更顯眼。他的衣服也很適合他，在杜蘭的建議之下，即使是星期天，他也堅持穿法蘭絨長褲。

墨利斯對奧爾科特小姐微笑（他似乎應該這麼做），而奧爾科特小姐也微笑回應。墨利斯努力為她服務，用他的新邊車帶她出去玩，躺在她的腳邊伸展四肢。他發現奧爾科特小姐抽菸，便說服她，在大家都走了之後，和他一起待在飯廳裡，要她看著他的眼睛。藍色的煙霧顫抖、碎裂，築起一道道逐漸消散的牆，墨利斯的思緒也隨著它遠航，煙霧在開窗流通新鮮空氣時消失。他看得出來奧爾科特小姐很高興，他的家人、僕人們和所有人對他們的進展都很感興趣，他決定更進一步。

事情立刻出了差錯。墨利斯讚美她，說她的頭髮之類的地方眞是太美了。奧爾科特小姐試圖制止他，但墨利斯實在太遲鈍，不知道自己已經讓她不自在。他在書上讀過，女孩們總是會假意阻止恭維她們的男人。墨利斯一直纏著奧爾科特小姐，最後一天，她找了個藉口不和墨利斯一起騎馬，這時，他扮演起一個跋扈的男人。他硬是邀請奧爾科特小姐，而她也來了，於是墨利斯帶她去了某個自己覺得很浪漫的地方，然後把她的小手緊緊握在自己的手裡。

奧爾科特小姐並不反對別人握她的手。這件事已經有其他人做過了，如果墨利斯知道怎麼做的話，他也能做到。但是她知道有什麼地方不對勁。墨利斯的觸摸令她作嘔，彷彿觸碰她的是一具屍體。她跳了起來，喊道：「霍爾先生，別這麼傻。我說，**不要這麼傻**。我並不是想要你做出更傻的事才這麼說的。」

「奧爾科特小姐，格拉迪絲，我寧死也不願意冒犯你……」男孩低吼著，想繼續進行下去。

「我得搭火車回去。」她帶著哭腔說：「我一定得走，非常抱歉。」她比墨利斯先回到家，編造了一個合理的小故事，說自己當時頭痛，而且眼睛裡進了灰塵，但是墨利斯的家人也知道兩人一定出了什麼問題。

除了這個小插曲之外，整個假期都過得很愉快。墨利斯讀了一些書，是他的那位朋友推薦的書，而不是導師建議的書。他認爲自己已經長大了，所以做了一兩件事以表明這一點。在他的慫恿之下，他的母親解雇了長期以來讓庭院陷入癱瘓的豪威爾一家，並且把馬車換成了汽車。每個人對這個決定都感到佩服，包括豪威爾一家在內。他還拜訪了父親的老搭檔。他繼承了父親的商業天分和一些錢，於是決定等到自己離開劍橋，就要以股票經紀人的身分進入希爾與霍爾股票經紀公司。墨利斯正邁步踏入英國爲他準備最適合他的一片天地。

第九章

上個學期，墨利斯的心智達到了不尋常的水準，但放了一場假之後，又被拉回公學程度。他不再那麼警覺了，又開始按照自認爲別人期望他該有的方式行動，對一個天生缺乏想像力的人來說，這是個危險的壯舉。他的心靈雖然沒有被完全遮蔽，但經常雲影籠罩。奥爾科特小姐的事已經成了過去，然而，促使墨利斯走向她的那份虛僞卻依然存在。他的家人是這一切的主要原因，墨利斯還沒有意識到，她們比他強大得多，對他的影響不可估量。和她們在一起的這三個星期，他變得思緒紊亂、感情脆弱，看似在每件事上都取得了勝利，但整體來說卻是失敗的。回到學校之後的墨利斯，無論思考甚至說話的方式，都和他的母親與艾妲一模一樣。

直到杜蘭來了，他才注意到情況的惡化。杜蘭的身體一直不舒服，所以晚了幾天才回來。當他那張比以往更蒼白的臉隱約從門邊出現時，墨利斯突然感到一陣絕望，努力回憶上學期兩個人是爲了什麼堅持著，嘗試收集過去戰事的蛛絲馬跡。他覺得自己鬆懈了，害怕做出行動。他最差勁的一部分浮出了意識表面，要他寧願安逸度日，也不要追求喜悅。

「哈囉，老兄。」他尷尬的說。

杜蘭一言不發的溜了進來。

「怎麼了？」

「沒事。」墨利斯知道，自己已經失去了與他心靈互通的能力。如果是在上學期，關於杜蘭爲什麼會這樣默默的進來，他是明白的。

「不管怎麼樣，先坐吧。」

杜蘭在地板上一個墨利斯構不著的位置坐了下來。已近傍晚，五月學期開始的聲音、劍橋一年一度花朵盛開的氣味從窗口飄進來，它們對墨利斯說道：「你配不上我們。」他知道自己的身、心、靈已死，他是個異邦人，一個身在雅典的鄉巴佬。他與這裡無關，和這樣的一位朋友也無關。

「我說，杜蘭……」

杜蘭挪近了一些。墨利斯伸出一隻手，感覺到他的頭靠了上來。墨利斯忘記自己本來要說什麼了。那聲音和花香低語著：「你就是我們，我們風華正茂。」墨利斯無比溫柔的撫摸著杜蘭的頭髮，手指探進髮絲裡，彷彿愛撫著他的大腦。

「我說，杜蘭，你這段時間過得好嗎？」

「你呢？」

「不好。」

「你在信裡說你很好。」一點也不好。

聽見自己的聲音說出事實，墨利斯渾身發抖，心想：「明明是一段爛透了的假期，我竟然完全沒有察覺。」他好奇自己本該花多久時間就意識到這件事。他很確定濃霧將會再次下降，苦悶的嘆了口氣，將杜蘭的頭拉過來靠在自己的膝上，彷彿那是一只能滌清生活的護身符。它靠在那兒，而墨利斯又發明出一種表達柔情的新方式：從太陽穴一路撫摸到喉嚨。接著，他移開雙手，無力的垂在身體兩側，坐在那裡嘆了口氣。

「霍爾。」

墨利斯看著他。

「有什麼問題嗎？」

他再次撫摸，接著又放下了手，就像是在說，因爲有了他這位朋友，什麼問題都消失了。

「跟那個女孩有關嗎？」

「沒有。」

「你在信裡說你喜歡她。」

「我沒……我才不喜歡她。」

墨利斯發出了更深沉的嘆息，它卡在他的喉嚨裡咯咯作響，變成了呻吟。他將頭往後一仰，忘了杜蘭的頭還靠在他膝上，忘了杜蘭正看著他混濁的痛苦。他的嘴邊和眼角擠出了皺紋，他盯著天花板，此刻唯一明白的是，人類之所以被創造出來，是爲了在沒有上天的幫助下感受痛苦和孤獨。

這時杜蘭向他伸出手，撫摸著他的頭髮。他們互相擁抱，很快就貼著彼此的胸躺下，頭倚在對方的肩上，但就在他們的臉頰正要相觸時，中庭裡有個人大喊「霍爾」，他馬上應聲。不管什麼時候有人叫他，他向來會立刻回應。兩個人都嚇了一大跳，杜蘭跳到壁爐架旁，用手臂托著頭。一群傻子吵吵嚷嚷的上了樓，說想要喝茶。墨利斯指指茶具的位置，接著就被拉進他們的閒聊裡，沒注意到他的朋友走了。他對自己說，剛剛發生的不過是一次平常的談話，只是太傷感了，下次見面時，他一定要表現出輕鬆愉快的樣子。

這一天很快就來了。杜蘭喊住他時，他剛從食堂出來，正要和其他六個人一起到劇院去。

「我知道你放假的時候讀過《會飲篇》了。」他低聲說。

墨利斯感到不安。

「那麼你明白的，不需要我多說……」

「你的意思是？」

杜蘭等不及了。他們的周圍都是人，但是他那雙藍眼睛熱情難抑，他耳語似的說：

「我愛你。」

墨利斯嚇壞了，他驚恐萬狀，這句話直接震撼了他古板靈魂的最深處，讓他驚叫出聲：「噢，胡說！」他接下來說的話、做出的舉動都還來不及經過思考。

「杜蘭，你是英國人，我也是。別胡說八道了。我沒有生氣，因爲我知道你不是故意的，但是就像你知道的，這是唯一一項完全超越底線的話題，是表定罪行裡最嚴重的一種，你絕對不能再提了。杜蘭，這眞是個糟糕的想法……」

但是他的朋友已經離開了，一句話也沒有說。杜蘭飛也似的跑過中庭，春天的聲響中，傳來他砰一聲甩上門的聲音。

第十章

像墨利斯這種性子慢的人看上去遲鈍，因爲他們需要時間去感覺。這種個性的本能，就是假定世間本無事，無論好壞，以及抵抗侵略者。一旦被擄獲了，他的感受將會非常劇烈，而且在愛情中的感知尤其深刻。假以時日，他也能感覺並傳遞這份狂喜；假以時日，他也能沉入地獄的中心。因此，他的痛苦在剛開始只是一種輕微的遺憾；失眠的夜晚和孤獨的白天必然會加劇這種痛苦，將它轉變成一種吞噬他的瘋狂。這種痛苦向內運作，直到觸及身體和靈魂的根源，也就是他曾訓練自己隱藏的「我」，而最後，他意識到它的力量加倍，終於成長爲超人[1]。因爲這可能是喜悅。在這股力量下，一個個新世界從他的身體裡迸發出來，從廢墟的浩瀚裡，他看見自己曾經失去的是何等的狂喜、何等的交融。

他們有兩天沒有和彼此說話。杜蘭本來還想要維持得更久一點，但是他們的朋友大多都是共同朋友，一定會見到面的。杜蘭意識到這一點，便給墨利斯寫了一張冷冰冰的便箋，暗示如果他們表現得像是什麼都沒有發生過，對大家都是一種方便。他還寫道：「如果你不向任何人提及我可恥的病態言行，我將不勝感激。我相信以你看待那件事的明智態度，一定會這麼做的。」墨利斯沒有回信，而是把這張便箋和他在假期中收到的信放在一起，然後全燒了。

他以爲這已經是痛苦的頂點了。但是眞正的痛苦就跟任何形式的現實一樣，對他來說才剛剛開始。他們還是沒有見面。第二天下午打網球，他們發現自己被排在同一場雙打賽中，痛苦剎時令人難以忍受。墨利斯幾乎站不住也看不見了；每當他把杜蘭的球打回去，手臂就會抽搐。接下來，他們成了隊友；有一次他們撞在一起，杜蘭立刻避開，但還是努力按照老樣子笑了笑。

更要命的是，杜蘭搭墨利斯的邊車回學院最方便，事實如此，他也毫無異議的坐進去了。已經兩夜沒睡的墨利斯感到頭暈目眩，把機車轉進一條小巷，還用最快的速度行駛。前面有一部馬車，車上全是女人。墨利斯直直往她們衝過去，直到女人的尖叫聲讓他踩下煞車，這才驚險的避開一場災難。杜蘭什麼話也沒說。就像他在便箋裡寫的，他只在外人在場時才跟墨利斯說話，除此之外，一概斷絕所有的往來。

那天晚上，墨利斯和往常一樣上床睡覺。但是，他的頭才剛沾枕，淚水便洶湧而出。他嚇壞了，一個男人居然哭了！費瑟斯頓豪可能會聽見。他將自己蒙在被窩裡，哭得喘不過氣來，想到自己失去的一切，他從床上跳了起來，把頭往牆上撞，又打碎了一只陶瓶。眞的有人上樓來了。他立刻安靜下來，當腳步聲漸漸消失，他也不再出聲。他點起一根蠟燭，驚訝的看著自己撕破的睡衣和顫抖的四肢。他繼續哭泣，因爲他停不下來，但是自殺的念頭已經過去了，於是他重新鋪床，躺了下來。睜開眼睛時，校工正在清理碎片。連校工都被捲進這件事裡讓墨利斯很不舒服。他心想，不知道那個人會不會懷疑什麼，然後又睡著了。第二次醒來，他發現地上有幾封信，一封是他的外公葛雷斯老先生寄來的，內容是關於他成年之後要舉行的聚會；另一封是一位師母寫來的，邀請他去吃午餐（「杜蘭先生也會來，這樣你就不會害羞了。」），還有一封是艾妲寫的信，提到了格拉迪絲·奧爾科特。然後，他又再次睡著了。

1 超人（superhuman）是十九世紀德國哲學家尼采（F.W. Nietzsche, 1844-1900）的理想人格和最高價值目標。尼采認為「超人」是歷史的創造者，也是人類能夠而且必須創造的最高價值人格代表，對人類一切行為的評價都應該以「超人」的行為作標準。人類的目標應是超人。而普通人只是「超人」實現自己權力意志的工具。

並不是每個人都適合瘋狂，不過，墨利斯的瘋狂顯然是驅散烏雲的霹靂。這場風暴並不像他想的那樣只醞釀了三天，而是整整六年。它在肉眼無法看穿的生命的黑暗中孕育，墨利斯身處的環境讓它越來越稠密。它爆發了，然而墨利斯並沒有死。白晝的光輝籠罩著他，他站在那片向青春投下陰影的山脈上，終於明白了。

那天裡大部分的時間，他都張大眼睛坐著，彷彿正在往下望著他已離開的山谷。現在一切都明瞭了。他撒了謊。他採用的詞句是「靠謊言餵養」，但謊言是童年時代很自然的食物，他也曾經貪婪的吞食過。他的第一個決定是在未來更加謹慎。現在，他會正直坦率的生活[2]，並不是因爲這樣對某個人很重要，而是因爲他還有球賽要比。他不會再如此自欺欺人了。他不會在唯一吸引自己的性別是同性的情況下，還假裝在意女人——這還眞是個考驗。他愛男人，而且會永遠愛下去。他渴望擁抱他們，將自己與他們融爲一體。既然他已經失去那個回應了他的愛的男人，他也只能承認這個事實。

2 這裡作者原文使用了straight一詞，雖然在現代此單字可指異性戀者，但在作者寫作的一九一三年，straight還不是這個意思。要到二十世紀中葉，這個單字才開始用於指稱異性戀者。

第十一章

在這場危機過後，墨利斯成爲了一個男人。到目前爲止，他不值得任何人愛（如果人類可以評估價值的話），對別人，他傳統守舊、氣量狹小、背信棄義，因爲他也如此對待自己。而現在，他擁有奉獻給他人最好的禮物。理想主義和貫穿了他整個少年時代的獸性終於結合，還揉合了愛情。這樣的愛也許沒有人想要，但是他無法爲此感到羞愧，因爲這就是「他」，不是身體，不是靈魂，也不是兩者合一，而是在兩者之間運作的「他」。他仍然痛苦，然而卻從其他地方得到勝利感。痛苦讓他看見了世間審判之外的一方天地，一個供他撤退的地方。

他還有很多東西要學習，這麼多年過去，他才開始探索自己生命中的某些深淵，它們眞夠可怕。但是，他找到了方法，也不再去想沙地上的示意圖了。他覺醒得太晚，來不及獲得幸福，但還來得及得到力量；他可以感受到樸素的喜悅，就像一個儘管無家可歸卻全副武裝的戰士。

隨著學期繼續，墨利斯決定找杜蘭談談。他最近才發現語言的價值，對它們有非常高的評價。既然語言可以解決一切問題，那麼爲什麼要讓自己受苦，也讓自己的朋友受苦呢？他聽見自己說：「我是眞的愛你，就像你愛我一樣。」然後杜蘭回答：「是這樣嗎？那我就原諒你吧。」以年輕人的激情而言，確實可能出現這一段對話，儘管不知道爲什麼，墨利斯並不認爲它會帶來喜悅。他嘗試過幾次，但是一部分出於自己害羞，一部分則是因爲杜蘭害羞，結果都失敗了。當他繞到杜蘭的房間時，不是房門緊閉，就是裡頭有一群人；要是他進去了，杜蘭就會在其他訪客走的時候跟著離開。墨利斯請他吃飯，他永遠不克前來；墨利斯說要再用邊車載他去打網球，他也找了個藉口拒絕。就算他們在中庭碰了面，杜蘭也會假裝忘了什麼東西，與他擦身而過或者跑走。墨利斯很訝異於他們的朋友並沒有注意到這些變化，但是觀察力敏銳的大學生本來就不多，他們自己的內在就有太多東西需要探索。倒是有位老師提到，杜蘭和那個叫霍爾的人短暫的蜜月期已經結束了。

墨利斯是在一場兩人都參加的討論會上找到機會的。杜蘭以參加榮譽學位考試爲由遞了退會申請，但是在退會之前，他想要先請會員們到他的房裡聚聚，好好款待大家。這非常像他的作風；因爲他討厭欠任何人情。墨利斯去了，坐在那裡度過了一個乏味的夜晚。當包括主人在內的每一個人都湧到外頭去呼吸新鮮空氣時，他依然留在那裡，想著第一次來到這個房間的那一晚，不知道過往的一切是不是就此一去不復返。

杜蘭走進來，一下子沒看清楚那是誰，所以完全沒理他，繼續收拾房間準備過夜。

「你眞是冷酷無情啊！」墨利斯脫口而出：「你不知道腦子混亂是什麼滋味，所以才這麼嚴苛。」

杜蘭搖搖頭，像一個拒絕傾聽的人。他看上去簡直像生了重病，讓墨利斯發瘋似的想把他攬進懷裡。

「你可以給我一個機會，不要一直迴避我……我只是想和你討論一下。」

「我們整個晚上都在討論。」

「我指的是討論《會飮篇》，就像古希臘人那樣。」

「噢，霍爾，別傻了……你應該知道，和你獨處會讓我傷心。不，請你不要再揭我的瘡疤了。一切都結束了。都結束了。」他走進另一個房間，開始脫衣服，說道：「原諒我這麼失禮，但我就是做不到……這三個星期以來，我的神經完全一團亂。」

「我也是。」墨利斯喊道。

「可憐哪，可憐的傢伙！」
「杜蘭，我在地獄裡。」
「噢，你會掙脫的。那只是個讓你反感的地獄而已。你從來沒做過羞恥的事，所以不知道什麼才是眞正的地獄。」
墨利斯痛苦的呻吟了一聲。毫無疑問，杜蘭正要把他們之間的門關上，他說：「好吧，如果你想要，我們可以討論一下。怎麼了？你看起來好像想要爲了什麼事情道歉。幹嘛這樣？你表現得像是我在生你的氣。你做錯了什麼？你從頭到尾都正派得不得了。」
墨利斯反駁他，但只是徒勞。
「你正派到讓我誤解了你再平常不過的友誼。你對我那麼好，尤其是我上樓找你的那一個下午……我以爲你別有用意。我眞的說不出我有多抱歉。我沒有權利離開我的書和音樂，也就是我遇見你時做的事情。我知道再怎麼道歉你也不屑接受，但是，霍爾，我是誠心誠意的。我會因爲侮辱了你而終生痛苦。」
杜蘭的聲音微弱，但是字字清晰。他的臉寒光凜冽，彷彿一把利劍。墨利斯惱怒的說了幾句關於愛的無用之辯。
「我想，就這樣吧。快點結婚然後忘了這一切。」
「杜蘭，我愛你。」
杜蘭苦澀的笑了。
「是眞的，我一直都……」
「晚安了。晚安。」
「我說，我是眞的，我來找你就是爲了說這件事，用你的方式來說，我一直和那些希臘人一樣，自己卻不知道。」

「再說仔細一點。」

墨利斯突然語塞。只要別人要求他說話，他就一句話都說不出來。

「霍爾，別一副怪樣。」因為墨利斯喊叫出聲，杜蘭舉起手說道：「你像個無比正經的好人一樣前來安慰我，但是事情總有限度；總有一兩件事我就是接受不了。」

「我才沒有一副怪……」

「我不該那樣說你的。所以，離開我吧！我很慶幸自己是落在你的手裡。大多數人都會向院長和警察告發我。」

「噢，下地獄去吧！那是唯一適合你的地方！」墨利斯大喊，衝進中庭，再一次聽見學院大門砰一聲關上的聲音。他狂怒的站在橋上，這一夜和他第一次站在這裡的晚上很像：細雨濛濛，還有一片模糊的星空。他沒有考慮到這三週以來，杜蘭承受的是和他不一樣的折磨，或者一個人分泌的毒素在另一個人身上有著不同的作用。他之所以盛怒，是因為自己離開時，他的朋友居然沒有追出來。鐘敲了十二下，一下，兩下，他還盤算著自己該說什麼，儘管這時他已經無話可說，所有言語的源頭已然枯竭。

然後，野蠻、魯莽、被雨淋得渾身濕透的墨利斯，在黎明的第一縷微光中看見了杜蘭房間的窗，心臟怦怦的跳起來，將他震成了碎片。那顆心喊著：「你愛著，也被愛。」他環視中庭。它又喊道：「你很堅強，而他既脆弱又孤獨。」他的心凌駕了意志。自己接下來要做出的事令他恐懼，他抓住那扇窗的窗櫺，跳了上去。

「墨利斯……」

跳下窗沿時，他聽見有人在夢中呼喊自己的名字。狂躁從他的心中消失了，取而代之的是一種他從未想像過的純潔。他的朋友呼喚了他。他神魂顛倒的呆立了一會兒，接著，終於為這前所未有的情感找到了語言，將手無比輕柔的放在枕頭上，回應道：「克萊夫！」

第二部

第十二章

小時候，克萊夫很少感到困惑。眞誠的心靈與敏銳的道德感，讓他相信自己反而是被詛咒了。他的信仰虔誠，一心渴望接近上帝並取悅祂，卻發現自己很早就被另一種顯然來自索多瑪[1]的欲望折磨。他從來沒有懷疑過那是什麼：他的感情比墨利斯的更堅實，沒有分裂成獸性和理想，也不曾浪費多年時間在鴻溝上搭橋梁。他的內在有股摧毀平原之城[2]的衝動。它怎麼樣都不應該變成肉慾，但為什麼在所有基督徒中，唯有他要為此遭受懲罰呢？

起初，他以為上帝一定是想考驗他，如果他不褻瀆上帝，就會像約伯那樣得到補償。因此他低下頭，禁食，遠離所有他可能會喜歡的人。十六歲那一年，他受盡折磨。他沒有告訴任何人，最後崩潰了，不得不退學。在休養期間，他發現自己愛上了一個走過他浴椅的表兄，一個年輕的已婚男人。這簡直令人絕望，他被詛咒了。

這樣的恐怖也曾經降臨在墨利斯身上，但是非常模糊；然而，對克萊夫而言，這些恐懼是明確的、持續的，而且不管在參加聖餐禮時或是在其他地方都不曾消退。儘管他克制自己不做出不雅的言行，但是絕不會錯認它們。他可以控制自己的身體，但不潔的靈魂卻在嘲笑他的祈禱。

這個男孩一直很有學者的風範，對印刷出來的文字特別有感覺，《聖經》帶給他的恐懼是由柏拉圖撫平的。他永遠忘不了自己第一次讀到《斐德羅篇》[3]時的心情。在那裡，他看見自己的病態被細膩而平靜的描述成一種激情，和其他激情是一樣的，可以被引向好的或壞的方向。這本書並不引誘人放縱。一開始他不相信自己的好運，認爲這當中一定有什麼誤會，他和柏拉圖所想的是不同的。然後，他看出這個溫和的異教徒確實眞正的理解自己，他並沒有反對《聖經》，而是從《聖經》旁邊溜過，爲生命提供新的指引。要「把我擁有的一切發揮到極致」，不去壓制它，也不徒勞的希望它是別種東西，而是要以不惹惱上帝，也不惹惱他人的方式來培育它。

然而，他不得不拋棄基督教。基於「他們是什麼」，而不是「他們應該成爲什麼」來展現行爲舉止的那些人，最後總會拋棄它。而且，克萊夫的性情和那一種宗教之間，有種世俗的宿怨。凡是頭腦清醒的人，都不可能弭平它們之間的矛盾。用法律術語來說，克萊夫這種稟性「在基督徒中是不可提及的」。還有個傳說是，所有具備這種性情的人，在耶穌誕生的那一天早上都死光了，克萊夫對此深感遺憾。他出身於一個律師及鄉紳家庭，家族中大部分都是善良能幹的人，他也不希望背離家族傳統。他期望基督教能對他稍微做一點讓步，於是他從《聖經》中尋找支持。《聖經》裡有大衛和約拿單[4]，甚至還有「耶穌所愛的門徒」[5]。但教會的解釋背離了他的期望；他沒有辦法在不傷害《聖經》的情況下讓自己從中得到靈魂的安息，於是逃入古代經典的他，一年比一年躲得更

1 因為《聖經》中對索多瑪「Sodom」的負面描寫，在英文中，由「Sodom」一字衍生出的詞彙「sodomy」帶有貶義，意為男性之間的性行為，通常譯作「雞姦」。

2 《聖經》〈創世記〉十四章第二節中提到，索多瑪與蛾摩拉是摩押平原五城中的兩個。該五城分別是索多瑪、蛾摩拉、押瑪（Admah）、洗扁（Zeboim）和瑣珥（Zoar）。

3 《斐德羅》（Phaedrus）、《會飲》（Symposium）及《理想國》（The Republic）是柏拉圖《對話錄》中最有名的三個篇章。《斐德羅》篇主要討論愛、修辭術與辯證法。

4 〈撒母耳記上〉第二十章十七節：「約拿單由於愛大衛，就使大衛再起誓；他愛大衛如同愛自己的命。」〈撒母耳記下〉第一章二十六節：「我兄約拿單哪，我為你悲傷。我甚喜悅你，你向我發的愛情奇妙非常，過於婦女的愛情。」

5 〈約翰福音〉第十三章二十三節：「有一個門徒，是耶穌所愛的，側身挨近耶穌的懷裡。」

深了。

十八歲時，他變得異常成熟，而且把自己控制得非常好，和任何吸引他的人都能友好相處；和睦取代了禁慾主義。在劍橋，他爲其他的大學同學培養出溫柔的情感，而他那到目前爲止一直是灰色的生活，也略略染上了微妙的色彩。他謹慎而理智的前進，而他的謹慎一點也沒有謹小愼微的意思。只要他認爲是對的，隨時都準備好要更進一步。

大二那一年，他遇到了里斯利，他也有「那種傾向」。里斯利對他坦承相告，克萊夫卻沒有透露自己的秘密作爲回報，而且他也不喜歡里斯利和他們那一伙人。但是，他受到了刺激，很高興知道還有更多像自己一樣的人，他們的坦率讓他做好準備，要把自己相信不可知論[6]的事告訴母親；他就只能跟母親說到這兒。杜蘭太太是個圓滑世故的女人，並沒有提出什麼反對意見。但是到了聖誕節，麻煩來了。杜蘭一家身爲教區裡唯一的上流人士，和一般村民是分開領聖餐的，全村的人看著杜蘭太太和女兒們跪在長長的腳凳中間，卻不見克萊夫的蹤影。這種恥辱深深傷害了她，令她憤怒。他們狠狠吵了一架，克萊夫終於看見母親眞正的樣子——滿臉皺紋，沒有同情心，而且無知。母親在他心中的形象幻滅時，他發現自己鮮明的想起了霍爾。

霍爾，他只是自己喜歡的幾個人之中的一個。當然，他也有一個母親和兩個妹妹，但是克萊夫的頭腦很冷靜，不會假裝這是他們之間唯一的聯繫。他一定比自己意識到的更加喜歡霍爾；他一定是稍微愛上他了。他們相遇的那一刻，一股湧上心頭的衝動讓他情不自禁的產生了親密感。

墨利斯是個保守的中產階級，心智不成熟又愚蠢，以當密友而言是最糟糕的類型。然而，當他看到墨利斯把查普曼斥喝出去，整個人彷彿都被觸動了，就把自己家裡的問題全都說了出來。霍爾開始戲弄他時，他爲之著迷。其他人都認爲他是個穩重冷靜的人，所以不會隨意接近他，但是他其實很喜歡被一個既強壯又英俊的男孩玩弄於股掌。霍爾撫摸他的頭髮時令人愉悅：房間裡，兩人的臉漸漸消失，他的頭向後仰，直到臉頰碰觸到褲管的法蘭絨布，感覺到肌膚的暖意從裡面透出來。

在這些時刻，他沒有任何幻想。他知道自己得到的是什麼樣的快樂，所以他坦率的接受它，確信這不會對他們兩個人帶來傷害。霍爾是個只愛女人的男人，這一點誰都能一眼看出來。

到了學期快結束時，他注意到霍爾有了一種奇特而美麗的表情。它只會偶爾出現，幾乎難以察覺，而且轉瞬即逝。他第一次發現時，是在他們爲神學爭辯的時候。那是一種深情、親暱的表情，某種程度上還在自然的範圍內，但是當中卻夾雜著一種他在這個人身上從沒發現過的東西，一點點……厚顏無恥？他不確定，卻很喜歡。當他們突然碰面或者沉默不語時，這種表情再度出現。它跨越理智召喚著克萊夫，說道：「一切都很好，我們知道你很聰明……但是，來吧！」那表情一直縈繞在克萊夫的心裡，當他的腦子忙著思考，而舌頭忙著爭論時，眼睛卻尋找著它，而當那個表情出現，他感覺自己正在回應：「我會去的……以前我並不知情。」

「你已經控制不住自己了。你一定要行動。」

「我也不想控制自己。」

「那麼，來吧。」

他眞的動身了。他拋開了所有的障礙——不是立刻丟掉，因爲他棲身的居處並不是一天就能摧毀的。整整一個學期的相處，再加上之後的通信，爲他開啓了道路。當他確定霍爾愛他時，他便釋放了自己的愛。到目前爲止，他的愛一直是一種調情，一種短暫的身心愉悅。如今他不知道有多麼鄙視這一點。愛是和諧的、無限的。他把自己的尊嚴和本質的豐富傾注到這份愛裡，確實，在他均衡的心靈中，這兩者本來就是一體。克萊夫一點也不謙虛，他知道自己的價值所在，當他原以爲自己會無愛的度過這一生時，他把責任歸咎於環境，而不是他自己。霍爾雖然長得清秀又有吸引力，

6 不可知論（Agnosticism）：一種唯心的認識論，認為除了感覺之外的世界是無法認識的。

卻一點也沒有擺出居高臨下的態度。下學期，他們會站在平等的地位會面。

但是書對他來說意義太重大了，讓他忘了書對其他人來說是一種困惑。如果他相信肉體，倒是不會有什麼災難，但是他把他們的愛和古代連結，再藉此連結到現在，卻在他朋友的心裡喚起了對習俗的在意和對律法的恐懼。他完全沒有意識到這一點。霍爾說的一定是眞心話。不然他爲什麼要這麼說呢？霍爾討厭他。「噢，胡說！」霍爾這麼說，這幾個字比任何辱罵都傷人，幾天來一直在他耳邊響個不停。霍爾是個健康正常的英國人，對發生了什麼事渾然不覺。

疼痛、屈辱，但更糟的還在後頭。因爲克萊夫已經深深的和心愛的人融爲一體，他開始厭惡自己。他的整套人生哲學都崩潰了，罪惡感從廢墟中復生，沿著走廊亂爬。霍爾說過他是個罪犯，他自己一定也很清楚。他被詛咒了。他再也不敢和年輕男子交朋友了，因爲他怕毀了他們。他不就讓霍爾喪失了對基督教的信仰，還企圖讓他失去純潔嗎？

這三個星期裡，克萊夫整個變了個人，當霍爾這個善良而笨拙的傢伙來到他的房間安慰他時，他已經沒有什麼爭辯的欲望了。他試了各種方法都沒有成功，最後在暴怒之下一走了之。「噢，下地獄去吧！那是最適合你的地方。」再沒有別的話比這句更眞實了。但這話從心愛的人口中說出來，還是很難接受。克萊夫又是一次慘敗：他的人生被炸成了碎片，覺得自己的內在再也沒有力量去重建它、去清除邪惡了。最後他的結論是：「荒謬的男孩！我從來沒有愛過他。我只是在我受污染的心靈裡塑造了一個形象，願上帝協助我擺脫它。」

但在他夢中出現的正是這個形象，讓他低聲喊出了它的名字。

「墨利斯……」

「克萊夫……」

「霍爾！」他倒抽一口氣，整個人完全清醒了。另一個身軀的暖意籠罩著他。「墨利斯，墨利斯，墨利斯……噢，墨利斯……」

「我知道。」

「墨利斯，我愛你。」

「我也愛你。」

他們接吻了，也許這並不是原先料想得到的。

接著，墨利斯就像他來的時候那樣，從窗口消失了。

第十三章

「我已經錯過兩堂課了。」墨利斯說，他正穿著睡衣吃早飯。

「那就全都蹺掉好了，他頂多禁你足。」

「你要搭邊車出去玩嗎？」

「好啊，不過要跑遠一點。」克萊夫說，一面點起一支菸。「這種天氣我在劍橋眞是待不住。我們去外頭玩吧，跑得遠遠的，可以去泡泡水。去的路上我還可以一邊念一點書……哦，該死！」

因爲這時樓梯傳來腳步聲。喬伊·費瑟斯頓豪探頭進來，問他們兩人當中有沒有人今天下午願意跟他們一起打網球。墨利斯接受了邀約。

「墨利斯！你爲什麼要答應啊？你是笨蛋嗎？」

「那是打發他最快的方法。克萊夫，二十分鐘後到車庫跟我會合，帶著你那些爛書，再跟喬伊借護目鏡。我得換一下衣服。你也帶點午餐來。」

「要是改成騎馬呢？」

「那太慢了。」

他們按照時間會合。喬伊的護目鏡毫不費力就拿到了，因爲他不在。但是當他們穿過耶穌巷時，院長示意他們停下來。

「霍爾，你沒課嗎？」

「我睡過頭了！」墨利斯大喊，完全沒把校長當一回事。

「霍爾！霍爾！我說話的時候給我停下來！」

墨利斯繼續往前騎。「跟他爭論是沒有用的。」他說。

「一點用都沒有。」

他們風馳電掣的過了橋，騎上了往伊利的路。墨利斯說：「現在我們要下地獄啦！」這部車馬力很強，而他又生性魯莽。它向前一躍，跳進了沼澤地，天幕不斷往後退。他們成了一片塵霧、一股惡臭、一聲對世界的怒吼，然而他們呼吸的空氣是純淨的，他們聽見的一切聲響都是風的歡呼，久久不息。他們不關心任何人，他們超然於世人之外，就算死亡降臨，它也只會跟隨他們的腳步，繼續追逐倒退的地平線。一座塔樓和一個曾經叫伊利的小鎮都被他們拋在身後，前方是同一片天空，天色終於慢慢變白，像是預示著大海的來臨。「再右轉，」然後「往左」、「往右」，直到所有的方向感都消失。車子碰上了一道裂縫，發出刺耳的摩擦聲，墨利斯沒理會。緊接著一聲嘈雜巨響從他雙腿間冒出來，像是一千顆鵝卵石同時搖晃碾磨。沒發生意外，但機車在漆黑的田野間停住了，動彈不得。他們聽見了雲雀的歌聲，揚起的塵土開始在他們身後慢慢的落下來。這裡只有他們兩個人。

「來吃東西吧！」克萊夫說。

他們在綠草如茵的堤岸上吃東西。在另一邊，水渠裡的水幾乎難以察覺的緩緩流動，倒映著無盡的一長排柳樹。創造出這片風景的人類，這時一個也見不著。吃過午飯，克萊夫覺得他應該用功一下，於是攤開了書，但不到十分鐘就睡著了。墨利斯躺在水邊抽菸。一部農用的運貨馬車出現了，他確實有過問這個人他們現在究竟在哪個郡的想法。不過他最後還是沒問，農夫似乎也沒注意到他。克萊夫醒來的時候已經三點多了。「我們再一會兒就該喝點茶了。」他提議。

「好啊。你能修好這部該死的車嗎？」

「可以吧，是不是有什麼東西卡住了？」他打了個呵欠，走到機車前面。「不行，這我修不好，墨利斯，你行嗎？」

「你都不行，那我更不行了。」

他們倆臉貼著臉，開始大笑起來。車弄壞了這件事讓他們覺得尤其好笑。說到這是外公送的禮物，又讓他們一陣捧腹！這是墨利斯在八月成年的時候得到的。克萊夫說：「我們就把車放在這裡不管，用走的怎麼樣？」

「也好，誰會對它怎麼樣呢？外套和其他東西就放在車裡好了，還有喬伊的護目鏡。」

「那我的書呢？」

「也留下。」

「難道我吃過飯之後就不需要這些書了嗎？」

「噢，這我就不知道了。喝茶比晚餐還重要，這是有道理的……你在笑什麼啊？要是我們順著一條堤岸走得夠久，一定能碰上小酒館的。」

「要說爲什麼，因爲小酒館需要用水渠給啤酒摻水啊！」

墨利斯朝他的肋間打了一拳，他們在樹林裡打鬧了整整十分鐘，兩人的蠢樣自是不用多說。沒多久他們又陷入沉思，兩人緊靠著站在一起，接著他們把機車藏在犬薔薇花叢後面，便出發了。克萊夫帶走了他的筆記本，但最後它並沒有以任何有用的形式保存下來，因爲他們走的那條堤岸後來分岔了。

「我們得涉水過去，」他說：「我們不能在這裡繞圈子，否則我們哪裡也去不了。墨利斯，你看……我們必須直直的往南走才行。」

「好吧。」

在那一天，不管是誰提出什麼建議其實都無關緊要，因爲另一個人總是會同意的。克萊夫脫下鞋襪，捲起褲管。然後踏進褐色的水面，人就不見了。他再度出現的時候，已經開始游泳了。

「這水眞深啊！」他一面吐著水，一面從水裡爬了上來。「墨利斯，我完全沒想到會是這樣！你想過嗎？」

墨利斯喊道：「唉呀，我也得好好泡個水才行。」然後他也下去了，克萊夫拿著他的衣服。陽光越來越亮了。又走了一會兒，他們來到一座農場。

農夫的妻子既不好客，又沒禮貌，但事後他們卻說她「眞是好極了」。她終究還是爲他們上了茶，還讓克萊夫在她廚房的爐火邊烘乾。她要他們「隨意付點錢」，而當他們給的錢多了，她又嘟囔著抱怨。不過，什麼事都掃不了他們的興，只要他們兩個人在一起，一切都不一樣了。

「再見，我們眞是感激不盡。」克萊夫說。「要是有你認識的人經過那部機車……我眞希望我們能把放車的地方描述得更清楚一點。總之，我把我朋友的名片給你。要是有人願意發發好心，就請他們把名片繫在機車上，然後把它帶到最近的車站去。大概就是這樣吧？我也不確定。站長會給我們發電報的。」

車站在五英里外。當他們抵達車站，太陽已經西斜，等他們回到劍橋，晚飯時間都過了。這一天的最後一段時光非常完美。不知道爲什麼，那天火車上塞滿了人，他們緊貼著坐在一起，在人聲嘈雜中低聲交談，彼此微笑。他們平常的道別，兩個人都沒有想說什麼特別的話的衝動。這一整天如此平凡。然而，過去他們誰也沒經歷過這樣的一天，之後，也再沒有過。

第十四章

墨利斯被院長停學了。

康沃利斯先生並不是個嚴厲的院長，墨利斯這孩子的過往紀錄也還可以，但他不能容忍這麼嚴重的違紀行爲。「我叫你的時候，你爲什麼不停下來，霍爾？」霍爾沒有回答，甚至看上去也沒有一絲內疚。他眼睛裡藏著悶燒的惱怒，康沃利斯先生雖然很惱火，但也意識到自己面對的是一個成年男子。他甚至以一種毫無同情心、冷血的方式，猜到究竟發生了什麼事。

「昨天的禮拜你沒去，還蹺了四堂課，包括我的翻譯課在內，再加上晚餐，你以前就做過這種事。現在沒有必要再添上一條傲慢無禮了吧，你不覺得嗎？嗯？不回答？你停學以後，回去向你母親報告理由。我也會通知她的。除非你寫一封悔過書給我，否則我絕對不會推薦你在十月復學。搭十二點鐘的火車走吧。」

「好。」

康沃利斯先生示意他出去。

杜蘭沒有受到懲罰。爲了準備榮譽學位考試，他全部的課都已經不用上了，即使他犯了什麼過失，院長也不會去打擾他；身爲全年級最出色的古經典學者，他是有特殊待遇的。幸好他再也不會因爲霍爾而分心了。康沃利斯先生一直對他們的友誼心存懷疑。兩個性格不同、品味也不同的男人彼此親密無間，這是不自然的。儘管大學生和中學生不同，據說這種情形很正常，但老師們依然保持著一定程度的警惕，並且認爲在有此可能的情況下破壞一段戀情是正確的。

克萊夫幫墨利斯打包行李，爲他送行。克萊夫沒有說什麼，只怕他那位天不怕地不怕的朋友會難過，但是他的心已經沉到谷底。這是他在學校的最後一個學期了，因爲母親不讓他在這裡待第四年，意思是他和墨利斯再也沒有在劍橋見面的機會了。他們的愛屬於劍橋，尤其屬於他們的房間，他無法想像他們在別的地方相見會是什麼樣子。他眞希望墨利斯對院長的態度不那麼強硬，但現在說什麼都太晚了，他也希望那部邊車沒有弄丟。那部車和他的強烈感情是相連的：網球場上的折磨、昨天的歡樂。他們在車裡行動一致，似乎比在任何地方都更貼近；那部機車像是有了自己的生命，他們在當中相遇，實現了柏拉圖所謂的合而爲一。機車丟了，墨利斯的火車也走了。火車開動的時候，硬生生的把他倆緊握的手扯開，他崩潰了，回到自己的房間，情緒激動的寫下一張張充滿絕望的信箋。

第二天早上，墨利斯收到了信。這封信將源自克萊夫家庭的問題全都搬上檯面，克萊夫對這個世界的憤怒也第一次爆發開來。

第十五章

「我不能道歉，媽媽。我昨晚就跟你解釋過，我沒什麼好道歉的。每個人都在蹺課，他們沒有權利要我停學。這純粹是惡意，你可以問任何一個人……艾妲，請給我來杯咖啡，別給我鹹水。」

她抽泣著說：「墨利斯，你讓媽媽這麼傷心，你怎麼能這麼殘忍無情？」

「我很確定我不是故意的，我也看不出我哪裡殘忍。現在我應該要和爸爸一樣，直接去工作，不去拿他們那個爛學位了。我看不出這有什麼不好。」

「你大可不必拖你那可憐的父親下水，他從來沒惹出過什麼不愉快的事，」霍爾太太說：「噢，墨利，我的小寶貝啊！我們原本對你去劍橋的事情那麼期待。」

「你們都不該哭的，」吉蒂安慰家人：「這樣只會讓墨利斯覺得自己很重要，其實根本不是這樣。只要沒人催促他，他自己就會給院長寫信了。」

「我才不會。那樣不妥。」她哥哥答道，口氣硬得像鐵一樣。

「我看不出哪裡不妥。」

「小女孩看不出來的事可多了。」

「這就難說了！」

他瞥了她一眼。但她只是說，自己看到的遠比那些自以為是小大人的男孩多得多而已。她也不過是胡扯，墨利斯心裡原本升起了一股恐懼，當中還帶著一絲敬意，這時又消失了。不，他不能道歉。他沒有做錯事，也不會說出自己做了錯事，這是他這麼多年來第一次嚐到誠實的滋味，而誠實嚐起來就像鮮血。在他此刻頑固的心情下，這孩子認爲永不妥協的活下去，並且無視所有不對他和克萊夫讓步的一切，是可能成功的！克萊夫的信令他發狂。毫無疑問，他很愚蠢。理智的情人會低頭道歉，讓自己回學校去安慰他的朋友。然而正是激情當中的這份愚蠢，讓人寧願一無所有，也不肯只得到一點點。

她們繼續嘮叨和哭泣。最後墨利斯站起來，說：「我沒辦法在這樣的伴奏之下吃東西。」然後走進了花園。他的母親端著托盤跟在後面。她這種無論如何都強硬不起來的態度激怒了墨利斯，因爲愛情已經讓他這個運動員成長了，然而對一個母親來說，捧著麵包說些甜言蜜語不算什麼：她只想讓墨利斯也變得和自己一樣軟弱而已。

她想知道自己是不是眞的沒聽錯，墨利斯眞的拒絕道歉嗎？她不知道自己的父親會怎麼說，因爲她順帶知道了那部生日禮物就躺在某個東盎格魯人的牛群旁邊。她變得非常關切這件事，因爲對她來說，這種損失比失去一個學位更容易理解。女孩們也很掛心，那天上午其餘的時間，她們都在哀嘆那部機車，儘管墨利斯總是能讓她們安靜下來，或者想辦法把她們趕到他聽不見的地方，但他還是覺得，她們的柔順可能會再次耗掉自己的力量，就像復活節假期那一次一樣。

到了下午，他崩潰了。他想起自己和克萊夫在一起僅僅過了一天！而且他們跟傻瓜一樣，就只是騎著車到處亂跑……而不是互相依偎！墨利斯不知道他們其實已經無比完美的度過了這段時光，他太年輕了，還看不出爲親密而親密有多平庸。儘管有他朋友的克制，他還是傾注了過多的激情。後來，當他的愛再次獲得力量時，才意識到命運對他何等眷顧。黑暗中的一次擁抱，在明亮的天光和風中度過的那漫長的一天，就像兩根柱子，少了其中一根，另一根便毫無用處。這一刻，他所經歷的所有離別之苦，不是爲了毀壞，而是爲了完滿。

他試著給克萊夫回信。他已經不敢寫那些看得出是假話的字句了。到了傍晚，他又收到了另一封信，整張信紙都是「墨利斯！我愛你。」他也回了一整張的「克萊夫，我愛你。」之後他們每天都寫信，儘管兩人並不在意，但他們還是在彼此心中創造了新的形象。信件扭曲事實的速度甚至比沉默更快。克萊夫感到恐懼，覺得事情不對勁，於是他在考試前請假去了倫敦。墨利斯和他一起吃午飯。那天的情況實在太可怕了。兩個人都疲憊不堪，卻又選了一家吵得連他們自己說的話都聽不清的餐廳。「我一點也不喜歡這樣。」克萊夫道別的時候這麼說，墨利斯鬆了一口氣。他一直假裝自己很享受這次見面，也因此更加痛苦。他們約好以後寫信只談實事，而且只在緊急情況時才寫信。情緒上的緊張終於鬆弛下來，墨利斯大腦過載的程度，比他自己想像的更接近腦炎。他狠狠睡了幾夜，連夢都沒作，終於痊癒了。但每天要面對的生活依然是一場爛仗。

他在家裡的位置很不正常：霍爾太太希望有個能替她做決定的人。墨利斯看上去已經像個男人了，上次復活節的時候還作主打發走了豪威爾一家；但另一方面，他卻被劍橋退學了，而且還不到二十一歲。他在這個家裡的地位究竟是什麼呢？在吉蒂的慫恿之下，她也試圖堅持自己的主張，墨利斯確實露出了驚訝的神色，但之後便對她的話充耳不聞。霍爾太太動搖了，雖然她很愛兒子，卻採取了不明智的策略，找了巴利醫生求助。於是某天晚上，墨利斯收到邀請，要他過去巴利醫生家走走，順便談一談。

「嗯，墨利斯，你的生涯規劃怎麼樣了？跟你想像的不太一樣，是吧？」

墨利斯對他的這位鄰居還是有點害怕。

「跟你母親想像的不太一樣，這麼說可能更中肯一點。」

「跟每個人想像的都不一樣。」墨利斯說，望著自己的雙手。

巴利醫生接著說：「噢，這樣再好不過了。你要大學學位做什麼？它從來就不是為郊區中產階級而設的。你既不當牧師，也不會成為律師或老師。再說你也不是鄉紳，拿學位純粹就是浪費時間。馬上開始工作吧！侮辱院長是對的。城市才是屬於你的地方。你母親……」他頓了頓，給自己點了一支雪茄，卻什麼也沒給那個男孩。「你母親無法理解這一點。她會擔心，是因爲你不道歉。就我個人來說，我認爲這些事本身是對的。你進入了一個不適合你的環境，而你非常恰當的抓住了第一個擺脫它的機會。」

「先生，您的意思是？」

「哦。不夠清楚嗎？我的意思是，如果一個鄉紳發現自己的行爲像個無賴，他就會憑本能道歉。你的習慣和他可是大不相同。」

「我想我現在該回家了。」墨利斯說，力求不失尊嚴。

「是啊，我想你是該回家了。我希望你已經意識到，我並不是邀你來度過一個愉快夜晚的。」

「您已經說得很直接了……也許哪一天我也該這樣說話。我知道我會的。」

這句話瞬間激怒了巴利醫生，他吼道：「你怎麼敢這樣欺負你母親，墨利斯！你應該被鞭子狠狠的抽一頓才對，你這個乳臭未乾的傢伙！不去求她原諒，居然還大搖大擺的到處晃蕩！我全都知道。她眼淚汪汪的來我這裡，請我跟你談談。她和你的兩個妹妹都是我尊敬的鄰居，只要有女士請託我，我隨時效勞。別回答我，先生，別回答，我完全不想聽你說話，不管你是直接說或者用別的方式講。你是騎士精神之恥。我不知道世界會變成什麼樣子，我不知道這個世界是怎麼回事……我對你很失望，你讓我覺得噁心。」

墨利斯終於走到外面，擦了擦額頭上的汗。在某種程度上，他感到羞愧。他知道自己對母親的態度不好，他內心所有的自命不凡都受到了傷害。但有些事情，他無論如何也不能收回、不能改變。一旦脫離常軌，他似乎就永遠脫離了。「騎士精神之恥。」他細細思索這道指控。如果他的邊車裡坐的是個女人，如果他是因此才拒絕聽從院長的命令停下來，巴利醫生還會要求他道歉嗎？那當然是不會了。他費了好大力氣才把這串思路梳理清楚。他的大腦還很虛弱，但他非使用它不可，因爲現在有好多話語和想法，不經大腦翻譯過，他根本沒辦法理解。

母親迎接他進門，臉上帶著羞愧的神情；她和他一樣，都覺得責罵其實應該由她自己來做。她對吉蒂抱怨，說墨利斯已經長大成人了；孩子們一個接著一個都要離開；這一切太令人悲傷了。吉蒂則堅稱她的哥哥只不過是個男孩，但這些女性都感覺到，自從他見過巴利醫生之後，他的嘴、眼睛和聲音都出現了某種變化。

第十六章

杜蘭一家住在英格蘭偏遠的威爾特郡和薩默塞特郡交界。他們雖然並不算是古老的家族，但也在這片土地上生活了四代，當地的風土因此融入了他們的血液。克萊夫的曾曾叔父在喬治四世統治時期曾經擔任過首席大法官，彭奇就是他的安樂窩。現在這個窩已經有些破敗了。百年的光陰一點一滴的蠶食著這份資產，家族又沒娶到過有錢的新娘來挹注活水，宅邸和土地像是被打上了烙印，並不是真的已經腐朽，而是腐朽前的死氣沉沉。

宅邸座落在樹林裡。樹籬已經消失，但過去的痕跡還在，它們向四周伸展，圍出了一座園子，為馬匹和奧爾德尼乳牛提供了陽光、空氣和牧草。園子再過去就是森林，大部分是老愛德溫爵士種的，他占用了這片公地。園子有兩個入口，一個在村子旁邊，另一個在通往車站的黏土路上。以前並沒有車站，而從車站前往宅邸被認為不夠體面，因為那條路會通到宅邸後方，這種想法是英國人典型的加油添醋。

墨利斯到的時候已經是傍晚。他是從他外公在伯明翰的家直接過來的，他在那裡不冷不熱的度過了成年的第一個生日。雖然很丟臉，但是他的生日禮物並沒有因為懲罰而取消，只是送禮和收禮的雙方都意興闌珊。他曾經那麼盼望二十一歲的到來。吉蒂暗示，他之所以不喜歡這一天，是因為他已經變壞了。他為此非常友好的捏了捏她的耳朵，還親了她一下，讓她火冒三丈。「你根本什麼都不懂。」她生氣的說，而他笑了。

阿佛利斯頓莊園有杜蘭的遠房親戚，下午茶時會出現肉類冷盤，那裡與彭奇的差別只有巨大能夠形容。即使當時民智已開，世家大族還是有些地方令人戰戰兢兢，墨利斯不管去哪座莊園、不管要坐在什麼地方都心存敬畏。確實，是克萊夫親自去接他的，還和他一起坐在四輪馬車裡，但後來和他搭同一班火車的希普香克斯太太也坐了進來。希普香克斯太太帶了一個女僕，女僕和他們兩人的行李一起坐在一部出租馬車裡，跟在他們後面。墨利斯心想，不知道自己是不是也應該帶個僕人來。有個小女孩爲他們撐著宅邸大門，希普香克斯太太希望這裡的每個人都行屈膝禮。她說這話的時候，克萊夫踩了他一腳，但墨利斯不確定他是不是故意的。其實他什麼都不確定。當他們抵達宅邸時，他誤把宅邸後屋當成前廳，還伸手準備開門。希普香克斯太太說：「噢，不過這也算是一種恭維啦。」而且那裡早就有一位男管家等著開門了。

茶已經釅釅的泡好了等著他們。杜蘭太太倒著茶，一面望著另一邊。人們三三兩兩的隨意站著，看上去個個都尊貴不凡，或者他們就是出於某種尊貴不凡的理由才站在那裡的。他們若不是正在進行一些事情，就是正在讓別人進行一些事：杜蘭小姐就和墨利斯約好了明天討論關稅改革議題。他們在政治方面意見一致；但她發現他是盟友時發出的歡呼並不令他感到高興。「媽媽，霍爾先生**真是**個聰明人哪！」韋斯頓少校是他們的一位表親，目前也在宅邸暫住，他會問他關於劍橋的事。軍人會不會討厭一個被停學的人呢？……不，這個場面比餐廳那一次還糟，因爲連克萊夫都覺得不自在。

「琵琶，霍爾先生知道他住哪間房嗎？」

「是藍色房間，媽媽。」

「就是沒壁爐的那間。」克萊夫叫道：「帶他上去看看。」他正忙著送客。

杜蘭小姐把墨利斯交給管家。他們上了側邊的樓梯。墨利斯看見主樓梯在右邊，心裡有點疑惑，不知道自己是不是被看輕了。他的房間很小，家具很廉價，也沒有什麼景色可言。當他跪下準備打開行李的時候，有一種彷彿身在桑寧頓的感覺，他決定，待在彭奇的這段時間，要好好搭配運用他帶來的每一件衣服。不該讓他們認爲他不時髦；他絕對不輸給任何人。但他才剛剛得出這個結論，克萊夫就衝了進來，身後是一片明亮的陽光。「墨利斯，我要吻你。」說完便吻了他。

「你是從哪兒……這裡通到什麼地方？」

「我們的書房啊！」他開懷的笑著，表情既放肆又燦爛。

「噢，這就是爲什麼……」

「墨利斯！墨利斯！你眞的來了。你就在這裡。這個地方跟以前再也不一樣了，我終於要愛上這裡了。」

「我來了，眞是太高興了。」墨利斯哽咽著說道，突然的喜悅讓他有點暈眩。

「繼續開行李吧！這裡是我故意安排的。這座樓梯只有我們會上來。我盡量把這裡弄得跟學院一樣。」

「這裡比學院更好。」

「一定會更好的，我眞的這麼覺得。」

有人敲了敲走廊的門。墨利斯吃了一驚，因爲那時克萊夫還靠在他的肩上，但克萊夫並沒有要挪開的意思，只是口氣平淡的說了一聲：「進來！」一個女僕端著熱水進了房間。

「除了吃飯，我們永遠不需要到宅邸的另一邊去，」他繼續說：「要不待在這裡，要不就出門。快樂吧，嗯？我還有一架鋼琴。」他把墨利斯拉進書房：「看看這片風景。你從這扇窗戶就可以獵兔子。順帶說一句，要是我媽或琵琶在晚餐的時候跟你說，她們明天想讓你做這個或那個，你不用擔心。如果你願意，就應一聲『好』。但其實你會跟我一起去騎馬，她們知道的。邀請你只是個例行公事。假如星期天你沒有去教堂，之後她們也會假裝你去過了。」

「可是我沒有像樣的馬褲啊。」

「那樣的話，我可沒辦法跟你一起騎馬了喔！」克萊夫說完，蹦蹦跳跳的走了。

當墨利斯回到客廳時，已經覺得自己比其他人更有資格待在那兒了。他走到希普香克斯太太面前，她還沒來得及說話，他就先開了口，面對她也變得更有信心。墨利斯在這群人裡也算上一個位子，雜亂無章的八個人湊對入席：克萊夫和希普香克斯太太一對，韋斯頓少校和另一位女士一對，另一位男士和琵琶一對，而墨利斯和女主人一對。女主人還為聚會規模太小向眾人道歉。

「沒這回事，」墨利斯說完，便看見克萊夫狠狠的瞥了他一眼：他接錯話了。接著，杜蘭太太開始觀察他的能耐，不過他一點也不在乎自己能不能讓她滿意。她有著和她兒子一樣的五官，看起來也一樣能幹，只是缺少了一樣的真誠。他明白克萊夫為什麼變得看不起她了。

晚餐之後，男士們先抽了一會兒菸，然後再度加入女士們的行列。這是個典型郊區中產階級的夜晚，然而又有點不一樣；這些人透出一種打算決定或整頓什麼事情的氣息：彷彿他們若不是剛安排好英國的未來，就是即將再次動手安排。然而，他在半路上就注意到了，這座莊園的門柱、道路都年久失修，樹木沒有好好照顧，窗戶也卡住了，木板嘎吱作響。他對彭奇的印象並沒有預期的那麼好。

等到女士們都走了，克萊夫說：「墨利斯，你看起來也很睏了。」墨利斯心領神會，五分鐘後，他們就在書房裡見面，準備聊一整夜。他們點起了菸斗。這是他們第一次一起體驗到全然的寧靜，而且兩人的對話會精妙絕倫。他們都知道這一點，卻並不想立刻開始。

「現在我要告訴你我的最新情況，」克萊夫說：「我一回家就跟我媽大吵了一架，我跟她說，我要在學校待第四年。」

墨利斯叫了一聲。

「怎麼啦？」

「我被停學了啊！」

「可是你十月就會復學了。」

「我不會復學的。康沃利斯說我必須道歉，而我沒這個打算。我以爲你不會繼續念了，所以我一點也不在乎。」

「而我以爲你還會回來，所以決定留下。眞是場陰錯陽差的喜劇。」

墨利斯憂鬱的凝視著前方。

「是陰錯陽差的喜劇，不是悲劇。你可以現在道歉啊。」

「太遲了。」

克萊夫笑出來：「哪裡太遲？這反而讓事情變得更簡單。你不就是不願意在犯規的這學期結束之前道歉嗎？你就寫『親愛的康沃利斯先生：既然現在學期已經結束，請容我冒昧寫信給您。』我明天就給這封信擬稿。」

墨利斯沉思了一會兒，最後才喊：「克萊夫，你是個魔鬼。」

「我承認我有點像亡命之徒，但這些人活該。只要他們還在說著什麼『希臘人不可言說的罪惡』，就不能指望別人光明正大的對待他們。晚飯前我偷溜上來吻了你，這就是我媽的報應。如果讓她知道了，她饒不了我的。她從來沒打算理解，也不想要理解，我對你的感覺就跟琵琶對她的未婚夫一樣，只是更高貴、更深刻，是靈與肉的一致，當然不是飢餓的中世紀風格[1]，而是一種……一種特殊的靈肉一致，我認爲這是連女性都體會不到的感覺。但你明白那是什麼。」

「好，我會道歉。」

---

1 中世紀基督教的靈肉觀，認為靈魂是善的，而肉體是惡的，靈魂藏在肉體之中。如果惡屬性的肉體在較量中占優勢，那麼這個人就會被肉慾所支配，變成「惡」人。所以要通過禁慾、苦修、禱告等方式，把靈魂從肉體中洗滌出來。

接著很長的一段時間，他們沒再聊到這個話題。他們談起了那部從此不知下落的機車。克萊夫煮了咖啡。

「告訴我，你參加討論會的那天晚上，爲什麼把我吵醒？說清楚。」

「我一直想著要說點什麼，但是又說不出來，最後我甚至都不能思考了，所以就這麼做了。」

「果然是你會做的事。」

「你在責怪我嗎？」墨利斯不好意思的問。

「老天爺！怎麼會呢？」接著他們兩人有一會兒沒說話。「現在跟我說說我第一次告白那晚吧！爲什麼你要把我們兩個都弄得那麼不開心？」

「我不知道，眞的。我什麼都沒辦法解釋。你爲什麼要用那個爛柏拉圖來誤導我呢？那時候我整個人還糊裡糊塗的。從那之後，我的腦子裡有好多東西一直串不起來。」

「可是你不是一直過來找我嗎？都好幾個月了。事實上，從你第一次在里斯利那裡見到我開始就沒停過。」

「別問我。」

「不管怎麼說，這件事都很怪。」

「確實是。」

克萊夫高興的笑了起來，在椅子上扭動。「墨利斯，我越想越確定，你才是那個魔鬼。」

「噢，隨便你啦！」

「如果你謹守規範，不再理我，我應該就會這麼半夢半醒的度過一生。沒錯，理智上我是清醒的，情感上一定程度也是；但是這兒……」他用菸斗柄指著自己的心口；兩人都微笑起來。「也許我們喚醒了彼此。無論如何，我喜歡這個想法。」

「你從什麼時候開始在意我的？」

「別問我。」克萊夫模仿他回答。

「噢，認眞一點！嗯……你一開始是因爲我的什麼才開始在意我的？」

「你眞的想知道？」克萊夫問道，他現在的心情半是調皮，半是激情；一種愛戀到了極點的心情，也正是墨利斯最愛的。

「對。」

「這個嘛，是因爲你的美。」

「我的什麼？」

「美……我以前最愛的，是書架上方的那個人。」

「我敢說，一幅畫的好壞我還是看得出來的，」墨利斯看了牆上的米開朗基羅一眼，說道：「克萊夫，你是個愚蠢的小傻瓜，既然你提起了這件事，那我也要說，我覺得你很美，你是我見過唯一一個美麗的人。我愛你的聲音，愛一切和你有關的東西，包括你身上的衣服，或者有你坐在裡面的房間。我愛你。」

克萊夫被說得紅透了臉。「正經點，我們換個話題吧。」他說。剛才那股痴傻都不見了。

「我不是故意要惹你生氣的……」

「這些事總得說一次才行，不然我們永遠不知道對方心裡是這麼想的。我沒想過是這樣，至少沒想到這麼多。你這麼做完全沒問題，墨利斯。」他沒有改變話題，只是把它擴展到最近讓他很感興趣的另一個主題上，就是慾望對人們的審美觀有什麼確切的影響。「比如說，看看那幅畫。我愛它，是因爲我愛畫裡的那個人，就跟畫家本人一樣[2]。我不是用一般男人的眼光去評判它的。要通

2 米開朗基羅終身未婚，在他在世時就有同性戀傳聞。他唯一完成的一幅肖像素描，畫中人是安德烈（Andrea Quaratesi），一個十八歲的男孩，曾與米開朗基羅共同生活數年。

往美，似乎有兩條路：一條很平常，全世界的人都是經由它抵達米開朗基羅的；但另一條路是一條私密的小徑，只對我和其他少數人開放。我們這兩條路都通向他。而格勒茲[3]卻相反，他畫的題材令我厭惡。我只能通過一條路走到他那兒。但世上的其他人卻可以找到兩條路。」

墨利斯沒有插嘴。對他來說，這全是些迷人的胡說八道。

「這些私密小徑也許是個錯誤。」克萊夫下了結論。「但是只要畫了人物像，這些私密小徑就存在。風景是唯一安全的主題……或者某種幾何圖形、有韻律、完全非人性的東西也有可能。我想，這會不會就是伊斯蘭教徒和老摩西領悟到的東西呢[4]？我也是剛剛才想到這點。如果你讓人看了一個人物形象，就會立刻引發厭惡或慾望。有時候這種感覺很微弱，但它還是存在。『不可為自己雕刻偶像』，因為一個人也不可能為所有的他人製造偶像。墨利斯，我們應該重寫歷史嗎？『《十誡》的美學哲學』。我一直覺得，上帝沒有在這件事上譴責你或我，已經很了不起了。以前我總認為這是因為上帝的正義，但現在我懷疑祂只是消息不靈通而已。但我還是可以找出理由來。我應該選它當一篇研究生論文嗎？」

「你知道的，這些我聽不懂。」墨利斯有點不好意思。

他們的愛情故事就這樣展開了，一種新的語言帶來了難以估計的收穫。沒有任何傳統能嚇倒這兩個大男孩，也沒有任何慣例能認定什麼是詩意，什麼是荒謬。他們關心的，是一種沒有幾個英國人承認的激情，也因此沒有拘束。終於，兩人心中都產生了某種極致的美，一種難以忘懷的、永恆的美，然而它卻是由最簡略的隻字片語和最樸素的情感構築而成的。

「嘿，你要不要吻我？」墨利斯問道，那時他們上方屋簷的麻雀剛剛醒來，而遠方樹林裡的斑鳩也開始咕咕叫了。

克萊夫搖搖頭，微笑著離開房間。無論如何，他們在人生中都有了一段完美的時光。

3 讓－巴蒂斯特・格勒茲（Jean-Baptiste Greuze, 1725-1805），十八世紀法國畫家，擅長風俗畫和肖像畫。畫作經常呈現庶民的道德觀與教育意味，如《給孩子讀聖經的父親》、《鄉村新嫁娘》、《父親的詛咒》、《被懲罰的兒子》等。

4 根據伊斯蘭教，神超越任何認知，沒有參照物可以比擬，無論如何也不會和他的所造物相似。伊斯蘭教不是偶像崇拜宗教，禁止任何形式對神的形象化。而「不可為自己雕刻偶像」則是摩西《十誡》中的一條。

第十七章

要說墨利斯贏得了杜蘭家的尊敬似乎有點奇怪，但是他們的確不討厭他。他們只討厭那些企圖摸透他們的人（已經討厭到非常不理性的地步了），要是有謠傳某個人希望打入郡裡的社交圈，這就成了把他排除在外的充分理由。在這個圈子裡（一塊交替頻繁、姿態高貴卻毫無意義的領域）可以找到幾個和霍爾先生一樣的人，他們既不熱愛命運，也不懼怕它，必要的時候，他們會不聲不響的離開。杜蘭家覺得他們把墨利斯當自己人對待是對他施恩，但是他把這份恩惠當成理所當然的態度又讓他們很高興，因為在他們的心目中，感激之情莫名的和教養不好連結在一起。

墨利斯想要的只有食物和他的朋友，卻沒有注意到自己是個受重視的人，當他的拜訪行程即將結束，這個家的老夫人要求和他聊聊，墨利斯很驚訝。她曾經問過他家的事，對他們家的情況一清二楚，但這次她的態度很尊重，她想聽聽他對克萊夫的看法。

「霍爾先生，我們希望你能幫助我們。克萊夫非常看重你，你認為他繼續在劍橋念第四年是明智之舉嗎？」

墨利斯滿腦子都想著自己下午該騎哪匹馬。他的心思只有一半在談話上，然而，這反而讓他顯得頗有深度。

「他在榮譽學位考試時讓自己表現得很糟糕，在發生這種事之後……這樣做明智嗎？」

「他是故意的。」墨利斯說。

杜蘭太太點了點頭：「你找到了問題的根源。克萊夫是故意的。嗯，他向來都是自己決定自己要做什麼的。這片莊園是他的，這件事他告訴過你嗎？」

「沒有。」

「噢，按照我丈夫的遺囑，彭奇絕對是他的。只要他一結婚，我就得搬到寡婦屋[1]去……」

墨利斯吃了一驚；她看了看他，發現他臉紅了。「原來有女朋友了。」她想。她暫時不管這一點，把話題拉回劍橋，她說起讀第四年對一個「鄉巴佬」來說有多麼無利可圖（她用那個詞的時候帶著一種愉快的自信），而讓克萊夫在鄉下取得一席之地又是多麼令人嚮往。可以打獵，有自己的佃農，最後還有政治權力。「他父親是這個選區的代表，這你一定知道。」

「我不知道。」

「那他都跟你說了些什麼啊？」她笑著說：「不管怎麼樣，我先生當了七年議員，雖然現在是個自由黨員，但大家都知道他在這位子上是待不久的。我們所有的老朋友都在指望克萊夫。他必須當上議員，但是他自己一定要做好準備，而那個什麼高等研究……我忘了那叫什麼了，那到底對他有什麼好處呢？他應該把這一年的時間用來旅行。他必須去美國，要是可能的話，應該去殖民地一趟。現在這麼做已經是絕不可少的了。」

「他說劍橋畢業之後要去旅行，要我也去。」

「我相信你們會去的，但不是去希臘，霍爾先生。去那裡就只是爲了玩樂。一定要勸他別去義大利和希臘。」

1 在英格蘭、蘇格蘭或威爾斯，寡婦屋（dower house）是前屋主遺孀從丈夫那兒繼承的一棟中等大小的房子。由於實施長子繼承制，通常母親在丈夫過世，兒子也結婚時就會搬進寡婦屋，將較大的家族正屋交由長子繼承。

「我更喜歡美國。」

「那是當然，任何一個明智的人都會這麼選的；不過他還是個學生，一個夢想家，琵琶說他會寫詩。你看過嗎？」

墨利斯看過一首寫給自己的詩。他意識到自己的生活一天比一天更精彩，但是他什麼也沒說。他還是八個月前被里斯利迷惑的那個人嗎？是什麼加深了他的視野？人性的大軍一支又一支的活躍起來，生氣勃勃，不過有些荒唐；他們完全誤解**他**了：當他們自認眼光最敏銳的時候，卻暴露了自己的弱點。墨利斯忍不住泛起微笑。

「你顯然看過……」接著她突然說：「霍爾先生，克萊夫是不是有女朋友了？是紐納姆學院[2]的女孩嗎？琵琶說他有。」

「那麼琵琶最好去問他。」墨利斯回答。

杜蘭太太很欽佩。面對一句無禮的問題，他以另一句無禮回敬。誰想得到一個年輕人竟然有這樣的本事？而對於自己的勝利，他甚至看上去無動於衷，還對另一位走過草坪來喝茶的客人微笑。她用對平輩說話的口氣說：「無論如何，你得讓他牢牢記著美國。他需要的是現實。這一點我在去年就注意到了。」

當他們兩人一起騎馬穿過林間空地的時候，墨利斯便按照囑咐，努力加深他對美國的印象。

「我覺得你正在墮落，」克萊夫批評道：「你變得跟他們一樣。像喬伊．費瑟斯頓豪那樣的人，他們看都不看一眼。」克萊夫對他的家人極為反感，他厭惡他們把名利心和對這個世界的完全無知結合在一起。「孩子會是一個麻煩的問題。」馬放慢速度時，他對墨利斯說。

「什麼孩子？」

「我的孩子！彭奇需要繼承人。我媽把這件事稱之為婚姻，但是她滿腦子想的只有繼承人。」

墨利斯沉默了。在這之前，他從來沒想到過他和他的朋友會留下後代。

「我會爲這件事擔心到天荒地老。就因爲這件事，他們老是讓女孩到家裡來暫住。」

「就只是繼續變老……」

「嗯，你說什麼？」

「沒什麼，」墨利斯說著，勒住了馬。一股巨大的悲傷從他的靈魂中升起，他原本相信自己已經擺脫這些刺激了。他和他所愛的人會徹底消失，無論在天堂、在人間，都不會有任何延續。他們戰勝了傳統，但大自然依然壓倒了他們，它用平靜的聲音說：「很好，你們就是這樣的；我不會責怪我的孩子。但你們必須走上那條絕後的道路。」想到自己不能生育，這個年輕人突然感到羞愧難當。他的母親或杜蘭太太也許不夠聰明，情感也不夠豐沛，但她們完成了有形的工作；她們把傳遞生命的火把交給了自己的兒子，而他們卻要把它踩熄。

他本來不想讓克萊夫心煩，但是他們才剛躺在一叢羊齒蕨裡，他就忍不住全說出來了。克萊夫不同意。「爲什麼是孩子？」他問：「爲什麼總是要孩子？對愛而言，在開始的地方結束要美好得多，大自然也知道這一點。」

「是沒錯，但如果每個人都……」

克萊夫把他拉回他們的兩人世界。整整一個小時，他都絮絮叨叨的對墨利斯低聲說著關於永恆的話語。墨利斯聽不懂，但克萊夫的聲音深深撫慰了他，讓他平靜了下來。

2 紐納姆學院（Newnham College）是劍橋大學的一所女子學院。創立於一八七一年，是繼格頓學院後第二所招收女性入學的學院。

第十八章

接下來的兩年裡，墨利斯和克萊夫過的是和他們同樣命運的男人們所能期待最幸福的生活。他們天性深情，始終如一，而且極爲明智，這點多虧了克萊夫。克萊夫知道狂喜不能持久，但它可以爲某種持久的東西開闢出一條通道，所以他創造了一種確實能夠長久維持的關係。如果說製造愛的是墨利斯，那克萊夫就是維護了愛，並且引來愛的河水灌溉花園的那個人。無論身處痛苦或感傷中，他都不能容忍任何一滴灌溉的水被浪費。隨著時間過去，他們放棄了公開聲明（「我們兩人就已經說出了一切」），也幾乎不再愛撫。在一起就是他們的幸福。在其他人之中，他們散發出某種平靜，並因此得以在社會中擁有容身之地。

克萊夫自從懂了希臘文之後，就一直朝這個方向發展。蘇格拉底對斐多[1]的愛，如今他已經觸手可及，這種愛既熱烈又節制，只有優美細緻的人才能理解。他在墨利斯身上發現的特質並不算眞正的優美，而是一種迷人的心甘情願。他領著所愛的人走上一條狹窄而美麗的道路，路的兩側都是萬丈深淵。它一路延伸，直到最終的黑暗，他看不出還有什麼比這更可怕的了。無論如何，當黑暗降臨，他們的一生都比聖徒或沉迷酒色之人活得更充實，也盡最大努力汲取了這個世界的崇高與甜美。他教育了墨利斯，或者應該說，是他的精神教育了墨利斯的精神，因爲他們已經是平等的人了，誰也沒想過「我是被引領的，還是引領的那個人呢？」愛情把他從平凡中拉了出來，把墨利斯從困惑中拉出來，好讓兩個不完美的靈魂得以觸及完美。

於是，表面上他們和其他人一樣逐步前進，社會接納了他們，就像接納了成千上萬和他們一樣的人那樣。法律在社會背後酣睡。他們一起在劍橋度過了最後一年，然後去了義大利旅行。接著監獄的大門就關上了，他們兩個人都被關在裡面。克萊夫為了取得律師資格而努力，墨利斯則在一家證券公司工作。他們依然在一起。

1 斐多（Phaedo）是一個曾受過蘇格拉底幫助的年輕人，後來成為他的弟子，在蘇格拉底死亡當時也跟隨在他身旁。

第十九章

這時，他們兩家人已經互相認識了。「她們絕對處不來的。」他們一致同意：「她們畢竟屬於不同的社會階層。」然而，也許是出於反常，兩家人居然相處得十分融洽。克萊夫和墨利斯看到她們在一起的樣子，覺得很好笑。他們兩人都厭惡女性，尤其是克萊夫。儘管不得不和她們相處，但也沒想過要克盡傳宗接代的本分，在他們相愛的這段日子，女性就和馬或貓一樣遙遠；而且她們也和馬或貓一樣，不管做什麼事看起來都很蠢。當吉蒂要求抱抱琵琶的寶寶，或者是杜蘭太太和霍爾太太攜手參觀皇家學院的時候，在他們眼裡看來，與其說是社會階層上的不合拍，不如說是一種本質上的格格不入，於是他們便對這些事情胡亂解釋。其實這並沒有什麼好奇怪的：他們自己就是最充分的理由。他們對彼此的激情就是雙方家庭中最強大的力量，就像暗流拖著小船一樣，把每樣東西都跟著吸引過來。霍爾太太和杜蘭太太會走到一起，是因爲她們的兒子是朋友；「而現在，」霍爾太太說：「我們也是朋友了。」

她們的「友誼」開始的那一天，墨利斯也在場。太太們在琵琶位於倫敦的家裡見面，琵琶嫁的又是一位姓倫敦的先生，這個巧合讓吉蒂留下了深刻的印象，她很希望自己不要在喝茶的時候因爲想起這件事而笑出來。艾妲第一次來這裡的時候表現得太蠢了，於是在墨利斯的建議之下被留在家裡。這次見面順利落幕。然後，琵琶和母親搭著汽車出門回禮。當時他人在倫敦，但似乎什麼都沒發生，除了琵琶對著艾妲稱讚吉蒂頭腦好，又對著吉蒂稱讚艾妲長得漂亮，因此一口氣得罪了兩個人之外，就是霍爾太太提醒了杜蘭太太，千萬別在彭奇裝暖氣。然後，她們又見面了，在他看來，她們見面的情況一直是這樣，沒事，沒事，還是沒事。

杜蘭太太自然有她的動機。她在為克萊夫物色妻子，霍爾家的女孩也在她的名單上。她有一套理論，認為血統應該稍微雜一點才好，艾妲雖然只是個郊區的中產階層，但很健康。毫無疑問，這女孩不聰明，但不管理論上杜蘭太太該怎麼做，實際上，她並沒有隱退到寡婦屋去的打算，她相信最好的作法，是透過克萊夫的妻子去控制他。吉蒂的資質比較平庸，她沒那麼傻，沒那麼漂亮，也沒那麼有錢。艾妲會繼承她外公的全部財產，那可是相當可觀的一筆錢，再說，她總也能遺傳一點她外公的好脾氣。杜蘭太太見過老葛雷斯先生一次，而且相當喜歡他。

如果她認為霍爾家也在盤算這件事的話早就撤退了。墨利斯的家人跟墨利斯一樣，不怎麼把她放在心上。霍爾太太懶得算計，女孩們又太天真。杜蘭太太認為艾妲的長相討人喜歡，便邀請她到彭奇去。只有思想稍微受過現代風氣洗禮的琵琶，發覺哥哥冷漠得出奇。「克萊夫，你**打算**結婚嗎？」有一次她突然問他。「不，請一定要告訴媽媽。」這個回答打消了她的疑慮：這是一個將來肯定會結婚的男人才會有的答案。

沒有人替墨利斯擔心。他已經在家裡建立了自己的勢力，他的母親說起他來，口氣就像談到自己的丈夫。他不僅是這個家庭的兒子，更成了個出乎眾人意料的人。他把僕人們管理得井井有條，對汽車瞭如指掌，同意這個、不同意那個，禁止妹妹們和某些人來往。到了二十三歲，他已經是一個頗有前途的郊區獨裁者了，因為作法相當公正溫和，他的掌控力也因此更為強大。吉蒂反抗過，但她既沒有後盾，也沒有經驗，最後不得不道歉，還讓哥哥吻了一下。這個年輕人的好脾氣裡帶著微微的敵意，她根本不是他的對手，他在劍橋的那次越軌行為曾經讓她占過上風，但她也沒能成功的乘勝追擊。

墨利斯的生活習慣變得很規律。吃完一份豐盛的早餐之後，搭八點三十六分的火車進城，在火車上讀《每日電訊報》。工作到下午一點，簡單吃點午餐後，又繼續工作一個下午。回到家之後，他會做一些運動，再吃一份豐盛的晚餐。晚上他會讀晚報，決定家裡的大小事，不然就是打幾局撞球或橋牌。

但是每逢週三，他都會睡在克萊夫在城裡的小公寓，週末也是，誰都不許干涉。她們在家裡都說：「週三或週末絕對不可以打擾墨利斯，不然他會很生氣的。」

第二十章

克萊夫順利通過了律師考試，但就在正式聘任之前，他得了流感，有點發燒。墨利斯在他快痊癒時去找他，也被傳染了，一直在自家床上養病。他們因此好幾個星期沒怎麼見面，等到兩人碰面時，克萊夫仍然臉色蒼白，神經緊張。他來到霍爾家，比起琵琶家，他更喜歡這兒，也希望這裡的美食和寧靜能讓他感覺好一點。他吃得很少，只要一開口，說的主題總是「一切都是徒勞」。

「我之所以當律師，是因爲我可能會進入政治界，」有一次他回答艾妲的問題時說：「但是我爲什麼要進入政界呢？誰會要我？」

「你的母親說郡裡的民眾都爲你期待。」

「如果說郡裡的民眾期待什麼人，他們要的其實是個激進份子。和我聊過的民眾比和我母親聊過的還多，他們對我們這些開著汽車到處逛，沒事找事做的有閒階層已經厭倦了。這些人裝腔作勢的在高門大戶之間轉來轉去，這是一場一點都不好玩的遊戲，你會發現，除了英國之外，已經沒有人玩這一套了。（墨利斯，我要去希臘。）根本沒有人要我們，他們要的只是個舒適的家。」

「可是，政治就是要給人一個舒適的家啊！」吉蒂尖聲說。

「是『就是』，還是『應該』呢？」

「嗯，這都一樣吧。」

「『就是』和『應該』是不一樣的。」她母親說，因爲領會了當中的區別而頗爲驕傲：「你不

『應該』打斷杜蘭先生的，然而你……」

「……『就是』打斷他了，」艾妲補上這麼一句，全家哄堂大笑，把克萊夫嚇了一跳。

「我們『就是』，和我們『應該』，」霍爾太太下了個結論：「是非常不一樣的。」

「不全然是這樣。」克萊夫反駁。

「不全然是這樣，你可記得了，吉蒂。」她重複了一次，也隱隱的提醒她：其他時候克萊夫可沒這麼在意過她。吉蒂又大聲重複了一次她的第一句話。艾妲和墨利斯都沒有說話。墨利斯心平氣和的吃著飯，對餐桌上的這種談話已經很習慣了，一點也沒發現這讓他的朋友很不安。他講了一件趣事，所有人都靜靜的聽他說。他說起話來又慢又笨拙，既不注意自己的用詞，也不費心把故事講得讓人感興趣。這時克萊夫突然插嘴：「啊……我要昏倒了。」然後就從椅子上摔了下來。

「吉蒂，拿個枕頭來；艾妲，古龍水，」她們的哥哥說。他鬆開克萊夫的衣領。「媽，給他扇扇風；不；扇他……」

「眞蠢。」克萊夫喃喃的說。

他嘴上還說著話，墨利斯就吻了他。

「我現在沒事了。」

女孩們帶著一個僕人跑了進來。

「我可以走的。」他說，臉上的血色漸漸回來了。

「當然不行！」霍爾太太叫道。「墨利斯會抱你，杜蘭先生，手臂摟著墨利斯。」

「走吧，老頭子。醫生呢？誰去打個電話。」他抱起他的朋友，他的朋友實在太虛弱，竟然哭了起來。

「墨利斯……我是個笨蛋。」

「那就當個笨蛋吧！」墨利斯說完便把他抱上樓，幫他脫了衣服，讓他躺在床上。霍爾太太敲了敲門，他走到外面，很快的對她說：「媽，我親了杜蘭的事，你不必告訴別人。」

「噢，當然不會。」

「他不會喜歡的。我那時眞的很亂，想都沒想就這麼做了。你也知道，我們是很好的朋友，幾乎已經是親戚了。」

這樣就夠了。她喜歡和兒子有一些共同的小秘密；這讓她想起過去，那時她對他來說還是全世界。艾妲也來了，手裡拿著一個熱水袋，他進了房，把熱水袋拿給病人。

「醫生會看到我這副樣子的。」克萊夫抽泣著。

「我希望他看見。」

「爲什麼？」

墨利斯點起一支菸，坐在床沿上。

「我們想讓他看看你最糟的狀態。琵琶爲什麼會讓你去旅行？」

「我以爲我已經好了。」

「去你的。」

「我們可以進去嗎？」艾妲在門外喊。

「不行。讓醫生進來就好。」

「他在這兒。」吉蒂的聲音在遠處叫道。一個看起來比他們大不了多少的男人進來了。

「你好，喬維特。」墨利斯說，一邊站起身來。「只要把這傢伙給我治好就行。他之前得了流感，還以爲好了。結果他居然昏過去了，還哭個不停。」

「這我們都知道了。」喬維特先生說著，在克萊夫嘴裡塞了一支體溫計。「工作太拚命了？」

「是啊，現在還想去希臘呢！」

「他可以去的。現在你先出去吧！等等我們樓下見。」

墨利斯遵從醫師要求退了出去，深信克萊夫一定病得很重。大約十分鐘不到，喬維特也跟著出來了，他跟霍爾太太說沒什麼大礙，就是舊疾復發而已。他開了處方，還說會派一位護士來。墨利斯跟著他一起走進花園，一隻手搭在他胳膊上，說：「現在，告訴我他病得多重。這不是復發，是更嚴重的問題。請告訴我眞相。」

「他沒事。」醫生說；口氣有點不悅，因爲他向來以誠實自豪。「我還以爲你已經發現了。他已經不再歇斯底里，也快睡著了。這只是很平常的復發。只是必須比前一次更小心，就這樣。」

「你所謂的『很平常的復發』還要持續多久？他隨時都可能要承受這種可怕的痛苦嗎？」

「他只是有一點不舒服而已……是在車裡著了涼吧？他自己是這樣覺得。」

「喬維特，你沒跟我說實話。一個成年男人是不會哭的，除非他的狀況眞的差到極點。」

「那只是虛弱而已。」

「噢，隨你怎麼說吧！」墨利斯說著，放下了手：「抱歉耽擱你了。」

「一點也不，我的年輕朋友，我就是來解決難題的。」

「好吧，既然病情這麼輕，爲什麼你還要派護士來？」

「爲了讓他開心。我知道他很有錢。」

「我們就不能讓他開心嗎？」

「不行，因爲會感染。當我跟你母親說，你們誰也不該進房間的時候，你已經在那兒了。」

「我還以爲你指的是我妹妹她們。」

「你也一樣，而且你更不能進去，因爲你已經被他傳染過一次了。」

「我不要請護士。」

「霍爾太太已經打電話到護理中心去了。」

「爲什麼每件事都他媽的辦得這麼趕？」墨利斯提高了嗓門說：「我要自己照顧他。」

「接下來你就要用嬰兒車推大寶寶了是吧？」

「你說什麼？」

喬維特笑著走了。

墨利斯用不容許異議的口氣告訴母親，自己應該睡在病人的房間裡。他不讓人再搬一張床進去，免得吵醒克萊夫。他就只是躺在地板上，頭枕著腳凳，藉著燭光看書。沒過多久，克萊夫動了動，有氣無力的說：「喔，該死，喔，該死啊！」

「想要什麼嗎？」墨利斯喊道。

「我要拉肚子了。」

墨利斯把他從床上抱起來，放在便盆椅上。等他拉完，又把他抱回床上。

「我可以自己走的。你不能做這種事。」

「如果病的是我，你也會這麼做的。」

他把便盆椅搬下走廊，清洗乾淨。現在的克萊夫毫無尊嚴又極度虛弱，墨利斯比以往任何時候都愛他。

「你千萬不能做這種事，」他回來之後，克萊夫又說了一次：「太髒了。」

「沒事的，」墨利斯說著，躺了下來：「繼續睡吧。」

「醫生告訴我，說他會派一個護士來。」

「你要護士幹什麼？只是有點腹瀉而已。你可以繼續拉一整夜都沒關係，老實說，這種事完全不會讓我討厭。我這麼說並不是爲了取悅你。沒事就是沒事。」

「我不可能……你的事務所那邊……」

「聽著，克萊夫，你想要一個訓練有素的護士，還是要我來？今晚有一個護士要來，不過我留了話叫她回去，因爲我寧願把事務所的事丟到一邊，自己照顧你，而且我想你也比較希望這樣。」

克萊夫沉默了很久，墨利斯還以爲他睡著了。最後他嘆了一口氣：

「我想我還是找護士好了。」

「好吧，比起我，她會讓你更舒服。或許你是對的。」

克萊夫沒有回應。

艾妲自告奮勇的在樓下房間裡守夜，墨利斯依照約定敲了三下地板，等她上樓的這段時間，他仔細端詳著克萊夫模糊而汗濕的臉。醫生的話一點用都沒有，他的朋友還是痛苦不堪。他好想擁抱克萊夫，但又想起這會讓他歇斯底里。再說，克萊夫是個非常克制的人，幾乎到了挑剔的地步。因爲艾妲一直沒有來，所以他下了樓，發現她睡著了。她躺在一張大皮椅上，彷彿健康的化身，雙手垂在身體兩側，雙腳伸出來，胸脯起起伏伏，濃密的黑髮像枕頭似地墊在臉下，微開的唇間可以看見牙齒和紅紅的舌頭。「醒醒。」他煩躁的喊著。艾妲醒了。

「護士來的時候，我怎麼能指望你聽見前門的聲音？」

「可憐的杜蘭先生怎麼樣了？」

「病得很重，情況危急。」

「噢，墨利斯！墨利斯！」

「護士會留下。我敲了地板叫你，但是你一直沒來。現在去睡吧！反正你也幫不上什麼忙。」

「媽媽說我得坐在這裡守夜，因爲不能讓男人迎接護士進來，那樣看起來不妥。」

「我眞想不到你們怎麼還有時間去想這些垃圾。」墨利斯說。

「我們必須維持這座宅邸的好名聲。」

他靜默半晌，然後以一種妹妹們厭惡的方式哈哈大笑起來。在她們的內心深處根本是厭惡他的，但是她們的腦子太混亂了，沒有察覺這一點。

她們唯一公然表示過不滿的，就是他笑的方式。

「護士不是什麼高尚的職業。沒有哪個高尚的女孩會去當護士。如果她們當了護士，就可以肯定她們不是出身高尚的家庭，否則她們會待在家裡。」

「艾妲，你上過幾年學？」她哥哥一邊給自己倒酒，一邊問道。

「我把上學稱之爲待在家裡。」

他把杯子匡啷一聲放下，就走了。克萊夫的眼睛睜得大大的，但他一句話也沒說，好像也不知道墨利斯已經回來了，即使護士進房來，他也毫無動靜。

第二十一章

過了幾天，情況清楚了，這位客人並沒有什麼嚴重的問題。這次發作，儘管一開始很激烈，但並沒有前一次那麼嚴重，很快的他就得到允許，可以回彭奇去了。他的外表和精神狀態還是很差，但被流感折磨了這麼一場之後，這也是意料中的事，除了墨利斯之外，沒有人有絲毫不安。

墨利斯很少想到疾病與死亡，但每當想到這些，他總是帶著強烈的不滿。他不允許疾病和死亡破壞他和他朋友的生活，他把自己的青春和健康都獻給了克萊夫。他經常和他在一起，碰到週末或連續假期就不請自來的前往彭奇，想以身作則讓他振作，而不是用訓誡的方式。克萊夫對此沒有任何反應。在眾人之間，他可以表現得很活躍，甚至對杜蘭家族和英國民眾之間的路權問題裝出很有興趣的樣子。但是當他們獨處的時候，他又會陷入憂鬱，不是沉默不語，就是用半認真、半玩笑的口氣說話，顯然他的精神已經疲憊到極點了。他決定去希臘，這點是他唯一的堅持。他會去的，雖然那是九月的事，而且他要一個人去。「我非去不可，」他說：「這是個誓約。每個野蠻人都必須給衛城一次教化自己的機會。」

墨利斯對希臘沒有什麼特殊喜好。他對古典學科的興趣不高，而且只喜歡淫穢的部分，他愛上克萊夫之後，這部分也消失了。哈默迪亞斯與阿里斯托革頓[1]、斐德羅和底比斯聖隊[2]的故事，對那些心靈空虛的人來說已經夠美好了，但這些故事是替代不了生活的。克萊夫動不動就提起他們，這讓他覺得莫名其妙。在義大利的時候，儘管他討厭當地的食物和濕壁畫，但還是相當喜歡那裡。

他拒絕穿越亞得里亞海，到對面那個更神聖的地方去。他的論點是「那裡好像到處都年久失修」，「就是一堆沒上色的老石頭。但無論如何，這個地方呢（他指的是西恩納主教座堂[3]的圖書館），隨你愛怎麼說，但至少它現在依然正常運作。」克萊夫覺得有趣，在皮科洛米尼圖書館的磁磚上跳上跳下，看守的人也笑了，並沒有責罵他們。義大利是非常令人快樂的地方，完全就是觀光客希望看見的模樣，但到了旅程最後幾天，希臘這個詞又出現了。墨利斯就是討厭這個詞，並且以一種奇怪的倒裝法把它和病態及死亡連在一起。不管什麼時候，只要他想計畫什麼、想打網球、想胡說八道，「希臘」都會冒出來。克萊夫看出他對希臘的反感，故意拿這個詞來取笑他，也不怎麼手下留情。

對墨利斯來說，克萊夫對他的不留情面，是所有徵兆中最嚴重的一個。他會說一些略帶惡意的話，用自己精通的知識傷害墨利斯。克萊夫其實沒有成功，意思是，他的知識並不全面，否則他就會明白，要傷害體質這麼健壯的愛情是不可能的。就算有時候墨利斯表面上有所迴避，那也是因為，他覺得做出一點回應是人之常情，對於基督將「另一邊臉也轉過去」的教誨，他向來不屑一顧。他的內心絲毫沒有煩惱；對於心靈合一的渴望太過強烈，以至於容不下怨恨。有時候，墨利斯也會興高采烈的和他進行相似的對話，其間不時猛烈攻擊克萊夫，迫使他承認自己的存在，但他卻

1　哈默迪亞斯（Harmodius，前530-前514）與阿里斯托革頓（Aristogeiton，前550年-前514）是古希臘的兩位同性戀人，他們刺殺了當時的雅典獨裁者喜帕恰斯（Hipparchus），成為民主精神象徵。

2　底比斯聖隊（Theban Band）是古希臘城邦底比斯的一支精銳部隊，共三百人，由一百五十對「古希臘少年愛」伴侶組成。這支部隊是前四世紀底比斯軍隊的精英。

3　西恩納主教座堂（Siena Cathedral）建於十三世紀，花了三十四年時間，於一二六三年完工。一三三九年擴建，但在一三四八年因黑死病停工。堂內的皮科洛米尼圖書館（Piccolomini Library）則以記述教宗庇護二世生平的壁畫聞名。

是獨自走向光明，同時心中暗自希望他的愛人會跟上。

他們的最後一次談話就是這樣進行的。那是克萊夫臨行前一晚，他請霍爾全家到薩伏伊飯店[4]吃飯，以答謝他們對自己的照顧，還邀了幾位朋友夾在他們之間作陪。「要是這次你再摔下來，我們就知道是怎麼回事了。」艾妲對面前的香檳點了點頭，大聲說道：「爲你的健康乾杯！」他回應：「也爲所有女士的健康乾杯。來吧，墨利斯！」他喜歡這種有點老派的作法。以酒祝願健康，只有墨利斯察覺了這當中潛藏的諷刺。

宴會結束後，他對墨利斯說：「你要回家過夜嗎？」

「不回去。」

「我還以爲你會想送家人回去。」

「他才不會呢，杜蘭先生。」他媽媽說：「無論我說什麼、做什麼，都沒有辦法讓他錯過星期三。墨利斯是個不折不扣的老單身漢。」

「我的公寓因爲打包行李，弄得亂七八糟的。」克萊夫說。

「我要搭早班的火車走，直達馬賽。」

墨利斯當作沒聽見這些話，還是去了。在等電梯下來的時候，他們兩個對著彼此打哈欠，電梯載著他們加速上升，他們徒步爬上另一段階梯，走過一道令人想起三一學院通往里斯利房間的走廊。那間小小的、黑暗的、靜悄悄的公寓，就在走廊盡頭。正如克萊夫所說，那裡到處都是垃圾，但平常睡在外頭的管家依然像往常一樣擺好了墨利斯的床，還準備了酒。

「又來了。」克萊夫說。

墨利斯喜歡喝酒，而且酒量很好。

「我要睡覺了。看來你已經找到你要的東西了。」

「好好照顧自己。廢墟別看太多。還有……」他從口袋裡掏出一個小藥瓶：「我知道你一定忘了這個。哥羅丁[5]。」

「哥羅丁！眞有你的！」

墨利斯點點頭。

「帶著哥羅丁去希臘……艾妲一直跟我說你以爲我要死了。你到底爲什麼要這麼擔心我的健康？沒什麼好怕的。我這種人啊，是不會有像死亡這樣乾淨俐落的經歷的。」

「我知道我總有一天會死，但我不想死，也不希望你死。如果我們當中有一個走了，兩個人就什麼也沒有了。我不知道這算不算是你所謂的乾淨俐落？」

「是的，就是這樣。」

「那我寧願骯髒。」墨利斯停了一下，說道。

克萊夫打了一個寒顫。

「你不同意嗎？」

「噢，你快要變得跟其他人一樣了。你一定會有一套理論。我們沒辦法靜靜的往前走，總是非弄出個理論不可，儘管每個理論都會失敗。『不計一切保持骯髒』就是你的理論。但我要說，某些

4 薩伏伊飯店（Savoy Hotel）是英國倫敦的一座豪華旅館，於一八八九年開業。它是最早引進電燈、電梯，大部分客房設有浴室，以及冷熱水不間斷供應的飯店，可欣賞到泰晤士河全景，吸引了皇室、富人和食客。溫斯頓・邱吉爾便經常帶他的內閣在酒店吃午飯。

5 哥羅丁（Chlorodyne）是一種鴉片類藥物，整個十九世紀，英國民眾都可以輕易從藥劑師、雜貨店、書店，甚至流動小販那兒買到。下層社會的妓女、酒鬼用鴉片代替酒精；上流社會的貴族、學者用鴉片享樂、激發靈感，服食鴉片就像喝酒或抽菸一樣，是生活的一部分。

情況下，人是會髒過頭的。然後，忘川[6]，如果眞有這麼一條河的話，就會把這一切都清洗乾淨。但是，很可能根本就沒有這樣的一條河。希臘人的假設並不多，然而可能已經太多了。說不定在墳墓的另一邊，根本就沒有遺忘這回事。這些悲慘的東西，人們可能都要繼續背負下去。換句話說，墳墓的另一邊，可能就是地獄。」

「噢！胡說。」

克萊夫的抽象言論一般是拿來自娛的，但這次他繼續說了下去：「忘了一切，甚至連幸福也包括在內。幸福啊！也就是一個人被某個人或某樣東西偶然搔了個癢，如此而已。要是我們沒有相愛就好了！因爲那樣的話，墨利斯，你和我應該就會靜靜的躺著，不發出一點聲音。我們早就該睡了，然後我們就會和世上的君王與謀士一同安寢，那些爲自己建造了各種荒涼處所的君王和……」

「你到底在說什麼啊？」

「……或者像一個躲在母親肚子裡的早產死胎，我們連嬰兒都不是，連光都沒見過。但既然如此……欸，別那麼嚴肅嘛！」

「那你就別瘋瘋癲癲的了。」墨利斯說：「我從來就沒把你這些話放在心上過。」

「因爲言語掩蓋思想，是這個理論嗎？」

「言語製造愚蠢的噪音。再說，我也不在乎你的思想。」

「那你在乎我什麼？」

克萊夫一問出這個問題，墨利斯就笑了，他覺得很高興，但是拒絕回答。

「我的美？」克萊夫嘲諷的說：

「它們還眞有點美人遲暮的魅力。我在掉頭髮呢！你注意到沒有？」

「到三十歲就要禿成個蛋了。」

「就像個臭掉的蛋。也許你喜歡的是我的心靈吧！在我生病期間和那之後，我一定是個非常討人喜歡的伙伴。」

墨利斯滿懷柔情的看著克萊夫。他正在研究克萊夫，就像他們剛認識時那樣。只是那時是因為想弄清楚他是什麼樣的人，現在則是想知道，他到底出了什麼問題。情況不太對勁。疾病還在蠢蠢欲動，煩擾著他的大腦，讓它變得陰鬱而執拗。墨利斯對這件事並沒有怨恨，他希望自己能治好醫生無能為力的地方。他知道自己的力量。不用多久，他就會讓這股力量像愛一樣滋長，治癒他的朋友，但現在他還在觀察。

「我認為你確實是因為我的心智才喜歡我的，因為它的軟弱。你一直都知道我不如你。你真是體貼入微啊……任我為所欲為，而且從來沒冷落過我，不像晚餐時你冷落你的家人那樣。」他似乎想找碴吵架。

「偶爾你還會要我順從你……」他捏了墨利斯一下，假裝在開玩笑，把墨利斯嚇了一跳。「現在是怎麼了？倦了？」

「我要去睡覺了。」

「意思是，你倦了。為什麼你連一個問題都不能回答我？我可沒說『厭倦我了』，儘管我才是那個應該要倦的人。」

「你預約好九點鐘的出租車了嗎？」

「沒有，我也沒拿到票。我根本不該去希臘吧？說不定它和英國一樣令人難以忍受。」

「好吧，晚安，老兄。」他憂心忡忡的回到自己房間。為什麼每個人都說克萊夫已經可以去旅行了呢？連克萊夫都知道自己不對勁。他行事向來有條不紊，所以才會拖到最後一刻才去拿票。說

6 忘川（Lethe），希臘神話中的遺忘之河，是冥府中的五條河流之一。

不定他不會去，但是把希望說出口，就是讓它破滅。墨利斯脫了衣服，看著鏡子裡的自己，心想：「還好我很健康。」他看見了一副訓練有素又耐得住操勞的身體，和一張不再顯得突兀的臉。陽剛的力量讓它們變得一致，並用深色的毛髮遮住它們。他穿上睡衣，跳上床，覺得很擔心，然而又非常高興，因爲他已經夠強大，可以承擔兩個人的生活了。克萊夫曾經幫助過他，等到情況改變，克萊夫也會再次幫助他。而這段期間，他必須幫助克萊夫，他們兩個會這樣不斷交替，過完整個人生。半夢半醒之間，他看見了愛情更進一步的樣子，離最終的夢想不遠了。

隔開兩人房間的那面牆傳來敲擊聲。

「什麼事？」他喊，之後他又說：「請進！」因爲克萊夫已經站在門口了。

「我可以跟你一起睡嗎？」

「來吧！」墨利斯說，一面把床騰出位置來。

「我老是覺得冷，很難受。我睡不著。我也不知道爲什麼。」

墨利斯並沒有曲解他的意思。在這方面，他瞭解克萊夫，也和他的想法一致。他們肩並肩的躺著，誰也沒碰誰。過了一會兒，克萊夫說：「這裡也好不到哪兒去。我要走了。」墨利斯並不感到遺憾，因爲他自己也睡不著，雖然原因不同，而且他很擔心克萊夫會聽見他擂鼓似的心跳聲，猜中他的心事。

第二十二章

克萊夫坐在戴奧尼索斯劇場裡。舞台空空蕩蕩，就跟幾世紀以來一樣，觀眾席也是空的；太陽已經落下，但後面的衛城依然散發著熱氣。他看著荒蕪的平原一路延伸到大海，薩拉米斯島[1]、愛琴娜島[2]、群山，都交融在一片紫羅蘭色的暮色中。這裡住著他的神祇，首先是戰神雅典娜。如果他願意，也許可以想像她的神廟依然完整無缺，她的雕像反射著餘暉最後的光芒。她瞭解所有男人，儘管她沒有母親，還是個處女[3]。多年來，他一直想要到這裡來感謝她，因爲是她把他從泥沼裡救了出來。

但他看見的只是即將消失的光，和一片死寂的土地。他從不禱告，也不信神，而且他知道過去和現在一樣毫無意義，是懦夫的避難所。

然後，他終於給墨利斯寫了信。他的信飛向海邊。當一個不育的男子要聯絡另一個的時候，信

1 薩拉米斯島（Salamis）是希臘薩龍灣中最大的一個島嶼，賽普勒斯古都。

2 愛琴娜島（Aegina）位於薩龍灣，愛琴娜是河流女神的名字。

3 帕德嫩神廟（Parthenon）興建於西元前五世紀的雅典衛城，是古希臘奉祀雅典娜女神的神廟。內有一座巨大的雅典娜雕像，以象牙和黃金打造，現已不存在。有人認為帕德嫩這個名稱意指「在室女神的神廟」。

會在那兒上船，航過蘇尼恩角[4]和賽瑟島[5]，然後上岸，再上船，然後又上岸。墨利斯一上班就會收到信。「雖然非我所願，但是我已經變成正常人了。我沒有辦法。」他寫下了這些話。

他疲倦的走下劇場。又有誰有辦法呢？不只是性而已，無論哪一件事，男人都是盲目的行動，他們從爛泥中演化出來，在一串偶然的結果結束之後，又復歸爲爛泥。兩千年前，就在這座劇場裡，演員嘆息道：「從未出生是最好的，勝過一切榮耀。[6]」這句話雖然和大部分台詞相比毫不浮誇，但也終屬虛空。

4 蘇尼恩角（Cape Sounion）是阿提卡半島最南端的海角，因波塞冬神廟而聞名，該神廟是雅典黃金時代的主要古蹟之一。

5 賽瑟島（Cythera），今名基西拉島（Kythira），曾經是愛奧尼亞群島的一部分。基西拉島和馬里阿角之間的基西拉海峽是繁忙而危險的海上通道。

6 這句話出自索福克里斯《伊底帕斯在柯隆納斯》（Oedipus at Colonus），本劇為《伊底帕斯王》的續集。

第二十三章

親愛的克萊夫：

收到這封信後，請回來。我已經查過你的交通狀況了，如果你立刻出發，星期二就能抵達英國。你的來信讓我很擔心，因為它說明了你病得很嚴重。我等你的消息已經等了兩星期，結果等來了兩句話，我想那兩句話的意思是你沒辦法再愛任何一個跟你同性的人了。等你一回來，我們就會知道事實是不是像你說的那樣！

昨天我打電話給琵琶。她滿腦子都是官司的事，覺得你母親封閉那條路是錯的。你媽媽已經告訴村裡的人，她關閉那條路並不是針對他們。我打電話是為了打聽你的消息，但琵琶也一無所知。我最近在學古典音樂，還有高爾夫球，聽到這個，你一定覺得很好笑。我在希爾與霍爾事務所的工作表現和預期一樣好。我媽媽在想法搖擺了一個星期之後，終於去了伯明翰。現在你已經知道了所有消息。收到信後發個電報，到多佛之後再發一封。

墨利斯

克萊夫收到這封信，搖了搖頭。他要跟幾個在旅館裡認識的人去爬彭特利庫斯山[1]，然後在山頂上把信撕成碎片。他已經不再愛墨利斯了，他應該坦白的說出來。

1 彭特利庫斯山（Pentelicus）是希臘阿提卡地區的一座山脈，位於雅典東南。彭特利庫斯山的最高峰是皮佳吉峰（Pyrgari），高一千一百零九公尺。山區大部分被森林覆蓋。

第二十四章

克萊夫又在雅典多留了一個星期，免得自己有弄錯情況的可能。這個變化實在太令人震驚，有時候他甚至認爲墨利斯是對的，這是因爲他已經病入膏肓了。他的變化令他感到羞辱，因爲他從十五歲起就瞭解自己的靈魂，或者用他自己的話來說，他瞭解自己。但身體比靈魂更深奧，它的秘密高深莫測，沒有任何徵兆，生命之靈隱密的變了樣，只留下一道宣告：「你曾經愛過男人，從今以後，你要愛女人。無論你明不明白，對我而言都是一樣的。」於是他崩潰了。他試著用理性來掩蓋這個變化，試圖理解它，好讓他不感到那麼羞恥，但這和死亡與出生的本質一樣，他的嘗試還是失敗了。

轉變，是在生病的那段期間出現的。也許就是因爲生病的關係，第一次發作，是在他脫離了日常生活，整個人發著燒的時候，它抓住了一個可能需要一些時間醞釀的機會。他注意到他的護士有多迷人，而且很享受被她擺佈的感覺。當他開車外出兜風，眼光會落在女人身上。那些小小的細節：帽子、拎著裙子的方式、香水味、笑聲、跨過泥濘地時靈巧的姿態……它們融合成迷人的整體，他高興的發現，女人經常以同等的快樂回應他的目光。男人從來沒有回應過。他們從來沒想過他會欣賞他們，不是對他的目光毫無所覺，就是大惑不解。但是，女人會把欣賞當成一件理所當然的事。她們也可能會感到被冒犯或者害羞，但是她們理解，也歡迎他進入一個可以進行美妙交流的世界。一路上，克萊夫都容光煥發。正常人的生活是多麼幸福啊！而二十四年來，他賴以生存的東西又是多麼少得可憐！他和護士聊天，感覺她永遠都會是自己的。他開始注意雕像、廣告和日報上的女人。經過一家電影院，他信步走了進去。那部電影在藝術方面糟得令人難以忍受，但拍攝它的人和觀看它的男男女女，都理解自己看的是什麼，而他也是其中之一。

無論如何，興奮感都不可能一直持續下去。他就像一個剛洗過耳朵的人，在剛開始的幾個小時裡，他聽見了各種超乎尋常的聲音，等到他調整自己，適應了一般人的習慣之後，這些聲音就消失了。他並沒有得到新的知覺，只是把原有的感官重新調整了一下，而生活，也不會永遠像放假一樣。快樂很快就轉爲悲傷，因爲他一回來，墨利斯就在那兒等著他，於是他的病又發作了，就像一陣痙攣從腦後向他襲來。他喃喃的說自己太累了，沒辦法說話，然便逃走了。接著墨利斯也染上流感，這給了他喘息的機會。在這段期間，他說服自己相信他們的關係並沒有改變，他可以注視著女人卻沒有一點不忠。他滿懷深情的給墨利斯寫了信，毫不猶豫的接受了去他家養病的邀請。

他說自己是坐車著了涼；但是在內心深處，他確信自己舊病復發的原因是精神上的：只要和墨利斯或者任何和他有關的人在一起，就會突然引起反感。晚餐時是那麼的熱！霍爾一家人的聲音！他們的笑聲！墨利斯講的趣事！它混合了食物，也許就是食物的問題。他再也分不清究竟是物質還是精神的問題，然後就昏過去了。

但是，張開眼睛的那一刻，他知道這段愛情已經死了，所以他的朋友吻他時，他哭了。墨利斯的每一份善意都加重了他的痛苦，直到他要求護士禁止霍爾先生進房爲止。後來他的身體康復，終於可以逃回彭奇。在那裡，墨利斯還是一如既往的愛他，直到他出現在彭奇。克萊夫注意到他的全心奉獻，甚至也注意到他的英雄主義，但是他的朋友令他厭煩。他眞希望墨利斯回倫敦去，事實上，他也這麼說了，只差全面攤牌。但墨利斯搖搖頭，還是留了下來。

克萊夫並不是毫不掙扎就向生命之靈屈服的人。他相信理智，並試圖用思考讓自己回到過去的狀態。他把目光從女人身上移開，當這個方法失敗時，他採取了一些幼稚而粗暴的權宜之計。一個是這次的希臘之行，而另一個，他每次回想起來都覺得噁心。除非所有的情緒全都消退，否則那是絕無可能的。他對此深感後悔，因爲現在墨利斯讓他出現了一種生理性的厭惡，讓他們的未來更加艱難。而他又希望和舊情人維持朋友關係，好幫助他度過即將來臨的災難。一切都那麼的錯綜複雜。愛情逝去之後，留在記憶中的就不再是愛，而是別的東西了。無知的人是幸福的，他們會徹徹底底的忘卻，永遠不再想起過往的愚蠢或淫亂，以及那些不知目的何在的漫長對談。

第二十五章

克萊夫沒有發電報，也沒有立刻動身。儘管他很希望自己表現得和善一點，訓練自己理智的思考墨利斯的問題，但他還是像以前一樣，拒絕被人擺佈。他從容不迫的回到了英國，從福克斯通發了電報到墨利斯的辦公室，希望在查令十字車站見到他。當他發現墨利斯沒有來，便搭了火車去郊區，準備盡快向他解釋。他的態度充滿同情而平靜。

那是十月的一個傍晚；落葉、薄霧、貓頭鷹的叫聲，讓他的心中充滿愉快的惆悵。希臘是那麼晴朗，卻又一片死寂。他喜歡北方的氣氛，這裡的信條不是眞理，而是妥協。他和他的朋友會安排一些有女性參加的活動。他們會變得悲傷一點，也蒼老了一點，但不會有危機，他們會自然的進入某種關係，如同從黃昏進入黑夜。他也喜歡黑夜，它優雅而靜謐。這時天還沒有全黑，就在他從車站走出來，即將迷路時，他看見了另一盞路燈，經過之後，又見到另一盞。每個方向都有一串鍊子似的路燈，他順著其中一條，走向他的目的地。

吉蒂聽到他的聲音，從客廳出來歡迎他。這一家人當中，他一向對吉蒂的關注最少，按照克萊夫現在的說法，「她不是個眞正的女人」。吉蒂告訴他一個消息，說墨利斯今晚到外地出差。「媽媽和艾妲在教堂，」她又補充：「她們不得不走路去，因爲墨利斯把車開走了。」

「他去哪兒出差？」

「別問我。他把地址留給了僕人。不知道你有沒有辦法想像，我們對墨利斯的瞭解甚至比你上次來的時候還要少呢！他已經變成一個超級神秘的人了。」她一邊給他倒茶，一邊哼著歌。

她缺乏見識，也沒什麼魅力，因此不會引起自己的嫌惡，這對她哥哥倒是件有利的事。她繼續用她從霍爾太太那裡遺傳來的畏縮模樣抱怨著墨利斯。

「這裡到教堂只要五分鐘。」克萊夫說。

「是啊，如果他讓我們知道你要來，其他人也會在家裡迎接你的。他什麼事都保密到家，還會反過來嘲笑女孩子。」

「是我沒讓他知道。」

「希臘是什麼樣的地方啊？」

他告訴了她。她聽得一臉無聊，如果是她的哥哥，一定也會有相同的反應，而且她還沒有墨利斯那種能夠聽出言外之意的天賦。克萊夫想起，不知道有多少次，他對著墨利斯滔滔不絕一番之後，總會有種親密無間的感覺。激情已成殘骸，但可以從中搶救出來的東西還有很多。墨利斯是個大塊頭，然而一旦他懂得了什麼時，又是那麼的明智。

接著吉蒂繼續往下說，用一種有點狡猾的方式描述了自己的事。她曾經要求去一家學院讀家庭經濟學，她的母親本來都要同意了，但墨利斯一聽說學費是一星期三畿尼，就堅決反對。吉蒂的抱怨主要是財務方面的：她想要一筆零用錢。艾妲就有，身爲法定的女繼承人，艾妲必須「瞭解金錢的價值。但我就什麼也沒得學。」克萊夫決定告訴他朋友，要對那個女孩好一點；以前他也干涉過一次。墨利斯是那麼迷人，讓他覺得自己什麼話都能說。

一個低沉的聲音打斷了他們的談話；去教堂的兩個人回來了。艾妲走了進來，她穿著一件針織衫，戴著蘇格蘭圓扁帽，下身是灰色的裙子；秋天的霧氣在她的頭髮上留下一層細細的水珠。她的雙頰紅潤，眼睛閃亮，和他打招呼時帶著明顯的喜悅，儘管她驚叫時和吉蒂一樣，卻產生了完全不同的效果。「爲什麼不讓我們知道你要來？」她大聲的說：「這會兒什麼都沒有，只剩下派了。我們本來可以爲你準備一頓道地的英式晚餐的。」

他說他一會兒就必須回倫敦去，但霍爾太太堅持要他過夜。他很樂意，這棟房子現在充滿了溫馨的回憶，尤其是艾妲說話的時候。他忘了她和吉蒂是如此不同。

「我剛剛還以爲你是墨利斯呢！」他對她說：「你們的聲音簡直一模一樣。」

「那是因爲我感冒了。」她笑著說。

「不，他們是眞的很像，」霍爾太太說：「艾妲有和墨利斯一樣的聲音，還有鼻子，我的意思當然也包括嘴巴，還有他的好心態和健康。我常常覺得這三樣是最像的。另外一方面呢，吉蒂有的是墨利斯的頭腦。」

大家都笑了。這三個女人彼此之間的愛是顯而易見的。克萊夫看見了他從來沒有想過的關係，因爲這個家裡作主的男人不在，她們變得更爲友善。雖說植物要靠太陽才能生長，但也有一些花在秋夜才盛開，霍爾一家讓他想起把彭奇的一條荒蕪小徑點綴得星光燦爛的月見草。在和墨利斯的母親和姐姐說話時，甚至連吉蒂也顯得很美，他決定要爲她好好的說一說墨利斯；但是不能太嚴厲，因爲墨利斯也很美，而且在這個新的幻象中顯得分外重要。

巴利醫生慫恿兩個女孩去上了一門救護課，因此吃過晚飯後，克萊夫就把自己的身體交給她們練習包紮。艾妲包了他的頭，吉蒂則對付他的腳踝，霍爾太太高興而隨意的反覆說著：「嗯，杜蘭先生，不管怎樣，這次的病總比上回好一點。」

「霍爾太太，我希望您可以喊我的教名。」

「我當然願意。但是艾妲和吉蒂，你們兩個可不行。」

「我希望艾妲和吉蒂也這麼叫。」

「那我就喊了，克萊夫！」吉蒂說。

「那我也喊了，吉蒂！」

「克萊夫。」

「艾妲……這樣好多了。」他嘴上這麼說著，臉卻紅了：「我討厭拘禮。」

「我也是。」她倆異口同聲：「我不在乎別人怎麼想，從來都不在乎。」然後用率直的眼神看著他。

「墨利斯就完全不一樣，」霍爾太太說：「他可是很講究這個的。」

「墨利斯眞是個混蛋……哇！你弄痛我的頭了。」

「哇！哇！」艾妲模仿著他的叫聲。

電話響了。

「他在辦公室接到了你的電報，」吉蒂說：「他想知道你在不在這裡。」

「跟他說我在。」

「那樣的話，他今晚會回來。他現在想跟你說話。」

克萊夫拿起話筒，只聽見那頭傳來嗡嗡聲。電話斷了。他們沒辦法打電話給墨利斯，因爲不知道他人在哪兒。克萊夫倒是鬆了一口氣，因爲現實的迫近讓他感到驚慌。被兩個女孩這麼包紮，他眞的很快樂，但是，他的朋友很快就會回來。這一刻，艾妲在他上方俯著身子，他看見了他熟悉的女性特徵，在後方一盞燈的映襯下，顯得更美了。他的目光從黑色的頭髮和眼睛，移到沒有陰影的嘴，或者身體的曲線上，在她身上發現了自己轉變之後的確切需要。他見過更有魅力的女人，但沒有一個能許諾他這樣的寧靜。她是記憶與慾望的妥協，是在希臘從未見過的靜夜。她什麼爭吵都不沾身，因爲她是個溫柔的人，能夠讓現在與過去和解。他從來沒想到，除了天堂之外，竟然會有這樣一個人，就算在天堂，他也不相信會有。現在，許多事情突然變得可能。他躺在那裡，望著她的眼睛，那裡映出了他的幾絲希望。他知道自己可以讓她愛上他，這個認知就像溫暖的火焰照亮了他。這眞是令人陶醉，他再也沒有別的渴望，唯一擔心的是墨利斯要來了，因爲回憶就該留在回憶裡。每當其他人跑出房間察看傳來的噪音是不是車子時，他都把艾妲留在身邊。她很快就明白他希望這樣，不需要吩咐就自己留在房裡。

「要是你能體會待在英國有多好就好了！」他突然冒出這麼一句話。

「希臘不好嗎？」

「可怕極了。」

她露出難過的表情，克萊夫也嘆了口氣。他們目光交會。

「眞遺憾聽到這樣的結果，克萊夫。」

「噢，都過去了。」

「到底……」

「艾妲，就是這個。在希臘的時候，我不得不從頭開始重建我的生活。這不是一件容易的事，但我想我做到了。」

「我們常常聊到你。墨利斯說你會喜歡希臘的。」

「他不知道……沒有人知道得比你更多！我告訴你的事比任何人都多。你能保守秘密嗎？」

「當然。」

克萊夫不知所措，對話沒辦法繼續。但艾妲完全沒期望他會繼續說下去。她天眞的崇拜著克萊夫，只要和他單獨在一起，這就足夠了。她告訴克萊夫，她心裡對他的歸來有多麼感激。他熱切的表示同意：「尤其是回到這裡。」

「車子回來了！」吉蒂尖叫。

「別走！」他抓住她的手，又說了一次。

「我必須……墨利斯……」

「去他的墨利斯。」他拉住她。客廳裡一陣騷動。「他去哪兒了？」他的朋友正在大吼。「你們把他藏在哪兒了？」

「艾妲，明天帶我去散步。你可以多認識我……就這麼說定了。」

她的哥哥闖了進來。他看到繃帶，還以爲他出了什麼事故，發現自己誤會了之後，便大笑起來：「把繃帶拆掉吧，克萊夫。你爲什麼讓她們這麼胡來？我說，他看起來挺好的啊。老傢伙，你看起來很好嘛！來喝一杯吧，我幫你把繃帶拆了。不，女孩們，你們別動手。」克萊夫跟在他後面，但又轉過身來，只見艾妲幾乎難以察覺的對他微微點了點頭。

穿著毛皮大衣的墨利斯，看上去像一頭巨獸。只剩下他跟克萊夫獨處時，他立刻脫下大衣，笑著迎上前來：「所以說，你不愛我了？」他質問道。

「這些事明天再說吧。」克萊夫說，避開了他的目光。

「那好，喝一杯吧。」

「墨利斯，我不想吵架。」

「我想。」

克萊夫把杯子撥到一旁。這場暴風雨眼看是避不了。「不過，你不能這樣跟我說話，」他繼續說：「這樣我的話會更難說出口。」

「我想吵一架，而且我非吵不可。」墨利斯走向他，還是他們剛認識時的那個姿態，然後他將一隻手插進克萊夫的頭髮裡。「坐下。現在你說吧，爲什麼給我寫那封信？」

克萊夫沒有回答。他看著自己曾經愛過的那張臉，越來越沮喪。對於男性氣概的強烈反感又回來了，他不知道如果墨利斯試圖擁抱他，會發生什麼事。

「爲什麼呢？嗯？現在你又恢復健康了，告訴我。」

「你離開我的椅子，我就說。」然後他開始說出自己準備好的一篇演說，內容既科學又客觀，因爲這麼說對墨利斯的傷害最小。「我變正常了。變得和其他男人一樣，我也不知道是怎麼回事，就像我不知道自己是怎麼出生的一樣。原因是外來的，違背了我的意願。你想問什麼都可以。我來這裡就是爲了要回答這些問題，因爲我沒辦法在信裡細說。但我寫了那封信，因爲是眞的。」

「你說，是眞的？」

「過去和現在都是。」

「你說你只喜歡女人了，而不是男人？」

「墨利斯，在眞正的意義上，我也喜歡男人，而且會一直喜歡下去。」

「這麼突然。」

墨利斯的態度也很客觀，但並沒有離開椅子。他的手指依然停在克萊夫的頭上，摸著那些繃帶，他的心情從愉快變成了平靜的擔心。他既不生氣，也不害怕，只想治好克萊夫。而克萊夫卻在嫌惡中意識到，愛情的勝利正在崩毀，支配男人的那股力量是多麼的虛弱，又是多麼的諷刺。

「是誰讓你改變的？」

他不喜歡這種問話方式。「沒有誰讓我改變。這只是我身體上的一個變化。」他開始述說自己的經歷。

「顯然是那個護士。」墨利斯若有所思的說：「我眞希望你之前就告訴我……我知道有什麼出了問題，也想過幾個原因，但沒想到是這個。人不應該老是保守秘密，否則事態會變得更糟。人就應該說話、說話、說話……一個人要有說話的對象，就像你和我。要是你早點告訴我，現在你就已經痊癒了。」

「爲什麼？」

「因爲我會讓你恢復正常。」

「怎麼做？」

「你等著看吧！」他微笑著說。

「這樣做不會有用的……我已經變了。」

「難道花豹能改掉自己身上的斑點嗎？克萊夫，你的腦子不清楚。這是你與生俱來的一部分。現在我也不著急，因爲除了這點之外，你一切都好，甚至看起來還很開心，所以剩下的部分一定也會跟著好起來的。我知道你不敢告訴我，是因爲怕我難過，但我們都已經走過那段彼此藏著心事不說的時期了。你應該要告訴我的，不然我爲什麼還會待在這裡？除了我之外，你不能相信任何人。你和我都是亡命之徒。這所有的一切」，他指了指房裡屬於中產階級的各種舒適設備：「要是讓人們知道了，這一切都會被奪走。」

他發出呻吟：「但是我已經變了。我變了。」

人們只能憑藉自己的經驗理解事物。墨利斯能夠理解混亂，卻無法理解改變。「只不過是你覺得自己變了而已，」他笑著說：「奧爾科特小姐在這裡的時候，我也曾經以爲自己變了，但我一回到你的身邊，這種感覺就完全消失了。」

「我知道我自己在想什麼，」克萊夫有點激動，邊說邊從椅子上站了起來：「我和你向來都是不一樣的。」

「現在一樣了。你還記得當初我是怎麼假裝……」

「我當然記得。別孩子氣了。」

「我們彼此相愛，而且也都清楚這一點。那還有什麼……」

「噢，看在上帝的份上，墨利斯，別說了。如果要說我愛誰，那個人就是艾妲。」他補上一句：「我只是隨口拿她來舉個例子。」

然而，舉例卻是墨利斯可以理解的。「艾妲？」他說，聲音都變了。

「我只是要跟你說明這件事而已。」

「你幾乎不瞭解艾妲啊！」

「我也不瞭解那個照顧我的護士，或者我提到的其他女人。就像我之前說的，不是因爲有特定的某個人存在，這只是一種傾向。」

「你到這裡的時候，誰在家？」

「吉蒂。」

「但你說的是艾妲，不是吉蒂。」

「是的，但我不是說……噢，別傻了！」

「你是什麼意思？」

「不管怎麼說，你現在都該明白了。」克萊夫說。他盡量維持不帶個人情感的態度，並且轉而說出準備結束談話時要用的安慰話語：

「我已經變了。現在我也想讓你明白，這種改變不會對我們之間眞正的友誼有絲毫破壞。我非常喜歡你，比我見過的任何人都喜歡（他說這話的時候並沒有這種感覺）。我非常尊敬你，也欽佩你。人和人之間眞正的紐帶是個性，而不是激情。」

「我進來之前，你跟艾妲說了什麼嗎？你沒聽見我的車開過來嗎？爲什麼吉蒂和我媽都出來了，但是你們卻沒有？你一定聽到我回來的聲音了。你知道我爲了你，連工作都不顧了。你從來沒跟我講過電話，你從希臘回來之後沒有寫過信給我，也沒有來看我。你以前來這裡的時候，經常見到她嗎？」

「聽著，老兄，我可不接受這樣的盤問。」

「你說什麼都可以問的。」

「關於你妹妹的部分不行。」

「爲什麼不行？」

「嘿，你該住嘴了。回到我剛剛說的個性……它是人和人之間眞正的聯繫。你不能在沙地上建房子，而激情就是沙。我們需要的是基岩……」

「艾妲！」墨利斯突然故意大喊。

克萊夫驚恐的喊道：「幹嘛叫她？」

「艾妲！艾妲！」

克萊夫衝到門口，一把將門鎖上。「墨利斯，我們的結局不能是這樣，不該是吵架。」他懇求著。但是當墨利斯走近時，他拔出鑰匙緊緊握在手裡；他的騎士精神終於覺醒了。「你不能把一個女人牽連進來，」他喘著氣說：「我不允許。」

「給我。」

「我不能給你。不要把情況變得更糟。不，不要。」

墨利斯向他逼近，他逃走了，他們繞著那把大椅子你追我閃，低聲爭執著搶奪鑰匙。充滿敵意的兩人撞上彼此，然後永遠的分開了，鑰匙掉在他們之間。

「克萊夫，我弄傷你了嗎？」

「沒有。」

「親愛的，我不是故意的。」

「我沒事。」

他們彼此相望了片刻，然後，新的人生開始了。

「這算什麼結局啊！」墨利斯抽泣著：「這算什麼結局啊！」

「我眞的很愛她。」克萊夫說，面色蒼白如紙。

「接下來會發生什麼事？」墨利斯說，他坐下來，擦了擦自己的嘴：「處理一下……我累壞了。」

艾妲已經在走廊上等著，於是克萊夫就出去找她了，保護女性是他的首要職責。他含糊其詞的安慰了她，又打算回吸菸室，但這時他們之間的那扇門已經鎖上了。他聽見墨利斯關掉電燈，砰的一聲坐了下來。

「不管怎麼樣，別做傻事。」他緊張的喊道，但是沒有回應。克萊夫簡直不知道該怎麼辦。無論如何，他都不能在這裡待下去了。於是他行使了身爲男人的特權，宣布他終究還是得回城裡睡，女人們沒有表示反對。他離開了屋裡的黑暗，走入外面的黑暗。到車站的路上，黃葉紛紛飄落，貓頭鷹啼叫著，朦朧的霧氣籠罩著他。時間已經很晚，郊區路上的路燈都熄滅了，這完全沒有妥協餘地的一晚，沉重的壓著他，就像他的朋友一樣。他也感到疼痛，同樣大喊了一聲：「這算什麼結局啊！」但是他獲得了一個黎明的許諾。女性的愛，會像太陽一樣確實的升起，灼燒不成熟的部分，讓他迎來完整的人生，即使痛苦非常，他也明白這一點。他不會娶艾妲的，她只是個過渡期。但她是倫敦這個向他敞開大門的新宇宙中的一位女神，一個完全不同於墨利斯・霍爾的人。

第三部

第二十六章

這三年來，墨利斯一直過得那麼健康快樂，於是習慣性的又過了一天。他醒來時，覺得一切很快就會好起來，克萊夫會回來的，道不道歉就看他自己了，而自己會向克萊夫道歉。克萊夫一定是愛他的，因爲他的生活完全仰賴愛情，而現在，他的生活一切如常。如果沒有朋友，他怎麼睡覺和休息呢？當墨利斯從城裡回來，發現沒有任何克萊夫的消息時，他暫時保持冷靜，任由家人猜測克萊夫離開的原因，但是他開始觀察艾妲。她看起來很悲傷，甚至連媽媽都注意到了。他遮著眼睛偷看艾妲。要不是她，他可能會草率的以爲，昨天那一幕只是「克萊夫長篇演說的其中一段」。但是她成爲了其中的一個例子。墨利斯想知道，她爲什麼傷心。

「我說啊……」他喊道，這時只剩下他們兩個人；他其實不知道自己要說什麼，儘管艾妲的臉上一陣突來的憂鬱應該已經警示他了。她應了聲，但是他聽不見她的聲音。「你怎麼了？」他顫抖著問。

「沒什麼。」

「一定有事……我看得出來。你騙不了我。」

「噢，不。是眞的，墨利斯，沒事。」

「爲什麼……他說了什麼？」

「什麼都沒說。」

「是誰什麼都沒說？」他大吼，兩隻拳頭往桌上一砸。逮到她了。

「是誰……就是克萊夫啊！」

她說出的這個名字，打開了地獄之門。他感覺到駭人的痛苦，還沒能制止自己，就說出了令艾妲和自己永遠忘不了的話。他指控妹妹讓自己的朋友墮落，還讓她以爲，克萊夫是因爲對她的行爲不滿才回城裡去的。天性溫順的她一時怒急攻心，連一句爲自己辯護的話都說不出來，只是哭了又哭，還懇求他不要告訴媽媽，好像她眞的有罪一樣。他同意了，嫉妒令他發狂。

「可是如果你見到他……如果你見到杜蘭先生的時候，請告訴他我不是那個意思……說我沒有跟任何人……」

「……一起做壞事的想法。」墨利斯補上一句。後來，他才明白自己有多粗鄙。

艾妲搗著臉。她崩潰了。

「我不會告訴他的。我再也見不到杜蘭了，所以也沒有辦法告訴他。破壞了這一段友誼，你很滿足吧？」

她抽泣著說：「我才不在乎……你一直都對我們這麼惡劣，一直都是。」他終於停了下來。吉蒂對他說過這樣的話，但是艾妲卻從來沒有。他看出來了，在妹妹們的奉承之下，她們其實都不喜歡他：甚至在家裡，他也是失敗的。他低聲咕噥了一句：「這不是我的錯。」然後走了。

一個人如果天性優雅，或許可以作出更好的應對，說不定受的苦也會更少一點。墨利斯不算聰明，又不信教，也不像某些人藉著自憐獲得某種奇特的安慰。除了一點，他的性情很正常，舉止就像一個經歷兩年的幸福生活後，被妻子背叛的男人。大自然爲了繼續編織接下來的圖案而把這一處掉針補上，這對他來說並不算什麼。擁有愛情時，他保持理智。如今，他卻將克萊夫的改變視爲背叛，而艾妲就是他改變的原因。幾小時之內，他就重回少年時代走不出的那個深淵。

這一次爆發之後，他的職業生涯還是繼續前進。他依然搭平時的那一班火車進城，按照老習慣賺錢、花錢；他依然看著以前看的那幾份報紙，和朋友討論罷工和離婚法。一開始，他對自己的自制力感到自豪。因爲，克萊夫的名聲不是正掌握在他的手裡嗎？然而他的恨意越來越強烈，他眞希望能在自己還有力量的時候大聲喊出來，把面前的這一堆謊言砸個粉碎。可是，如果他自己也牽涉其中呢？他的家庭，他的社會地位……這麼多年來，這些對他來說都不算什麼。他是個僞裝的逃犯。也許古時候那些入了綠林[1]的人之中，也有兩個和他一樣的人，是「兩個」。有時，他的心裡還是會有這樣的夢想。只要有兩個人，就能公然的反抗世界。

是的，他痛苦的核心是孤獨。他花了一段時間，慢慢意識到這一點。不倫的嫉妒、屈辱、對自己過去居然那麼遲鈍的憤怒……這些都會過去，而在造成了那麼多傷害之後，它們也確實過去了。和克萊夫有關的回憶也會過去的。但是，孤獨依然存在。他會突然驚醒，倒抽一口氣說道：「沒有人在我身邊！」或者「噢，天哪！這是什麼世界啊！」克萊夫開始出現在他的夢中。明知沒有人在那兒，但是他卻看到克萊夫露出那甜蜜的笑容說：「這次我可是眞心的。」以此折磨他。有一次，他做了一個夢，是關於那張臉和那個聲音的夢，跟祂有關的夢，只是距離非常遙遠。同時，各種曾經的夢也紛紛重現，試圖瓦解他，日以繼夜。一團巨大的、如死亡一般的寂靜包圍著這個年輕人，某天早上他進城時，突然意識到自己其實已經死了。賺錢、吃飯、打球，這些到底有什麼用呢？然而這就是他所做的或者曾經做過的一切。

「生活就是齣該死的爛戲！」他一面大聲嚷著，一面把《每日電訊報》揉成一團。

車廂裡其他喜歡他的乘客都笑了。

「我會毫不在乎的從窗戶跳出去。」

這話出口之後，他開始考慮自殺。沒有什麼能阻止他。一開始，他對死亡毫無恐懼，對死後的世界也沒有感覺，而且也不介意讓家人蒙羞。他知道孤獨正在毒害自己，所以他變得越來越惡劣，也越來越鬱鬱寡歡。在這種情況下，他還要繼續苟延殘喘下去嗎？他開始比較各種不同的方式和手段，如果不是發生了一件想不到的事情，他應該會開槍自盡。他外公的重病和過世，讓他進入了新的精神狀態。

與此同時，他收到了克萊夫的數封來信，但信裡總是有這麼一句：「我們現在最好還不要見面。」此刻他明白了：他的朋友什麼事都願意為他做，除了和他在一起；從他第一次生病以來就是這樣，而未來，他會給的也就是這幾句話所描述的那種友誼。墨利斯並沒有停止去愛，但是他的心已經碎了。他從來沒有想過要贏回克萊夫。他以一種讓有教養的人羨慕的堅定態度，領悟了自己應該領悟的事，也忍受了最徹骨的痛。

他回覆了這些信，寫得出奇的真誠。他依然選擇寫下那些真實的東西，也吐露自己實在孤獨得難以忍受，年底前應該就會轟了自己的腦袋。但是，這些信寫得毫無感情，更像是一篇對他們英勇過往的讚詞，杜蘭就是這樣看待它們的。杜蘭的回信也一樣沒有感情，很明顯的，無論他得到多少幫助或是多麼努力，都無法再次看透墨利斯的心靈。

1 綠林（greenwood）一詞源自羅賓漢，是英國民間傳說中的俠盜。他武藝出眾、機智勇敢，仇視官吏和教士，是一位劫富濟貧、行俠仗義的英雄。傳說他住在諾丁漢郡雪伍德森林（Sherwood Forest），之後加入的追隨者則以綠林為名。

第二十七章

墨利斯的外公，是一個即使年齡老去，心智也依然保有成長可能的例子。他一生都是個普通的商人，工作勤勉、敏感易怒，但退休得不算太晚，而且後來的結果出人意料。他愛上了「讀書」，那景象雖然給人一種古怪的印象，卻也因此醞釀出一種溫厚感，改變了他的個性。其他人的意見（以前曾經被反駁或忽視過的那些）顯然是值得注意的，而這些人的期望也值得尊重。他未嫁的女兒伊達替他打理家中的一切，她曾經很害怕「父親無事可做」的那一天來臨，然而她本身是個事事無動於衷的人，直到他快要離開的時候，她才意識到父親已經和以前不一樣了。

這位老先生利用閒暇時間發展出一種新的宗教，或者更確切的說，是一種新的宇宙觀，因爲它和教堂並不矛盾。它的主要的觀點是：上帝住在太陽裡面，而太陽明亮的外殼是由受祝福的靈魂所構成。太陽黑子則向人們透露了上帝的存在，所以當太陽黑子出現時，葛雷斯先生就會在他的望遠鏡前面待上好幾個小時，觀察太陽內部的黑暗。所謂的「道成肉身」就是太陽黑子的一種。

他很樂意和任何人討論自己的發現，但並不會勸說別人改變信仰，每個人都必定有他的歸屬。克萊夫．杜蘭曾經和他有過一次長談，和其他人一樣瞭解他的觀點。他們都是企圖在精神層面進行思考的務實主義者，那些思想雖然既荒謬又唯物主義，卻是原創的思考。葛雷斯先生拒絕接受教會對於不可見者[1]發布的優美敘述，也正因爲如此，杜蘭這個希臘文化研究者一直跟他很合得來。

現在，他將要死了。誠信受到質疑的過往已經逐漸爲人淡忘，他期待和他愛的人們重聚，和他將要撇下的那些人在適當的時候重聚。他召集了以前雇用的員工，一群不抱幻想的人，但他們「迎合了這個僞善的老頭」。他召集了家人，這群人他一直待之不薄。他人生最後的那段日子非常美好，至於美好的理由，就不必太過深究了。一位可愛的老人，此刻已經在床上奄奄一息，只有憤世嫉俗的人，才會去驅散阿爾弗里斯莊園裡瀰漫的，混合了悲傷與寧靜的氣息。

親友們三三兩兩的分批前來。除了墨利斯之外，所有人都很感動。葛雷斯先生的遺囑一直是公開的，每個人都知道內容，所以也沒有什麼爾虞我詐的場面。艾妲是孫輩中最受寵的一個，和她的姨媽平分了財產，其餘的都是遺贈。墨利斯並不打算收下他自己的那一份。他沒有強迫死神提早到來，但死神會在恰當的時刻迎接自己，也許就是他準備回倫敦的時候。

但是看到旅伴的樣子，他就感到不安。他的外公正準備進行太陽之旅，在一個十二月的午後，他病得喋喋不休，不斷的對墨利斯說話。「墨利斯，你看了報紙，你一定看見新理論了……」那則新聞是說，有一個流星群撞上了土星環，削落的碎片掉進了太陽中。葛雷斯先生認定，目前邪惡的所在位置就在我們太陽系的外行星上，然而因爲他不相信永刑[2]，所以一直爲如何拯救他們而苦惱。新理論解釋了這一點，惡被削落了，重新吸收到善裡了！這個年輕人有禮而嚴肅的聽著，越聽

1 不可見者（the unseen）：美國哲學家威廉．詹姆斯（William James 1842-1910）將個人的宗教定義為：「個體在其孤獨中，當其領會到自身處於與神聖者之關係時的情感、行動與經驗。」而「神聖者」(the divine)就是人類宗教經驗的對象，它是「終極實在」(ultimate reality)，是「不可見者」(the unseen)，它決定著某種「不可見的秩序」，個體將自身與此秩序調整至和諧狀態，就是「至善」(supreme good)，也就是人生最終的目的。

2 永刑（eternal damnation），天主教譯為「永罰」。當主再來時的最後審判，將決定義人與罪人永遠的去向，永生屬於神在基督裡賜予新生命的人，而永刑卻屬於那些不義與罪惡的人。馬太福音第二十五章四十六節：「這些人要往永刑裡去；那些義人要往永生裡去。」

越感到恐懼，覺得這些胡言亂語說不定是眞的。恐懼並沒有持續太久，卻引發了一次影響整個人格的重組。這讓他確信，外公的想法是令人信服的。又有一個人活過來了。他完成了一件創造性的行爲，當他這麼做的時候，死神便別過了祂的頭。「能像您這樣相信，眞是太棒了。」他非常悲傷的說。「自從我上劍橋以來，就什麼都不信了……我唯一信仰的，是某一種黑暗。」

「啊，當我像你這麼大的時候啊……不過現在我看到了一盞明燈……比任何電燈都亮。」

「當您和我一樣大的時候，外公，怎麼樣了？」

但是葛雷斯先生並沒有回答他的問題。他說：「比鎂絲燒起來還亮……內在的光。」然後，他把上帝，也就是熾熱太陽內的黑暗，以及靈魂，也就是可見的肉體內部不可見的東西，做了一個愚蠢的對比：「內在的力量，也就是靈魂，要把它釋放出來，但不是現在，等晚上再說。」他停頓了一下，「墨利斯，要善待你媽媽、你妹妹、你的妻子兒女，還有你手下的人，就像我一樣。」他又頓了頓，墨利斯咕噥了一聲，但是並沒有無禮的意思。他被這句話吸引住了：「不到晚上，不要放它出來，到晚上再說。」老人在他面前毫無脈絡的繼續說著。一個人應該要善良……要仁慈……要勇敢，都是些古老的忠告，然而它無比眞誠。它來自一顆活生生的心。

「爲什麼？」他打斷外公：「外公，爲什麼呢？」

「內在的光……」

「我沒有。」他害怕自己太感情用事，刻意笑著說：「這樣的光，在六個星期前就熄滅了。我不想變得善良、仁慈或勇敢。如果要繼續活下去，我……不會那樣活著，我會用相反的方式。可是我又不想那樣；我什麼都不想要。」

「內在的光……」

墨利斯幾乎就要把自己的祕密說出來了，但是，這個祕密不會有人聆聽的。他的外公不會聽，也無法理解。他唯一得到的，就是一句「內在的光……要善良」，然而，這句話卻繼續推動著他內在已經啓動的重組工作。爲什麼人就**應該**要仁慈、要善良呢？是爲了誰嗎？是爲了克萊夫，爲了上帝，還是爲了太陽呢？可是，他就只有自己一個人。除了媽媽之外，誰都無關緊要，就算是她，也不是那麼不可或缺。他幾乎孑然一身，那麼他爲什麼還要活下去呢？其實沒有理由，但他陰鬱的覺得自己應該要活下去，因爲連死神都不要他；死神和愛神一樣，都只是瞥了他一眼，轉身就走了，讓他獨自去「玩這場遊戲」。說不定他也會跟他的外公一樣，得玩這場遊戲很久很久，然後同樣荒謬可笑的退休。

第二十八章

因此，墨利斯的改變不能說是信仰上的轉化，這當中沒有什麼啓發性。當他回到家，仔細檢查那把他永遠也不會使用的手槍時，他感到一陣厭惡；當他向母親問安時，也不會對她湧出無盡的愛。他繼續活著，和以前一樣痛苦，一樣被人誤解，而且越來越孤獨。一個人是不能把「墨利斯的孤獨」寫太多次的，因爲越是去寫，就越發孤獨。

但是變化確實發生了。他開始培養新的習慣，尤其是他和克萊夫在一起時忽略的那些生活上的小細節。像是守時、禮貌、愛國、甚至是騎士精神……這只是其中的幾項。他嚴格自律，不僅要掌握這些技巧，還要知道該在什麼時機運用，並且溫和的改正自己的行爲。起初，他能做的很少。他已經採取了家人和整個世界都習慣的路線，任何一點偏離都會讓她們擔心。這一點，在某次和艾妲的對話中表現得非常強烈。

艾妲已經和他的老朋友查普曼訂了婚，墨利斯因爲她而產生的醜惡競爭心態也要告一段落了。甚至在外公死後，他依然擔心艾妲會嫁給克萊夫，整個人因而如火燒般嫉妒。克萊夫一定會和某個人結婚的，但是一想到他和艾妲在一起，墨利斯還是很惱火，除非徹底除去這種可能，否則他幾乎沒辦法做出正常的舉動。

艾妲的這門親事非常相配，他公開表示贊成之後，還把她拉到一邊，說：「親愛的艾妲，自從上次克萊夫來過之後，我對你的態度實在太差了。我現在就想跟你說，請你原諒我。從那次之後，我一直很痛苦。我非常抱歉。」

她看上去很驚訝，但並不怎麼高興。他看得出來，艾妲還是不喜歡他。她低聲說：「那都過去了……我現在愛的是亞瑟。」

「我眞希望那天晚上我沒有發瘋，但那時我剛好非常擔心某件事情。克萊夫從來沒有說過你什麼，是我讓你以爲他說了的。他從來沒有責怪過你。」

「我不在乎他是不是說過那些話。這不重要。」

她的哥哥很少道歉，所以她抓住了機會，想多踩他幾腳：「你最後一次見到他是什麼時候？」

吉蒂曾經說過他們吵架了。

「好一段時間沒見了。」

「你們在週末和週三的固定見面好像也完全停了。」

「我祝你幸福。老查是個好人。我覺得，兩個相愛的人結婚，是非常令人高興的事。」

「你人眞好，願意祝我幸福。墨利斯，我相信我會的。我也希望自己能得到幸福，不管別人祝不祝福我。」（之後，查普曼形容這話簡直是「棉裡藏針」。）「我相信我所祝福你的，也正是你一直以來祝福我的事。」她臉紅了。她受了不少苦，其實她對克萊夫並不是不關心，只是克萊夫的退出對她的傷害太大了。

墨利斯也猜到了。他鬱鬱的看著艾妲，然後轉移了話題。她是個沒什麼記性的人，很快又恢復了常態。但是，她無法原諒自己的哥哥：他嚴重侮辱了她，毀掉了一份剛萌芽的愛情，一個像她這種個性的人，確實不應該原諒他。

墨利斯和吉蒂之間也出現了類似的困難。她也瞄準了他會良心不安的地方下手，但是當他賠罪的時候，她卻很不高興。他主動說要爲吉蒂付學費，讓她去那間她想去很久的家事學校唸書。雖然她接受了，然而態度還是很差。她說：「我覺得自己現在已經太老，學不了什麼東西了。」她和艾姐互相煽動對方，在小事上和墨利斯作對。霍爾太太一開始很震驚，還斥責了她們，但是發現他對於自保無動於衷之後，她也變得無動於衷了。她很溺愛墨利斯，但是不會爲他抗爭什麼，頂多就像他對院長無禮的那一次一樣挺身反對他，僅此而已。於是，墨利斯在家裡開始被看輕，到了冬天，他幾乎失去了所有在劍橋時所獲得的家庭地位。一開始是「噢，墨利斯不會介意的。他可以用走的，可以睡行軍床，不生火爐也能抽菸。」他沒有提出異議，這正是他現在生活的目標。但是，他注意到這個微妙的變化，也注意到這種改變是如何和孤獨感同時襲來。

除了他的家人之外，其他人同樣感到困惑。他參加了陸軍地方自衛隊，在此之前，他一直以國家只有藉由徵兵才能拯救人民爲理由，不願意參加軍隊。他甚至支持教會的社會服務。他放棄了週六的高爾夫球，爲的是和倫敦南區學院睦鄰中心[1]的青少年一起打橄欖球，週三晚上則是去教他們算術和拳擊。搭同一班火車的人們也覺得有點可疑。霍爾變嚴肅了，什麼？他削減了開支，好捐更多錢給慈善機構……是捐給預防性的慈善機構，要是直接付錢濟貧，他半分錢都不會給。這一切，再加上他的股票經紀工作，總算讓他忙碌得足以繼續走下去。

然而，他做的是一件好事，證明了靈魂無論多麼微小都能存在。他繼續向前走，不靠天也不靠地。一盞燈終歸會熄滅，這是唯物主義的眞理。他沒有上帝，也沒有情人，這是人類美德最普遍的兩大動機。然而，他放棄安逸，努力掙扎，因爲尊嚴要求他這麼做。沒有人關注他，連他自己都不在意自己，但是，他的奮鬥是人類最偉大的成就，超越任何關於天堂的傳說。

他不會有任何獎賞。這個過程，就像曾經的許多過往一樣，都將歸於覆滅。然而，他沒有跟著痛苦一起倒下。而且，因它而鍛鍊出的肌肉，日後還有其他的用途。

1 學院睦鄰中心（College Settlement）肇始於大學睦鄰運動（university settlement）。一八八四年，山謬爾・巴內特牧師（Samuel Barnett）向牛津大學與劍橋大學籌募了一筆資金，在貧困的東倫敦成立了一個虛擬的牛津學院（Oxbridge college），名之為湯恩比館（Toynbee Hall）。牛津和劍橋研究生白天唸書，晚上或週末則回到湯恩比館，利用各種可能的時間在東倫敦地區提供各種慈善、社會與政治活動，以彌補階級差距。這也是現代社工專業的開始。

第二十九章

事情發生在春日，一個天氣晴朗的星期天。他們圍坐在早餐桌旁，爲外公的過世哀悼，但除此之外，一切都仍是人間日常。在座的除了墨利斯的母親和妹妹，還有令人難以忍受的伊達姨媽，她現在跟墨利斯一家住在一起。另外還有一位唐克斯小姐，她是吉蒂在家事學校交到的朋友，事實上，她似乎是吉蒂在這個學校唯一有形的成果。艾妲和墨利斯之間隔著一張空椅子。

「噢，杜蘭先生訂婚了！」正在讀信的霍爾太太喊道：「他媽媽人眞好，還特地告訴我。他們住在彭奇，是郡裡的莊園。」她向唐克斯小姐解釋。

「這不會讓維奧萊特有好印象的，媽。她可是個社會主義者。」

「吉蒂，我是社會主義者？這是個好消息啊。」

「其實你的意思是壞消息吧？唐克斯小姐。」伊達姨媽說。

「媽媽，跟誰啊？」

「你也太常把『跟誰啊？』拿來當笑話說了。」

「噢，媽媽，說下去嘛！新娘子是誰？」艾妲強忍住心裡的遺憾，問道。

「是安妮·伍茲**女士**。你們可以自己讀這封信。他是在希臘認識她的。安妮·伍茲女士是H·伍茲爵士的女兒。」

這群消息靈通的人之中，有人發出了質疑的聲音。[1]後來，大家才發現杜蘭太太寫的那句話原來是：「現在我要告訴你那位**小姐**的名字：她叫安妮・伍茲，是H・伍茲爵士的女兒。」即使如此，這仍然是個天大的好消息，這一切都要歸功於希臘的浪漫。

「墨利斯！」伊達姨媽隔著一片喧鬧說。

「我在！」

「那孩子這麼晚了還不來。」

墨利斯往椅背一靠，朝天花板大喊一聲：「迪基！」他是巴利醫生的小姪子，他們讓他在這裡度過週末，算是幫個小忙。

「他又沒睡在樓上，這樣喊沒用的。」吉蒂說。

「我上去看看。」

墨利斯在花園裡抽了半根菸，然後就回屋子了。這個消息還是讓他的心裡亂成一團。事情來得如此殘酷，而每個人的反應都彷彿這件事和他一點關係也沒有，這和這個消息本身同樣令他傷心。這事確實與他無關，杜蘭太太和他母親現在是這段關係中的主角。她們的友誼經受史詩般的考驗，存活至今。

他在想：「克萊夫說不定寫了信。看在過去的份上，他還是有可能會寫的。」這時姨媽打斷了他的思緒：「那孩子還是沒來啊！」她抱怨著。

他笑著站起來：「是我的錯。我忘了。」

「忘了！」所有人都轉頭看著他：「你是特地為了這件事去的，居然能忘了？噢，墨利，你還

1　信上的原文是：「I will now tell you the name of the lady: Anne Woods: daughter of Sir H. Woods.」霍爾太太顯然是把冒號前的「lady」和後面的姓名連在一起唸了，於是原本小寫的「lady（小姐）」就變成了大寫的「Lady（女士，夫人）」，但父親只有爵士稱號的安妮小姐，姓名前應該不能冠上大寫的「Lady」，所以才引起了質疑。

眞是個有意思的孩子。」他離開了房間，身後又是一陣嘻笑嘲弄，搞得他差點又要再忘一次。「我在那兒有工作要做呢！」他想著，整個人湧起一股極度的倦意。

他邁著老人般的腳步上樓，在樓梯口上喘了口氣。他把雙臂張得大開。這個上午眞是美妙啊！只是這也與他無關。樹葉沙沙作響，陽光灑進屋裡，這些全是爲了其他人。他猛敲迪基．巴利的房門，但似乎沒什麼用，於是便直接開了門進去。

昨晚去跳了舞的那個男孩還在睡。他全身赤裸，四肢舒展，毫無顧忌的躺在那兒，被太陽擁抱、穿透。他雙唇微張，上唇一層細細的絨毛染上了金色，頭髮散射出無數光彩，身體彷彿一塊精緻的琥珀。無論對誰來說，他都很美；而對墨利斯這個有兩條路可以通向他的人來說，迪基成了這個世界慾望的化身。

「都九點多了。」他好不容易才說出話來，一開口就是這句。

迪基呻吟了一聲，把被單拉到下巴。

「吃早餐了，快起來。」

「你待在這裡多久了？」他問，睜開了雙眼。現在墨利斯只看得見這對眼睛了，這對眼睛凝視著墨利斯的雙眼。

「有一會兒了。」他停頓了一下，說道。

「我很抱歉。」

「你愛睡到多晚就睡到多晚，我只是不希望你錯過這大好的天氣。」

樓下那群人正放肆的聊著勢利的話題。吉蒂問他是不是之前就知道伍茲小姐的事，他回答「是」——一個標示著新紀元開啓的謊言。這時姨媽的聲音傳來：「那孩子是不來了嗎？」

「是我跟他說不要急的。」墨利斯說，他全身都在發抖。

「墨利斯，你還眞是沒什麼用啊，親愛的。」霍爾太太說。

「人家是來作客的。」

姨媽說，客人的首要職責就是遵守主人家裡的規矩。他長這麼大從來沒有反對過姨媽，但現在他卻說：「這個家的規矩，就是每個人都可以做自己喜歡的事。」

「早餐時間是八點半。」

「那是給喜歡八點半吃早餐的人準備的。貪睡的人喜歡在九點或十點吃早餐。」

「沒有哪個家可以這樣繼續下去，墨利斯。你會發現，這樣是不會有僕人願意留下來的。」

「我寧願僕人都走光，也不願意我的客人被當成小學生對待。」

「小學生！咳！他**就是**個小學生啊！」

「巴利先生現在可是在伍爾維奇[2]唸書。」墨利斯簡短的說。

伊達姨媽哼了一聲，但唐克斯小姐帶著敬意瞥了他一眼。其他人都沒在聽，她們的注意力都放在可憐的杜蘭太太身上，她現在只剩下那棟寡婦房了。發了一頓脾氣之後，他覺得神清氣爽。沒過幾分鐘，迪基來了。他站起來向他的神祇致意。男孩洗了澡，頭髮平順的貼著，優美的身體藏在衣服下面，但他依然美得出奇。他的身上有一股新鮮的氣息（說不定他帶了花過來），這給人一種謙遜善良的印象。他向霍爾太太道歉，那聲調令墨利斯顫抖。這就是他在桑寧頓時不肯照顧的那個孩子！這就是昨晚前來的時候還讓他覺得無聊的客人。

激情如此強烈，它沒有消失，而是一直持續下去。這讓墨利斯相信，自己人生的轉折點已經來臨了。他取消所有的約會，就和以前一樣。早餐之後，他把迪基送到他的舅舅家，挽著他的手臂，要他答應和自己一起喝茶，他守了約。墨利斯整個人沉浸在喜悅當中，他的血液沸騰了。他沒辦法

2 指的是位於伍爾維奇（Woolwich）的英國皇家軍事學院（Royal Military Academy）。

專心聽人說話，但這樣對他也有好處，因爲只要他說一聲「什麼？」迪基就會到他的沙發邊來。他伸出一隻手臂摟住他……伊達姨媽進來了，這也許避免了一場災難，然而他覺得，他從那雙坦率的眼睛裡看見了回應。

他們又見了一次面，在半夜。現在，墨利斯已經不再快樂了，因爲在等待的這幾個小時中，他的激情轉向了肉體。

「我有鑰匙。」迪基說，他很驚訝的發現這間屋子的主人起來了。

「我知道。」

接著是一陣沉默。兩個人都很不自在，他們彼此瞥了一眼，卻又都害怕對上對方的視線。

「外頭冷嗎？」

「不冷。」

「在我上樓之前，有什麼需要我幫你做的嗎？」

「沒有，謝謝。」

墨利斯走向開關，打開了樓梯口的燈。然後，他關上了客廳的燈，跟隨在迪基身後，一聲不響的追上了他。

「這是我的房間。」他低聲說：「我的意思是，平常是我的房間。她們爲了你，把我趕到別的房間去了。」他補上一句：「我一個人睡在這裡。」他意識到自己說溜了嘴。他爲迪基脫下大衣，然後便站在那裡，手裡拿著大衣，什麼也沒有說。屋子裡靜悄悄的，靜得聽得見其他房間裡女人的呼吸聲。

男孩也沒說話。成長的多樣性無窮無盡，而他剛好對這種情況瞭如指掌。如果霍爾堅持，他也不會大吵大鬧，不過他寧願不要，對於這件事他就是這樣想的。

「我就在樓上。」墨利斯喘著氣說，人卻膽怯了：「在這房間正上方的閣樓裡……如果你想要什麼……整晚都只有我一個人。一直都是。」

迪基突然有股衝動，想在他出去之後立刻把門閂上，但想到這樣實在太沒有軍人氣概，又放棄了。他是被早餐鈴的聲音叫醒的，醒來時，陽光照在他的臉上，他的心靈已經被洗滌得乾乾淨淨。

第三十章

這件事把墨利斯的生活炸成了碎片。他用過往的經驗理解它，把迪基當成了第二個克萊夫，但是一天畢竟抵不上三年的歲月，火焰熄滅得和升起時一樣快，只留下了一些可疑的灰燼。迪基是星期一走的，到了星期五，墨利斯已經想不起他長什麼樣子了。這時，有位英俊活潑的年輕法國客戶去了他的事務所，懇求他這位先生「千萬不要欺騙他」。他們彼此玩笑打趣時，一種熟悉的感覺油然而生，但這次他聞到了深淵中的氣味。那個法國人邀他共進午餐，他回答：「不，恐怕像我這樣的人，不埋頭苦幹是不行的。」他的腔調實在太英國了，眾人哄堂大笑，還有人比手畫腳起來。

那傢伙離開之後，他面對了事實。他對迪基的感覺需要一個非常原始的名字。他一度非常感情用事，將它稱之爲崇拜，但他誠實的習慣已經越來越強烈。自己根本是隻以獵殺爲生的白鼬！可憐的小迪基啊！他看見那個男孩掙脫了他的懷抱，撞碎窗戶衝了出去，把四肢都撞斷了，或者他只是像瘋子一樣大喊大叫，直到有人來救他。他看見了警察……

「淫慾。」他大聲說出了這個詞。

只要淫慾不存在，那種情感就可以被忽略。但是，既然墨利斯已經找到了它的名字，在辦公室的平靜中，他便打算征服它。他的想法一向實際，從來不在神學的絕望中浪費時間，而是準備一頭栽進工作裡。他先得到了警告，也因此事先做好了準備，只要遠離男孩和年輕人，他就能確保成功。是的，遠離其他年輕人。過去六個月中，某些模糊難解的地方突然清晰起來。比如說，睦鄰中心的某個學生……他皺起了鼻子，就像一個已經不需要進一步證據的人。一個紳士居然不由自主的接近下層階級，這種感覺令人無比自責。

墨利斯不知道前方等著他的是什麼。他正在進入一種只能以陽痿或死亡告終的狀態。克萊夫延遲了這個過程。克萊夫一如既往的影響了他。他們之間達成了共識，他們的愛，雖然也包含肉體在內，卻不應該建立在滿足肉體之上，這個理解來自克萊夫，雖然他不曾明講。墨利斯第一次在彭奇過夜，克萊夫拒絕了他的吻時，以及在那裡的最後一天下午，他們躺在茂密的羊齒蕨叢裡時，他都差點說出這些話。之後，這形成了規則，帶來他們愛情的黃金時代，也一直滿足著他們，直到愛情消亡。然而，儘管墨利斯很滿足，卻有一種受到催眠的感覺。這條規則展現的是克萊夫的愛情，而不是他自己的，但是，現在只剩下他一個人了，就像他當初在學校裡曾經歷過的那樣，墨利斯陷入可怕的瘋狂狀態，這不是克萊夫能治好的。即使克萊夫對他施加影響，最終也會失敗，因爲一段像他們一樣的關係唯有破裂了，才能永遠改變他們兩個人。

但是墨利斯無法意識到這一切。虛幻的過去蒙蔽了他的雙眼，他所能夢想的無上幸福，就是回到過去。坐在辦公室裡工作時，他看不見自己人生的巨大轉折，更別說坐在他對面的父親的鬼魂了。老霍爾先生既不曾奮鬥過，也沒有思考過什麼；他從來沒有經歷過什麼特殊事件；他支持社會，毫無危機的從非法的愛情轉向合法。現在，看著自己的兒子，他被嫉妒觸動了，這是陰間唯一殘存的痛苦。因爲他看見了一個人的肉體正在教育著精神，而他的精神卻從來沒這樣被教育過，他看見那懶散的心靈和懈怠的思想，在這樣的教育下，正不情不願的漸漸成長茁壯。

沒過多久，墨利斯被叫去接電話。他把話筒湊近耳朵，在六個月的沉默後，他聽見了他唯一的朋友的聲音。

「喂。」對方先開了口：「喂，你應該已經聽說我的消息了，墨利斯。」

「聽說了，但是你沒寫信，所以我也沒寫。」

「確實如此。」

「你人在哪？」

「正要去餐廳。我們希望你也能來，可以嗎？」

「恐怕不行。我剛剛才回絕一個午餐邀約。」

「你忙得連稍微聊一下都不行嗎？」

「噢，那倒不至於。」

克萊夫又繼續說下去，這樣的氣氛顯然讓他鬆了一口氣：「我和我的小女伴在一起。等一下也讓她說說話。」

「噢，好的。把你的計畫都告訴我。」

「下個月辦婚禮。」

「祝你好運。」

「現在讓安妮來說。」

兩個人都想不出還能說什麼。

「我是安妮．伍茲，」一個女孩的聲音說。

「我是霍爾。」

「什麼？」

「墨利斯．克里斯多福．霍爾。」

「我叫安妮．克萊兒．威爾布拉漢．伍茲，不過我想不出要跟你說什麼。」

「我也想不出來。」

「你是今天上午讓我用這種方式說話的第八個克萊夫的朋友。」

「第八個？」

「我聽不清楚。」

「我說第八個。」

「噢，是啊，我現在把電話交給克萊夫。再見。」

克萊夫接過了電話：「順帶問一句，你下星期能到彭奇來嗎？雖然通知得很急，不過接下來就要開始忙亂了。」

「恐怕不行。希爾先生也要結婚了，所以我這邊多少會有點忙。」

「什麼，是你的老搭檔嗎？」

「是的，在他之後，是艾妲和查普曼的婚禮。」

「這個我聽說了。那八月怎麼樣？不要是九月，那肯定會撞到下議院補選。八月過來吧！我們有場可怕的莊園對村民板球賽，你來替我們加油。」

「謝謝，我說不定眞的能去。時間快到的時候你最好給我寫封信。」

「噢，那是當然。順便問一下，安妮手頭上有一百鎊，你願意替她投資嗎？」

「當然願意。她喜歡什麼樣的股票？」

「最好是由你來挑。獲利率百分之四以上的她不能選。」

墨利斯報了幾支股票。

「我想要最後一支。」安妮的聲音說。「我沒聽清楚它叫什麼名字。」

「您會在合同上看到名字的。請問您的地址是？」

她報了地址給他。

「這樣就可以了。收到我們的信件之後，就請您把支票寄來。也許我應該現在就掛電話，立刻買進。」

墨利斯確實這麼做了。他們的往來將會這樣進行下去。不管克萊夫和他的妻子對他多麼友好，他總覺得他們是站在電話線的另一頭。午飯之後，墨利斯去挑了他們的結婚禮物。他本能的想送一份重禮，但因爲自己在新郎的朋友名單上只排在第八位，這麼做似乎有點不合適。付這三畿尼的時候，他在櫃臺後方的鏡子裡看見了自己。他看上去是個多麼可靠的年輕公民啊！文靜、體面、成功而不庸俗。英國依靠的就是這樣的人。誰能相信，上週日他差點侵犯了一個男孩呢？

第三十一章

春天漸漸過去，墨利斯決定去看醫生。在火車上的一次可怕經歷，迫使他做出這個完全違反自己個性的決定。那時車廂裡只有他和另一個人，他一直病態的沉思著，表情引起了那個人的猜疑和希望。那個胖子頂著一張油膩膩的臉，做了個猥褻的手勢，墨利斯毫無防備的回應了，接著兩個人都站了起來。那個人對他微笑，於是墨利斯把他打倒在地。這對那個上了年紀、鼻血都流到坐墊上的男人來說已經很難熬了，更糟的是他當時恐懼到了極點，以爲墨利斯會拉響警鈴。他語無倫次的道著歉，還說願意給錢。墨利斯鬱鬱的俯視著他，在眼前這個令人作嘔、毫無光彩的老人身上，看見了自己的未來。

他討厭看醫生這個主意，但是又沒辦法靠自己的力量殺死淫慾。它依然和他孩提時一樣粗野，卻強烈了許多倍，在他空虛的靈魂裡肆虐。他可以天真的決定「遠離年輕人」，卻無法將他們的模樣從腦袋裡趕走；他時時刻刻都在心裡犯罪。不管什麼懲罰都比現在這樣好，因爲他認爲醫生會懲罰他。只要有治好的機會，什麼療程他都可以接受。即使無法治癒，他也會因爲忙於治療，而減少胡思亂想的時間。

他應該找誰呢？年輕的喬維特是他唯一熟識的醫生，那趟火車旅行的隔天，他刻意用隨意的語氣問了喬維特一句：「嘿，你在這附近出診的時候，會遇到像奧斯卡．王爾德那種不可言說的病人嗎[1]？」但是喬維特回答：「不會的，感謝老天，那是精神病院的工作。」喬維特的這番話太令人洩氣了，也許他還是去向一個他不應該再見到的人諮詢比較好。他想到專科醫生，但是不知道有沒有專治他這種病的專科醫生，也不知道自己如果吐露實情，他們會不會守密。除此之外的所有問題，他都能得到建議，唯獨在這個每天折磨著他的問題上，文明社會是沉默的。

最後，他鼓起勇氣去見了巴利醫生。他知道這段看診時間不會好過，但是那個老頭雖然既愛欺負人又愛取笑人，卻絕對值得信賴。自從墨利斯客客氣氣的對待迪基之後，他對墨利斯的態度也好多了。他們根本不是朋友，這反倒讓事情變得容易一點，墨利斯平常就很少到他家去，即使巴利醫生此後永遠禁止他去那兒，也不會有什麼差別。

他在五月一個寒冷的傍晚前往醫生家。這年春天已經成了一個笑話，悲慘的夏天也在意料之中。整整三年前，他曾經來到這裡，在和煦的天空下，聽著醫生對劍橋那件事的說教。想起那時老人嚴厲的樣子，他的心跳得更快了。他發現醫生的心情很好，正在和他的女兒和妻子打橋牌，他迫切的希望墨利斯加入，當他們牌局裡的第四個人。

「我恐怕需要和您談談，先生。」墨利斯說。他實在太激動了，覺得自己大概永遠也沒辦法把實情說出來。

「嗯，說吧！」

「我的意思是，專業諮詢。」

「天啊，小伙子，我已經退休，六年沒幫人看病了。你去找傑利哥或喬維特吧！坐下吧，墨利斯。很高興見到你，沒想到你快死了啊！波莉！給這朵凋謝的花兒來杯威士忌。」

墨利斯依然站著沒動，之後便轉身走了，巴利醫生看他的動作實在古怪，便跟著他走進大廳，說：「嘿，墨利斯，我眞的能爲你做點什麼嗎？」

「我想您可以的！」

「我連診療室都沒有了。」

「這種病對喬維特來說太私密了，我寧願來找您……現在還在世的醫生之中，我只敢跟您說。以前我曾經跟您提過，我希望能學會把它說出來，指的就是這件事。」

「一個私密的麻煩，嗯？好，來吧！」

他們走進飯廳，裡頭還隨意擺著甜點。壁爐架上立著梅第奇的維納斯銅像，牆上掛著格勒茲畫作的複製品。墨利斯想說話，但怎麼也說不出來，他倒了些水，還是沒能說出口，然後他突然抽泣起來。「慢慢來，」老人非常和藹的說：「當然，要記住，這是專業諮詢。不管你說了什麼，都傳不到你媽媽的耳朵裡。」

面談的恐怖令他無法忍受，就像回到那列車上一樣。他爲自己被逼到如此可怕的境地而哭泣。他本來只打算告訴克萊夫一個人的。他說不出合適的話，只是喃喃的說：「是關於女人的……」

巴利醫生立刻有了結論。事實上，從他們在大廳的談話開始，他的心裡就有底了。他自己年輕時也有過一點麻煩，讓他對於這種事分外有同理心。「我們很快就能解決這個問題。」他說。

墨利斯的眼淚沒流出幾滴，就被醫生硬是止住了。他感覺剩下的眼淚在自己的腦子裡堆積成團，簡直折磨人。「噢，看在上帝的份上，治好我吧！」他癱在椅子上，手臂癱軟的掛著：「我就快完蛋了。」

「啊，女人啊！我還清楚的記得你在學校講台上口沫橫飛的樣子……就是我可憐的哥哥過世的那一年……那時你還目瞪口呆的望著某位舍監的太太呢……記得我當時想著，你還有很多東西要

1 奥斯卡・王爾德（Oscar Wilde, 1854-1900），愛爾蘭作家、詩人、劇作家，英國唯美主義藝術運動的宣導者。曾因身為同性戀者被判苦役兩年。

學。生活是一所艱苦的學校，能教我們的只有女人，而女人可是有好有壞。唉呀，唉呀！」他清了清嗓子：「嗯，孩子，不用怕我。只要跟我說實話就好，我會讓你好起來的。你是在哪裡沾染上這個髒東西的？在劍橋？」

一開始，墨利斯還不明白。然後，他的額頭沁出汗來。「完全不是那種髒東西。」他爆發似的說：「我自有爛方法讓自己守身如玉。」

巴利醫生似乎被激怒了。他鎖上門，說：「陽痿，嗯？我們來看看。」口氣相當輕蔑。

墨利斯脫光衣服，怒氣沖沖的把手裡的衣服扔出去。他受到了侮辱，就像他侮辱了艾妲一樣。

「你好得很。」醫生說出了他的診斷結果。

「先生，您說的『好得很』是什麼意思？」

「就是我說的那個意思。你是個乾乾淨淨的男人。這部分沒什麼好擔心的。」

巴利醫生在火爐邊坐下，雖然他的視力已經有點模糊了，但還是注意到墨利斯的姿態。不能說是有藝術性，卻稱得上出色。墨利斯以平常的姿勢坐著，身體和臉都彷彿頑強的凝視著火焰。他一點也不打算屈服，不知道爲什麼，他給人這樣的印象。墨利斯也許動作緩慢、笨手笨腳，但是一旦他得到了想要的東西，就會緊緊抓住，直到天荒地老。

「你沒事。」巴利醫生又說了一次：「只要你願意，明天就可以結婚，如果你接受一個老人的建議，你就會這麼做。把衣服穿上吧！這裡太通風了。你的腦子裡怎麼會有這些想法呢？」

「所以你始終都沒有猜中，」他說，恐懼中帶著一絲輕蔑：「我就是奧斯卡·王爾德那種不可言說的人。」他閉著眼睛，拳頭緊握，動也不動的坐著，這已經是他所能懇求的最有力量的人了。

最終判決出來了，墨利斯簡直不敢相信自己的耳朵。巴利醫生說的是：「胡說，胡說！」他曾經想過許多可能，但從沒想過這一個。因爲，如果他的話是胡說，那麼他的生活就是一場夢了。

「巴利醫生，我還沒說清楚……」

「現在聽我說。墨利斯，千萬別讓那種邪惡的幻覺和來自魔鬼的誘惑，再次出現在你身上。」這道聲音讓他留下了深刻的印象。這個聲音難道不是出自科學的代言人嗎？

「是誰給你灌輸了這些謊言？我看得出來，也很清楚你是個正派的人！我們以後就不要再提這件事了。不，我不討論。我不會討論這件事。我能為你做的事裡頭，最糟的就是討論它。」

「我需要建議。」墨利斯說，努力抵抗那強勢的態度：

「這對我來說不是胡說，而是我的生活。」

「胡說。」那道聲音專斷的說。

「我從有記憶起就一直是這樣，不知道為什麼。這是什麼？我生病了嗎？如果是，我想把它治好，我再也受不了這種孤獨了，尤其是最近的這六個月。您跟我說什麼我都會照做。就是這樣，您一定要幫我。」

他又恢復原本的姿勢，全神貫注的凝視著那團火焰。

「來！把衣服穿上。」

「我很抱歉。」他喃喃的說，然後照做了。巴利醫生開了門，喊道：「波莉！拿威士忌來！」諮詢結束了。

第三十二章

巴利醫生給了他所能給出的最佳建議。對於墨利斯的課題，他沒有讀過任何相關的科學著作。當他還在醫院工作時，這樣的書還不存在，而在此之後出版的相關書籍都是德文的，因此十分可疑。他天生對這種事情反感，於是便欣然的贊同了社會的判斷；也就是說，他的判斷是出自神學。他認爲，只有最墮落的人才能瞥見索多瑪，因此當一個有良好身世和體格的人承認自己有這種傾向時，「胡說，胡說！」就是他最自然的答案。他很眞誠，相信墨利斯只是偶然聽到一些會引起病態思想的言論，而一個醫生輕蔑的沉默會立刻驅散它們。

墨利斯離開時也並不是無動於衷。巴利先生在他家裡是個大名人，他曾經兩度救過吉蒂的命，霍爾先生生病的最後一段時間也是由他照顧，他是那麼誠實、那麼自主，從不說出並非出自眞心的話。近二十年來，他一直是霍爾一家的最高權威，他們很少求助於他，但是大家都知道他的存在，也知道他能判斷是非。而現在，他宣布那是「胡說」，墨利斯身上的每一個細胞都在抗議，他還是想要知道，它是否有不是胡說的可能。他討厭巴利醫生的思想；容忍淫行對他來說是可恥的。然而他尊重這一點，並且打算與命運展開另一場爭辯。

墨利斯更傾向於相信另一個不能告訴醫生的原因。克萊夫在進入二十四歲後不久就轉向女人。他自己在八月時就要二十四歲了，是不是有可能，他也會……現在，他突然想起，很少有男人在二十四歲之前結婚。墨利斯也具有英國人的特性，無法想像世界上有多少種不一樣的人。他的苦惱讓他明白，世上還存在著其他類似的人，卻還沒有告訴他，這群「其他人」也是各不相同的。他打算把克萊夫的發展歷程當成自己的先驅。

如果能結婚，與社會和法律的方向一致，自然是件令人愉快的事。某一天，巴利醫生見到他，還告訴他：「墨利斯，找個合適的女孩，這麼一來，什麼問題都沒有了。」格拉迪絲·奧爾科特又出現在他的生活圈裡，當然，現在他已經不是當初那個不成熟的大學生了。他吃過苦，探索過自己，也知道自己不正常。但是，情況有這麼絕望嗎？要是他碰上了一個在其他方面能理解他的女人呢？他想要孩子，也有生兒育女的能力，巴利醫生是這麼說的。結婚，終究是不可能實現的嗎？因爲艾妲的關係，家裡正在討論這個話題，媽媽常常建議他給吉蒂找個對象，也叫吉蒂給他找個對象。她超然的態度令人詫異。在她守寡的這段日子，「婚姻」、「愛情」、「家庭」這些字眼對她來說已經完全失去意義。唐克斯小姐送給吉蒂一張音樂會的票，契機出現了。吉蒂不能去，於是問了全桌的人是否有人要去。墨利斯說他想去，她還提醒他那天晚上要去俱樂部，但他說會把俱樂部行程取消。他去了音樂會，曲目卻碰巧是克萊夫教他喜歡上的柴可夫斯基交響曲。他喜歡那種刺痛、撕扯中帶著撫慰的感覺。對他來說，這首曲子的意義不過如此。這讓他對唐克斯小姐產生了一種溫暖的感激之情。不幸的是，音樂會結束之後，他遇見了里斯利。

「病態交響曲。」里斯利快活的說。

「悲愴交響曲。」墨利斯這個對藝術沒什麼造詣的人糾正他。

「亂倫與病態交響曲。」接著他告訴墨利斯這位年輕朋友，柴可夫斯基愛上了自己的姪子，還把自己的傑作獻給了他[1]。「我特地來看看倫敦高尚的正派人士，爲這曲子齊聚一堂的樣子。這個

1 柴可夫斯基的姪子弗拉基米爾·達維多夫（Vladimir Davydov, 1871-1906）是柴可夫斯基妹妹的二兒子，小柴可夫斯基

場面眞是至高無上啊！」

「你專門記住這些古怪的東西。」墨利斯一本正經的說。奇怪的是，當擁有了一個能理解自己的朋友時，他卻不想要。但是，他立刻去圖書館把柴可夫斯基的生平查了個一清二楚。對一般讀者來說，這位作曲家的婚姻幾乎沒有傳達出什麼訊息，只能讓人模糊的猜想他與妻子兩個人合不來[2]，但這段插曲卻讓墨利斯非常激動。他知道這場災難意味著什麼，也知道巴利醫生把他拖到了離災難多麼靠近的地方。繼續讀下去之後，他認識了「鮑伯」，柴可夫斯基在精神崩潰後轉向的那個絕美的姪子，也是他在精神和音樂上的重生。他拂去書上的積塵，尊它爲對自己唯一有幫助的文學作品。但是，這本書只幫助他倒退。此刻，他又回到曾經待過的那節火車裡了，除了相信所有醫生都是傻瓜之外，一無所獲。

現在，似乎每一條路都堵住了。在絕望中，他又恢復小時候曾毫無節制的那些行爲，發現這些行爲確實能爲他帶來一種墮落的平靜，也確實平復了讓所有感官收縮的生理衝動，於是他才能工作。他是個普通男人，原本也能打贏一場普通的仗，但是大自然卻讓他和非凡的事物對抗，這是只有聖人才能獨力征服的對手，於是他開始節節敗退。在前往彭奇的不久前，一個新希望出現了。看起來還很模糊，也不討人喜歡，就是催眠術。里斯利告訴他，康沃利斯先生也被催眠過。有個醫生跟他說：「來吧，來吧，你不是閹人了！」結果，瞧！他果然再也不是了。墨利斯弄到了醫生的地址，但他並不認爲會有什麼用處，只要能有一次科學諮詢他就滿足了。而且，墨利斯總覺得里斯利知道得太多；當他把地址告訴自己的時候，口氣雖然很友好，言語間卻帶著一絲頑皮的味道。

三十一歲。柴可夫斯基稱呼他「鮑伯（Bob）」，不但把「悲愴」交響曲題名獻給他，還把他列為財產唯一繼承人並接收所有作品版權。

2 柴可夫斯基在莫斯科音樂學院教書時，一名女學生安東妮雅・米露可娃（Antonina Miliukova）以大量情書攻勢瘋狂倒追他，揚言非他不嫁，甚至以死要脅。蜜月結束時，柴可夫斯基已經瀕臨崩潰。婚後兩週，柴可夫斯基企圖投河自盡未成功，但因此染上嚴重肺炎。精神崩潰的他逃往聖彼得堡，從此未再見過妻子。

第三十三章

克萊夫·杜蘭現在已經不會再受到親密關係的傷害，因此心心念念的想要幫助自己的朋友。自從他們在吸菸室分手之後，他的朋友一定過得很艱難。他們之間的書信往來在幾個月前就停止了。墨利斯的最後一封信，是在伯明翰的事件之後寫的，他宣布自己不會自殺。克萊夫從來沒想過他會這麼做，他很高興這齣鬧劇結束了。當他們在電話裡交談時，電話那頭是個他說不定會尊敬的人：一個聽起來願意讓過去的事情過去，讓激情化爲僅止於相識的人。他並沒有刻意佯裝輕鬆；可憐的墨利斯聽起來很害羞，甚至還有點生氣，這正是克萊夫認爲自然的狀態，他覺得自己應該能讓情況變得更好。

他急著想要做自己能做到的事。雖然他的個性和以前已經大不相同，但是他還記得那份協調感，也承認墨利斯曾經把他從唯美主義中拉出來，讓他沐浴在愛的陽光和微風中。要不是墨利斯，他永遠也無法成爲配得上安妮的人。他的朋友讓他度過了三年的荒涼歲月，如果不幫助他，就太忘恩負義了。克萊夫並不喜歡感激，他寧願因爲純粹的友好而出手幫忙。但是他必須使用唯一的工具，如果一切順利，如果墨利斯可以保持冷靜，如果他一直待在電話的另一頭，如果他在安妮的這件事上表現得很明智，如果他不刻薄，不會太嚴肅，太粗暴……那麼，他們也許會再次成爲朋友，儘管走的是不同的路線，用不同的方式。墨利斯有令人欽佩的特質，這一點他是知道的。而且，他也感覺到，友誼回歸的時刻可能就要來了。

其實克萊夫很少出現這樣的想法，就算有，他思考得也不深。他的生活中心是安妮。安妮和他媽媽處得來嗎？安妮會喜歡彭奇嗎？她可是在靠近海邊的薩塞克斯長大的呢！她會因爲那裡缺少宗教而感到遺憾嗎？面對政治的時候呢？他被愛情沖昏了頭，把自己的身體和靈魂都獻給了她，把他從過去的激情中學到的一切都傾注於她的腳下，而之前的激情是爲誰而生的，他還得用點力氣才想得起來。

當克萊夫整個人沉浸在剛訂婚的喜悅中，也想過要把墨利斯的事情告訴安妮，那時她就是他的全世界，包括雅典衛城在內的全世界。她曾經對他坦承過一件過去的小錯誤，但是，他對朋友的忠誠卻使他卻步。事後，他感到慶幸，因爲安妮雖然證明了自己是一位女神，她卻不是雅典娜，而且她還有許多內在是克萊夫無法觸及的。他們的結合成了首要的問題。當兩人的婚禮結束，克萊夫走進她的房間時，安妮完全不知道他想幹什麼。儘管她接受過精心的教育，卻從來沒有人告訴過她與性相關的事。雖然克萊夫盡可能的體貼，卻還是把她嚇得半死，讓他覺得安妮一定恨透自己了。其實她沒有，之後的許多個夜晚，她都很歡迎克萊夫。但是，這件事總是在沉默中進行。他們的結合，是在一個與日常生活完全無涉的世界裡，這種神秘感也牽扯到他們生活中許多其他方面的事。有許多東西是永遠不能提起的。他從來沒有見過安妮的裸體，安妮也沒見過他的。他們對生殖和消化功能完全略而不談，於是，他青澀時代的那件小插曲也就始終沒有說出口的時機。

這件事難以啓齒。並不是「它」擋在他與她之間，而是「她」擋在了他和它之間。克萊夫思之再三，依然覺得慶幸，因爲，雖然它並不丟臉，卻太令人感傷，應該被遺忘。

保持神秘很適合他，至少他選擇了這個方式，而且絲毫不覺得遺憾。他從來就不喜歡直言不諱，儘管重視肉體，但眞正的性行爲對他來說缺乏想像力，最好把它放在夜裡遮掩起來。在男人之間，這件事不可原諒；而在男人和女人之間，既然自然和社會都認可，這件事就可以做，但絕對不可以拿出來討論或吹噓。他心目中的理想婚姻是溫和而優雅的，就和他所有的理想一樣。他在安妮的身上找到了一個合適的終身伴侶，安妮很有教養，並且欣賞別人的教養。他們彼此溫柔的相愛，美麗的習俗接受了他們。與此同時，墨利斯卻在屏障之外遊蕩，嘴裡說著錯誤的話，心裡懷著錯誤的渴望，而他的雙臂，擁抱著滿滿的虛空。

第三十四章

墨利斯在八月休了一星期的假，在莊園隊對村民隊的板球賽登場前三天，應邀來到彭奇。抵達時，他的心情古怪而痛苦。他一直在琢磨里斯利說的那個催眠師的事，越來越想讓他診治看看。這眞是個煩人的毛病。比如說，他開車穿過莊園的時候，看見一個獵場守衛正在調戲兩個女僕，心裡便猛然妒意翻騰。那兩個女孩都醜得要命，那個男人卻挺好看的：不知道爲什麼，這一點讓情況變得更糟了。他死死的盯著那三個人，覺得自己殘忍而可敬；兩個女孩格格笑著走開了，那個男人鬼鬼祟祟的回望了他一眼，然後碰了碰自己的帽沿致意，以策安全；墨利斯破壞了那場小遊戲。但是等到他走了之後，那三個人還是會再見面的，全世界的女孩都會遇見男人，親吻他們，也被他們親吻；要是墨利斯改變自己的性情，追隨其他人的腳步，不是更好嗎？他會在這次拜訪之後做出決定，因爲他依然希望能從克萊夫那兒得到一些什麼，即使希望渺茫。

「克萊夫出去了。」年輕的女主人說：「他說要向你問好還是什麼，他會回來吃晚飯。亞契·倫敦會照顧你的，不過我相信你並不想被人照顧。」

墨利斯笑了笑，喝了點茶。客廳還是老樣子。一群群的人站在那裡，有一種正在安排什麼的氣氛，雖然克萊夫的母親已經不再當家管事，但還是住在主屋裡，因爲寡婦屋的排水管有問題。彭奇莊園的破敗感越來越強烈了。傾盆大雨中，他注意到大門的門柱歪了，缺乏修剪的樹木令人窒息，屋裡放著一些閃亮的結婚禮物，就像舊衣服上一塊塊的補丁。伍茲小姐並沒有給彭奇帶來錢財。她多才多藝，也很討人喜歡，但是她和杜蘭家屬於同一個階級，英國給她高額薪俸的意願，是一年比一年低了。

「克萊夫正忙著拉票，」她接著說：「今年秋天要補選。他總算讓人們推舉他出來當候選人。」她擁有預見外界批評的貴族本領。「不過說眞的，如果他能選上，對窮人來說是非常好的事。他是窮人最忠實的朋友，要是他們知道這一點就好了。」

墨利斯點點頭。他很願意聊聊社會問題。「他們需要稍微訓練一下。」他說。

「是的，他們需要一個領導人。」一個溫和卻高高在上的聲音說：「在他們找到領導人之前，都要受苦的。」安妮介紹了新任教區長伯雷紐斯先生，是她親自邀請來的人。克萊夫並不在乎自己任命的對象是誰，只要這人是個紳士，願意爲這個村莊奉獻就行。伯雷紐斯先生滿足了這兩個條件，而且他是高教會派的人，也許還能和即將離任的低教會派現任教區長互相平衡。

「噢，伯雷紐斯先生，您說得眞有意思！」老夫人的聲音從客廳的另一頭傳來。「不過，我想您的意思是，我們所有人都需要一個領導人。這番話我非常同意。」她的眼睛東張西望：「我重複一遍，你們所有人都需要一個領導人。」伯雷紐斯先生也跟著她張望了一陣，可能是在找什麼他沒有找到的東西，因爲他很快就離開了。

「他在教區長宅邸裡沒事可做。」安妮若有所思的說：「不過他總是這樣。他會爲了住房問題上來斥責克萊夫，也不肯留下來吃個晚飯。你看，他眞的很敏感；他老是在擔心窮人。」

「我也必須和窮人打交道。」墨利斯說，拿了一塊蛋糕：「但是我沒辦法爲他們擔心什麼。爲了國家整體的利益，我們總得幫他們一點忙，但也僅此而已。他們沒有我們的知覺，要是我們處在他們的位置，早就痛苦不堪了，他們卻不覺得。」

安妮看上去對這個說法不以爲然，但她倒是覺得自己把那一百鎊託付給了合適的股票經紀人。

「我只認識球童和貧民窟裡的大學傳教團。不過，我還是學到了一點。窮人們不要你的憐憫。

只有在我戴上手套，把他們打得落花流水的時候，他們才會眞的喜歡我。」
「噢，你教他們拳擊。」
「是的，還有橄欖球……他們眞是蹩腳的運動員。」
「我想也是。伯雷紐斯先生說，他們需要愛。」安妮停頓了一下，然後說。
「這我一點都不懷疑，不過他們得不到的。」
「霍爾先生！」
墨利斯擦了擦鬍子，笑了。
「你眞可怕。」
「我不覺得。不過聽起來是這樣沒錯。」
「但是，你喜歡當個可怕的人嗎？」
「人什麼事都會習慣的。」他說著突然轉身，因爲身後的門被風吹開了。
「啊，天哪！我還罵克萊夫憤世嫉俗，可是你比他還嚴重。」

1 聖公宗旗下的「高教會派」（High Church）與「低教會派」（Low Church）互相對立，十六世紀聖公宗形成初期，曾因襲大量天主教的教義、體制與禮儀，十七世紀受到喀爾文宗思想的衝擊，在該宗之下出現一群改革派，再進而脫離而成「清教徒」團體。他們要求「清洗」聖公宗教會內所保留的天主教傳統，又反對英國國內貴族驕奢生活，並主張信徒要過勤勞、節儉與清潔的生活，因而博得「清教徒」之名。面對清教徒改革的衝擊，聖公宗廢棄了許多天主教的舊制；到十九世紀該宗之下的一批保守分子，特別是具有貴族身分的人士，發動了恢復舊制的運動，主張大量恢復天主教的傳統，崇尚古老的繁華禮儀，此即高教會派運動，後世追隨者也自稱為「高教會派」；自高教會派產生後，另一批反對恢復舊制者與之對抗，主張簡化教會禮拜儀式，也反對過度強調教會的權威地位，思想上較傾向清教徒團體，自稱為「低教會派」。以沿襲自羅馬天主教的習俗「焚香」為例，在高教會派儀式中使用，而低教會派則禁止。

「我已經習慣了你所謂的可怕，就像窮人習慣了他們的貧民窟。這不過是時間問題。」他說起話來毫不顧忌；自從到這裡之後，他就出現了一種尖酸的魯莽。克萊夫居然懶得進來接待他，很好！「衝撞一陣之後，你就會習慣自己住的那個洞。每個人一開始都跟小狗一樣，拚命的叫。汪！汪！」他出人意料的模仿讓安妮大笑起來。「最後，你會發現，每個人都太忙了，根本沒時間聽你吠，於是你也就不再嚷嚷了。這就是事實。」

「男人的觀點。」她點點頭說：「我絕對不會讓克萊夫有這種想法的。我相信同情……相信人應該彼此分擔重擔。我確實不是個跟得上潮流的人。你是尼采的信徒嗎？」

「問別的！」

安妮喜歡這位霍爾先生，克萊夫警告過她，她可能會發現他的反應很冷淡。某種程度上他確實是這樣，但他顯然很有個性。她明白了為什麼自己的丈夫會認為他是義大利旅行的好伙伴。「為什麼你不喜歡窮人呢？」她突然問。

「我不是不喜歡他們。我只是不去想他們，除非我有義務。這些貧民窟、工團主義[2]以及其他的一切，都是對公眾的威脅，每個人都應該盡自己微薄的力量去對抗它們。但不是因為愛。你的伯雷紐斯先生不肯面對現實。」

她沉默了一會兒，然後問他幾歲了。

「明天就二十四歲了。」

「嗯，以你的年齡來說，你很冷酷。」

「剛才你說我很可怕。你居然這麼輕易就放過我了，杜蘭太太！」

「無論如何，你心意已決，這更糟。」

她見他皺起了眉頭，怕自己說話太失禮，便把話題轉到克萊夫身上。她說自己原本以為克萊夫已經回來了，但情況可能更讓人失望，因為明天克萊夫眞的沒辦法待在家。那位熟悉地區選民的幹事正帶著他到處跑。霍爾先生一定會原諒他們的，而且一定要在板球賽中幫助他們。

「這得看其他的計畫才能決定……我可能必須……」

她突然好奇的看了他一眼，然後問道：「你不想去看看你的房間嗎？亞契，帶霍爾先生到褐色房間去。」

「謝謝……有信件的話能寄嗎？」

「今晚不行了，不過你可以發電報。地址就留這兒吧……還是說，我不應該管太多？」

「我可能得發電報……我不太確定。非常感謝。」然後他跟著倫敦先生前往褐色房間，心裡想著：「克萊夫說不定已經……看在過去的份上，他說不定已經在房間裡歡迎我了。他應該知道我會有多痛苦。」他並不在乎克萊夫，但還是可能爲了他難過。雨水從鉛灰色的天空傾瀉而下，落在莊園裡，林間一片寂靜。隨著黃昏降臨，他也進入了新的一輪折磨。

他在房裡一直待到晚飯時間，和他曾經愛過的鬼魂搏鬥。儘管肉體和靈魂都會受辱，如果新的醫生能改變他的生命，去找他不就是自己的責任嗎？這個世界就是這樣，一個人，要不就得結婚，要不就是墮落。他還沒擺脫克萊夫的影響，除非有更重大的事物介入，否則他永遠也擺脫不了。

「杜蘭先生回來了嗎？」女傭端來熱水的時候，他問道。

「回來了，先生。」

「剛回來？」

「不。回來差不多半小時了，先生。」

---

2 工團主義（syndicalism）又稱工聯主義，是一種以勞工運動為主導的社會主義，旨在工人階級團結起來組織工會，通過純粹的工人組織以及罷工來推翻資本主義和國家，以使企業由資本家主導變成由工人主導。

她拉上窗簾，遮住了視野，卻依然聽得見雨聲。與此同時，墨利斯草草擬了一份電文。「倫敦西區，威格莫爾坊六號，拉斯克．瓊斯。」他讀道：「請預約星期四。威爾特郡，彭奇，杜蘭轉交霍爾。」

「知道了，先生。」

「非常謝謝你。」他口氣尊重的說，但女傭一離開，他就立刻做了個鬼臉。現在他公開的行為和私底下完全是兩回事。在客廳裡，他不動聲色的招呼克萊夫。他們熱情的握手，克萊夫說：「你看起來眞健康。你知道你要帶誰一起入席嗎？」然後把他介紹給一個女孩子。克萊夫已經成了一個十足的鄉紳。自從結婚以來，他對社會的所有不滿都煙消雲散。他們在政治上意見一致，有很多話可以聊。

克萊夫對他的客人很滿意。安妮對墨利斯的評價是「粗魯，但人非常好」，情況令人滿足。他身上有種粗野的氣質，但現在已經無關緊要了。他說不定已經忘了關於艾妲的那個可怕場面。墨利斯和亞契．倫敦也處得很好，這很重要，因爲安妮對亞契已經厭煩透了，他是那種很黏人的人。克萊夫在邀請賓客時，就已經把墨利斯和他分配在一起了。

在客廳裡，他們又聊起了政治，讓每個人都相信激進分子不誠實，而社會主義者是瘋子。大雨以無人能擾的單調聲音不斷下著，每逢談話間歇，便聽見它的低語聲傳進屋裡。傍晚快入夜時，鋼琴蓋上響起了「嗒、嗒」的聲音。

「我們家的幽靈又來啦！」杜蘭太太笑容滿面的說。

「天花板上有個可愛極了的洞呢！」安妮大聲的說。「克萊夫，我們能不能放著不管它？」

「我們也只能不管它。」他搖著鈴說：「不過我們還是把鋼琴移一下吧！它可撐不了太久。」

「放個茶碟怎麼樣？」倫敦先生說：「克萊夫，放個茶碟好嗎？有一次俱樂部的天花板漏雨，我搖了鈴，僕人就拿了一只茶碟來。」

「我也搖了鈴，不過僕人什麼都沒拿來。」克萊夫說，又用力搖了一次鈴：「好的，亞契，我們會準備一只茶碟，不過我們還是得把鋼琴移開。安妮可愛的小洞夜裡說不定會長大呢。屋子的這個部分只有一片斜屋頂而已。」

「可憐的彭奇！」他母親說。大家都站起來望著那個洞，安妮開始用吸墨紙探著鋼琴內部，看是不是有弄濕的地方。傍晚的聚會解散了，既然雨爲他們帶來了這樣一個表明自己存在的暗示，他們便盡情的拿這場雨來開玩笑。

「拿個臉盆來，好嗎？」克萊夫說，鈴聲終於有人回應了：「還要一塊抹布，另外再找個人來幫忙移鋼琴，把地毯搬到邊間裡去。雨水又要透進來了。」

「我們居然得搖兩次鈴欸！兩次。」他母親說。

「這就是他們遲來的理由了。」她用法文補了一句，因爲當客廳女僕回來時，獵場守衛和貼身男僕也在。「事情總是這樣的……你知道，我們家的樓下也自有它小小的浪漫。」

「各位，明天想做什麼？」克萊夫對他的賓客們說：「我得去拉票。你們就別跟著來了，簡直無聊得沒辦法形容。大家想帶支槍出去打獵還是怎麼樣？」

「那樣很好。」墨利斯和亞契說。

「斯卡德，你聽見了嗎？」

「這個人心不在焉。」他媽媽又用法文說。鋼琴把地毯弄皺了，僕人們因爲不願意在紳士面前大聲說話，又擔心誤解了對方的命令，便低聲問：「什麼？」

「斯卡德，先生們明天會去打獵……我不確定是不是這樣，總之十點鐘左右過來。我們現在是不是該去睡了？」

「你知道的，霍爾先生，早睡是這裡的規矩。」安妮說。接著她向三個僕人道了晚安，便先上樓去了。墨利斯磨磨蹭蹭的挑了一本書。萊基[3]的《理性主義史》能塡補這長夜的空白嗎？雨水滴在臉盆裡，男人們在邊間的地毯上嘀嘀咕咕，還跪在上頭，像在爲某樣東西舉行葬禮。

「該死，這兒什麼都沒有，是嗎？」

「……噓，他不是在跟我們說話啦！」男僕對獵場守衛說。

萊基的書確實頗能消磨時間，但是墨利斯的腦力卻無法消化。幾分鐘後，他就把書扔在床上，仔細思索起那封電報。在彭奇的沉悶氣氛中，他的目標變得更加堅定了。既然生命是一條無法穿越的死巷，盡頭只有一堆穢物污泥，那麼他就必須及時回頭，重新開始。里斯利暗示，一個人只要不在乎過去，就可以百分之百的被改造。永別了，美麗與溫暖。它們最後還是化成了污泥，必須清除。他拉開窗簾，久久凝視著屋外的雨，然後嘆了口氣，給自己一巴掌，再緊緊咬住自己的嘴唇。

3 萊基（William E.H.Lecky, 1838-1903）愛爾蘭歷史學家、散文家及政治理論家。

第三十五章

隔天的天氣更陰鬱了，唯一可取之處是，它彷彿一場夢魘，給人很不眞實的感覺。亞契．倫敦喋喋不休，雨一直滴滴答答，他們則以運動的神聖名義在彭奇莊園裡到處追兔子。他們有時打中，有時射偏，有時候會改用雪貂和網羅。這些兔子必須保持在一定的數量以下，也許這就是他們被迫接受這項娛樂的原因：克萊夫有著深謀遠慮的血統。他們回去吃午飯，墨利斯收到了令他興奮的消息：拉斯克．瓊斯先生的回電來了，同意明天爲他看診。但這股興奮感很快就過去了。亞契認爲他們還是回去追兔子比較好，墨利斯實在太沮喪了，無力拒絕他的提議。現在雨是小了點，但霧反而更濃，泥地也更黏了，到了快要喝下午茶的時候，有隻雪貂不見了。獵場守衛認爲這是他們的錯，而亞契比他更清楚情況，還在吸菸室裡用圖表向墨利斯解釋了來龍去脈。晚餐在八點鐘送上來，政客們也到了。晚餐之後，客廳天花板的水滴在臉盆和茶碟裡。接著，在褐色房間裡，還是同樣的天氣，同樣的絕望，此刻克萊夫坐在他的床上親密的說著話，但一切已經無濟於事。如果這場談話來得早一點，說不定還能打動墨利斯，但是他已經被這種冷淡深深的傷害了，他度過了如此孤獨又如此愚蠢的一天，再也沒有辦法對過去做出任何反應。他一心想著拉斯克．瓊斯先生，只希望能一個人待著，好寫一份關於自己病例的書面陳述。

克萊夫感覺到這位朋友的這一次造訪算是失敗了，但是，就像他說的：「政治不能等，而你正好碰上了最忙亂的時候。」他也很懊惱，居然忘了今天是墨利斯的生日，他急切的希望這位朋友能留到比賽結束。墨利斯說自己非常抱歉，但是他不能答應，因爲在城裡有個意料外的緊急約會。

「你赴完約之後不能再回來嗎？我們這主人當得很差勁，但是能邀請你來實在是太好了。請務必把這裡當旅館，你只管去赴你的約，我們自己可以繼續。」

「其實，我是希望結婚的。」墨利斯說，這些話突然從他的嘴裡飛出來，彷彿它們自有生命。

「我太高興了。」克萊夫說著，垂下了眼睛：「墨利斯，我眞的好高興。這是世界上最棒的事情了，說不定還是唯一的……」

「我知道。」他也不知道自己爲什麼要這麼說。他的話飛進了大雨裡；他老是意識到外頭的雨，和彭奇日漸腐朽的屋頂。

「我也不想一直說話打擾你，但是我得說，安妮猜中了。女人眞是不簡單。她一直說你還藏著備案，我還笑了，但現在我不得不拜服。」他抬起眼睛說：「噢！墨利斯，我眞的好高興。你願意告訴我，眞是太好了。我一直以來都希望你這麼做。」

「我知道。」

一陣沉默。接著克萊夫又恢復了老樣子，他很爽朗，很迷人。

「眞是棒呆了，不是嗎？這個……我眞的好高興。我眞希望我能想出一點別的詞。你介意我告訴安妮嗎？」

「一點也不介意。去跟每個人說好了。」墨利斯大聲的說，口氣中帶著被人忽視的殘忍：「越多人知道越好。」他尋求著外界的壓力。「如果我要的那個女孩不願意，還有別人願意。」

克萊夫聽了這話，微微一笑，但是他太高興了，不想顯得太挑剔。他的高興一方面是爲了墨利斯，一方面也是因爲這會讓自己所在的位置更完美。他討厭同性戀、劍橋、藍色房間，還有莊園裡的某幾塊林間空地。它們沒有污點，也毫無可恥之處，只是顯得有些微妙的可笑。最近，他翻出了自己在墨利斯第一次到彭奇時寫的一首詩，彷彿來自《愛麗斯鏡中奇遇》的那個世界，是那麼的愚蠢、那麼的反常。「來自昔日古希臘船隻的陰影」，他就是這樣向那個健壯的大學生致意的嗎？而知道墨利斯的多愁善感也不復存在之後，他心裡的疙瘩一掃而空，話語也像是有了自己的生命一樣迸發出來。

「親愛的墨利斯，我想到你的次數遠超過你想像。就像去年秋天我說的，我是眞的關心你，而且會一直這樣下去。我們都是小傻瓜，不是嗎？但是，人即使在愚蠢中也能獲得一些東西。成長，不，不只是這個，還有親密。我們彼此瞭解、彼此信任，就因爲我們曾經是傻瓜。婚姻沒有改變任何東西。噢，這眞是太好了，我眞的覺得……」

「那麼你是祝福我了？」

「我想是的！」

「謝謝。」

克萊夫的眼神柔和了下來。他想傳達某種比成長更熱烈的東西。他敢借用過去的姿態嗎？

「明天就想我一整天吧！」墨利斯說：「至於安妮……她說不定也會想我的。」

他的話那麼體貼，克萊夫決定非常溫柔的吻那傢伙褐色的大手一下。

墨利斯一陣戰慄。

「你不介意吧？」

「噢，當然不。」

「親愛的墨利斯，我只是想讓你知道，我並沒有把過去忘了。我完全同意……我們以後再也不要提過去，但是，就這一次，我想讓你知道。」

「好的。」

「這次結束得這麼漂亮，你不覺得欣慰嗎？」

「怎麼個漂亮法？」

「至少不像去年那樣，弄得一團糟。」

「噢，我同意。」

「那我們兩不相欠了，我這就走。」

墨利斯把嘴唇貼上了禮服襯衫漿得硬挺的袖口。完成這個儀式之後，他便退下，也不管克萊夫表現得比以往任何時候都友好，還堅持一旦情況允許，他就應該回到彭奇。雨水汩汩流下老虎窗，克萊夫一直講話到很晚。他走了之後，墨利斯拉開窗簾，跪了下來，下巴靠著窗台，任由大雨潑在他的頭髮上。

「來吧！」他突然大喊，連他自己也嚇了一跳。他是在對誰喊呢？他什麼也沒想，就這麼脫口而出。他迅速把空氣和黑暗關在外面，再度把自己的身體封閉在褐色房間裡。然後，他花了一點時間寫了書面陳述。儘管他是非常沒有想像力的人，上床睡覺時還是心驚肉跳。他確信寫陳述時有人在他的背後偷看，他並不是一個人。或者說，這份陳述書並不是他親自寫的。自從來到彭奇之後，他似乎成了一群聲音的集合，而不是墨利斯這個人，現在，他幾乎可以聽見它們在他的身體裡爭吵。但是，這些聲音中沒有一個是克萊夫的，他已經走得好遠、好遠了。

第三十六章

亞契・倫敦也要回城裡去，第二天一大早，墨利斯和他就一起站在大廳裡等馬車，同時那個帶他們追著兔子跑的人也在外面等待小費。

「叫他死一邊去。」墨利斯生氣的說：「我給了他五先令，他還不要。該死的厚臉皮！」

倫敦先生很震驚。僕人怎麼成了這副德性？難道非得拿金幣不可？如果眞是這樣，那還不如用手不幹，把話直接說清楚。他開始說起自己的太太請的那個月子護士。琵琶待她已經比一般傭人都好了，但你能指望一個只受過半吊子教育的人什麼呢？半吊子的教育比完全沒有受過教育更糟糕。

「說得好啊！說得好。」墨利斯打著哈欠說。

儘管如此，倫敦先生還是想知道，那位高貴的僕人是不是也不肯紆尊降貴的收下自己的小費。

「噢，如果你想試，就試試看吧！」

他把手伸進了雨裡。

「霍爾，你知道嗎，他收下了，一點問題都沒有。」

「他收了？那個惡魔？」墨利斯說：「爲什麼他不收我的呢？我想是你給的錢比較多吧？」

倫敦先生羞愧的承認。因爲他怕碰一鼻子灰，所以多加了小費。那傢伙確實過分，但是他認爲霍爾把這件事拿出來談論也不得體。當僕人粗魯無禮時，別把他當一回事就好了。

但是墨利斯很生氣、很累，又擔心自己城裡約診的事，他覺得這段插曲也屬於彭奇待客失禮的一部分。他懷著報復的心情踱步到門口，用他那熟悉又令人不安的方式說：「您好！原來五先令您看不上眼啊！所以您只收金幣是吧！」他原本還想繼續說下去，但是被前來送行的安妮打斷了。

「祝你好運。」她對墨利斯說，臉上帶著非常甜美的表情，然後她停頓了一下，像是在邀約對方說出心事。邀約沒有成功，但她補上了一句：「我很高興你並不可怕。」

「你這麼覺得嗎？」

「男人都喜歡別人覺得他可怕。克萊夫就是。對吧，克萊夫？霍爾先生，男人是非常有意思的動物。」她手裡捏著自己的項鍊，微笑著說：「非常有意思。祝你好運。」現在，她對墨利斯很滿意。他的處境，以及他面對這個處境的方式，讓她覺得他是個恰如其分的男子漢。「現在，有個女孩戀愛了。」他們目送客人動身，她在門口的階梯上對克萊夫解釋：「如今女孩戀愛絕不裝腔作勢。我眞希望知道那個女孩叫什麼名字。」

那位獵場守衛搶了家僕們的工作，硬是去搬了墨利斯的箱子放上馬車，顯然是因爲感到羞愧。「那就塞進去吧。」墨利斯冷冷的說。在安妮、克萊夫和杜蘭太太的揮手目送之下，他們出發了，倫敦又講起琵琶的月子護士的故事。

「呼吸一點新鮮空氣怎麼樣？」被重複話題轟炸的受害者提議。他打開車窗，看著濕淋淋的莊園。下這麼多雨眞是蠢透了！老天爲什麼要下雨呢？這是宇宙對人類的漠不關心！馬車在樹林裡沒精打采的緩緩前進，彷彿永遠也到不了車站，琵琶的厄運也像是永遠沒有結束的一天。

離門房小屋不遠處有段難走的小坡，道路的狀況總是很糟，路邊種著犬薔薇，把車漆都刮花了。花兒一朵又一朵從他們的車邊悄悄掠過，它們被這不友好的一年淋得濕漉漉的：有些花已經爛了，有些永遠也開不了，到處都有美贏得了勝利，它們卻沒有欣喜之情，只是搖曳在陰鬱的世界裡。墨利斯看了一朵又一朵花，雖然他並不喜歡花，但是破敗的花令他惱火。幾乎沒有哪一株是完美的，某一根枝條上的每一朵花都是歪的，而下一根枝葉上若不是爬滿了毛蟲，就是長滿了癭瘤。

這就是大自然的冷漠！還有無能！他把身子探出窗外，想看看能不能找到一枝未遭自然毒手的倖存者，卻直接對上了一個年輕人明亮的棕色眼睛。

「天哪，那個看守獵場的傢伙怎麼又來了！」

「不可能，他不可能到這裡來的。我們把他留在宅邸那兒了。」

「如果他一路跟著跑，也是到得了的。」

「他幹嘛跑？」

「說的也是，他爲什麼要這麼做呢？」墨利斯說，然後他掀起馬車後面的擋板，從那裡看著薔薇花叢，那裡已經罩上了一層薄霧。

「是他嗎？」

「我看不見。」他的同伴馬上又開始說起故事，一張嘴幾乎沒停過，直到他們在滑鐵盧分手爲止。

在出租車上，墨利斯把自己寫的陳述從頭到尾讀了一遍，內容坦率得令他坐立難安。他信不過喬維特，卻把自己交到一個江湖郎中手裡；儘管里斯利一再保證，他還是把催眠術和降神會以及敲詐之類的事聯繫在一起，而且還常常對著《每日電訊報》上的這一類新聞怒罵；他是不是現在就放棄比較好？

但是這棟房子看起來還不錯。門打開的時候，小拉斯克．瓊斯們正在樓梯上玩耍，那些可愛的孩子們把他誤認成「彼得叔叔」，還緊緊牽著他的手；當他和《笨拙》雜誌[1]一起被關在候診室裡的時候，身爲正常人的感覺變得更強烈了。他平靜的迎向自己的命運。他需要一個女人來保護自己

1《笨拙》雜誌（Punch），英國著名政治漫畫雜誌，一八四一年創刊，一九九二年停刊。

的社會地位，減低他的淫慾，以及為他生孩子。他從來不寄望那個女人能帶來真正的快樂。迪基那一次，至少還算是快樂，因為在這麼長一段時間的搏鬥之後，他已經忘記什麼是愛了。他在拉斯克先生手裡尋求的並不是幸福，而是休息。

那位先生的樣子讓他更進一步放下心來，因為他完全符合墨利斯心中研究先進科學的人的形象。他的臉色灰黃且面無表情，坐在一張捲蓋式的書桌前面，大大的房間裡一幅畫也沒有。「是霍爾先生嗎？」他說，伸出了一隻沒有血色的手。他說話帶著一絲美國口音。「嗯，霍爾先生，有什麼問題嗎？」墨利斯的態度也變得超然，彷彿他們是為了討論另一個人的事而見面似的。「都寫在裡面了。」他說，一面拿出了陳述書：「我諮詢過一位醫生，不過他無計可施。我不知道你行不行。」醫生讀了那份陳述。

「我到這兒來找你，希望沒找錯人。」

「完全沒錯，霍爾先生。我有百分之七十五的病人都是你這一種類型的。這一份陳述書是最近寫的嗎？」

「昨天晚上寫的。」

「準確無誤嗎？」

「嗯，姓名和地點自然是稍微更動了一點。」

拉斯克．瓊斯先生似乎不認為這稱作自然。他問了幾個關於「坎伯蘭先生」（墨利斯給克萊夫取的假名）的問題，想知道他們有沒有發生過性行為。這番話從他的嘴裡說出來，很奇特的並不傷人。他不讚揚、不責備，也不憐憫。對於墨利斯突然爆發的反社會情緒，他一點也不在意。雖然墨利斯很渴望得到同情（他已經一年沒聽到過一句同情的話了），但還是很高興瓊斯先生什麼也沒有說，因為這說不定會粉碎他的意志。

他問：「我的毛病叫什麼名字？它有名字嗎？」

「先天性同性戀。」

「先天到什麼程度？嗯，有什麼辦法能治療嗎？」

「噢！當然有辦法，只要你同意的話。」

「事實上，我對催眠有一種守舊的偏見。」

「霍爾先生，恐怕你試過之後也還是會保持這種偏見。我不能保證治好。我說過，我有百分之七十五的病人有這個毛病，但我成功治好的只有百分之五十。」

這番坦白給了墨利斯信心，沒有哪個江湖郎中會這麼說的。「我們不妨一試。」他微笑著說：「我應該怎麼做？」

「待在原地不動就好。我要試驗一下，看看你的那種傾向有多根深蒂固。如果你願意，以後可以回來進行常規治療。霍爾先生！我要試著讓你進入催眠狀態，如果我成功了，我會給你暗示，這些暗示會留下（我們希望如此），並在你醒來的時候，成為你正常狀態的一部分。不要抗拒我。」

「好，來吧。」

接著，拉斯克・瓊斯先生離開書桌，不帶感情的坐在墨利斯那張椅子的扶手上。墨利斯覺得自己好像是來拔牙的。過了一會兒，什麼事也沒發生，但沒多久，他的眼睛看到了火鉤上有一點亮光，而房裡的其他地方都暗了下來。他可以看見自己正在注視的每一樣東西，但是別的幾乎都看不見，而且也能聽見醫生和他自己的聲音。他顯然正要進入催眠狀態，達成這個成就令他頗為自豪。

「我想你還沒完全進入催眠狀態。」

「是的，還沒有。」

醫生又多做了幾次催眠動作：「現在呢？」

「現在又更近了一點。」

「完全進入狀態了嗎？」

墨利斯說是，但是他並不確定。
「現在你已經完全進入催眠狀態了。你覺得我的診療室怎麼樣？」
「是個好房間。」
「不會太暗嗎？」
「是很暗。」
「不過你還是能看見那幅畫，對吧？」
然後，墨利斯看見了對面牆上的一幅畫，然而他知道那裡其實沒有畫。
「去看看吧，霍爾先生。再靠近一點，不過要小心地毯上的裂縫。」
「裂縫有多寬？」
「你跳得過去的。」
墨利斯立刻發現了一道裂縫，然後一躍而過，但他並不認爲有跳的必要。
「跳得好。那麼，你認爲這是什麼畫，畫的是誰？」
「畫的是誰……」
「愛德娜·梅[2]。」
「愛德娜·梅先生。」
「不，霍爾先生，是愛德娜·梅小姐。」
「是愛德娜·梅先生。」
「她是不是很漂亮？」
「我想回家找我媽媽。」兩個人都因爲這句話笑了起來，是醫生先笑的。
「愛德娜·梅小姐不但漂亮，還很吸引人。」
「她不吸引我。」墨利斯氣沖沖的說。

「噢，霍爾先生，這話眞是太失禮了。看看她可愛的頭髮。」

「我喜歡的是短髮。」

「爲什麼？」

「因爲我可以撫摸它……」然後他哭了起來。他在椅子上醒過來，臉上滿是淚水，但他感覺一如往常，並且立刻開始說話。

「你把我叫醒的時候，我做了一個夢，我最好告訴你。我好像看到了一張臉，還聽到有人說：『那是你的朋友。』這有問題嗎？我常常有這種感覺……我沒辦法解釋……我覺得它，也就是那個夢，在我睡覺的時候向我走來，然而卻從來沒有走到我身邊過。」

「現在它更接近了嗎？」

「非常近了。這是個不好的徵兆嗎？」

「不，噢，不是的……你很容易接受暗示，很容易。是我讓你看見牆上有一幅畫的。」

墨利斯點點頭：他已經把這件事完全忘記了。他停了一會兒沒說話，掏出兩幾尼，預約了下次診療的時間。按照安排，他要在下週打電話過來，而在中間的這段時間，拉斯克．瓊斯先生要他平靜的待在他目前所在的鄉村。

克萊夫和安妮會歡迎他，這點他毫不懷疑，他也不懷疑他們的影響對自己合不合適。彭奇就是一帖催吐劑，幫助他擺脫過去那種看似甜蜜的有毒生活，治癒了他的溫柔和仁慈。是的，他會回去，他說自己會發電報給他的朋友，趕下午的快車回去。

2 愛德娜．梅．佩蒂（Edna May Pettie, 1878-1948）在舞台上被稱為愛德娜．梅（Edna May），美國女演員、歌手。梅是一位受歡迎的明信片美女，以在愛德華七世時代的音樂喜劇中擔任主角而聞名。

「霍爾先生，運動要適量。打一點網球，或者帶把槍到處逛逛都好。」

墨利斯躊躇再三：「我又想了一下，也許不回去了。」

「爲什麼呢？」

「嗯，一天走兩趟遠路，好像有點傻。」

「那你寧願待在自己家裡？」

「是的……不……不，好吧，我回彭奇去。」

第三十七章

墨利斯回到彭奇，發現那一對年輕人剛要離開，去參加二十四小時的競選活動，心裡覺得好笑。現在，他對克萊夫的關心還沒有克萊夫關心他來得多。那個吻打碎了他的幻想。那只是一個單調、假正經的吻，而且，唉！還那麼了無新意。擁有的越少，照理來說會擁有更多……這是克萊夫教導他的，一半比全部要更大（墨利斯還在劍橋時會毫不猶豫的接受），而現在，他只拿到了四分之一，卻被告知這四分之一比一半還大。那傢伙以爲他是紙做的嗎？

克萊夫解釋說，如果墨利斯還有回來的可能，他是不會離開的，無論如何他都會回來看比賽。安妮低聲問他：「運氣好嗎？」墨利斯回答：「馬馬虎虎。」於是她決定照顧他，打算主動邀請他的那位年輕小姐到彭奇來。「霍爾先生，她很迷人嗎？我相信她有一雙明亮的棕色眼睛。」但這時克萊夫把她叫走了，留下墨利斯和杜蘭太太、伯雷紐斯先生共處了一個晚上。

他異常的煩躁不安。這讓他想起在劍橋的第一晚，那時他去了里斯利的房間。他往城裡狂奔的時候，雨已經停了。他想在傍晚到處走走，看看夕陽，聽聽樹梢滴水的聲音。月見草在灌木叢中蔓延，彷彿幽靈一般，卻完美無比，花朵的香氣挑動著他。以前克萊夫就給他看過月見草，但從來沒告訴過他月見草有香味。他喜歡待在戶外，在知更鳥和蝙蝠之間，偷偷摸摸的到處走，連帽子也不戴，直到搖鈴聲叫他換衣服準備吃下一頓飯，褐色房間的窗簾拉上爲止。不，他不一樣了；他的重整已經開始，就像在伯明翰時，死神把目光移開了一樣。這一切都應該歸功於拉斯克．瓊斯先生！

他的變化比他有意識的努力更深刻，說不定可以幸運的將他送進唐克斯小姐的懷抱裡。

當他正到處轉來轉去的時候，早上被他訓斥的那個僕人走了過來，碰碰帽沿向他致意後，問他明天要不要打獵。明天墨利斯顯然是打不了獵的，因爲那是板球比賽的日子，他問這個問題只是爲了給道歉鋪路，用的是「先生，我想我很抱歉，沒能讓您和倫敦先生滿意」這個形式。墨利斯的氣已經消了，他說：「沒關係，斯卡德。」斯卡德是個新進的外人，是政治和安妮爲彭奇帶來的那個更大的生活圈的一部分；他比主要看守人老艾爾斯先生聰明，而他自己也清楚這一點。他說他沒有拿那筆五先令，是因爲給得太多了，卻沒有解釋爲什麼收下後來的十先令。他又說：「很高興看到您這麼快又回來了，先生。」墨利斯覺得這句話有些沒分寸，於是又重複了一遍：「沒關係，斯卡德。」然後就進屋去了。

那一晚應該要穿晚宴服而不是燕尾服，因爲他們總共只有三個人。雖然他多年來一直很尊重這種細微的差別，但是卻突然發現這些差別很荒謬。只要能塡飽肚子，同席的人也都是好人，穿什麼衣服到底有什麼重要的呢?更何況他們也未必都是好人呢!他摸了摸自己禮服襯衫漿得筆挺的硬領，一股恥辱感油然而生，覺得自己沒有權利去批評任何一個餐風露宿的人。杜蘭太太看上去多麼乾癟啊!她就像失去活力的克萊夫。還有伯雷紐斯先生，多麼枯燥的一個人!不過，我們應該給伯雷紐斯先生一個公道，他也有讓人意想不到的地方。墨利斯因爲瞧不起所有的教區牧師，對這位先生自然也完全不放在心上，卻被他用完甜點後的強烈發言嚇了一跳。墨利斯以爲他身爲教區牧師，應該會在選舉中幫助克萊夫。然而他卻說：「我不會投票給任何一個不領聖餐的人，而且杜蘭先生也知道。」

「你知道，激進分子正在攻擊你的教堂。」這是他唯一想到的一句話。

「這就是我不投票給激進候選人的原因。他是個基督徒，所以我本該這麼做的。」

「這就有點挑剔了，先生，如果我可以這麼說的話。克萊夫會做所有你想做的事。你應該慶幸他不是個無神論者。你知道，這樣的人還是有一定數量的！」

他笑著回答：「無神論者比希臘人離天國更近呢！『你們若不變成小孩子的樣式，斷不得進天國[1]』——無神論者除了像小孩之外還有什麼？」

墨利斯看著自己的雙手。但是他還沒來得及回答，男僕就走了進來，問他有沒有什麼事要吩咐獵場看守人。

「晚飯前我見過他了，辛考克斯。我沒有要交代的事，謝謝。明天是比賽的日子。我跟他說過了。」

「是，但他想知道，既然天氣已經變好了，不知道您願不願意在球賽之間到池塘去泡泡水，他已經把船裡的水都舀出來了，先生。」

「他人眞好。」

「如果你話裡的那個人是斯卡德先生，我可以跟他說說話嗎？」伯雷紐斯先生問。

「你會帶話給他嗎，辛考克斯？如果會，就順便告訴他我不去泡水。」男僕走了之後，他說：「還是你比較想在這兒跟他說話？讓他進來好了，我沒關係。」

「謝謝你，霍爾先生，我還是出去吧。他會比較喜歡廚房的。」

「他絕對會喜歡那兒的。廚房裡有不少漂亮的年輕女孩子呢！」

「啊！啊！」他出現了一種第一次聯想到性的表情：「你不會剛好知道他是不是有論及婚嫁的對象吧？你知道嗎？」

「我恐怕不……我剛來這兒的時候，看到他同時吻了兩個女孩，如果這有幫助的話。」

1〈馬太福音〉第十八章第三節：「我實在告訴你們，你們若不回轉，變成小孩子的樣式，斷不得進天國。」

「外出打獵的時候，這些人有時候會贏得一些信任感。露天的地方，同伴的感覺……」

「他們得不到我的信任感的。事實上，亞契．倫敦和我昨天就受夠他了。他太急著想要掌控局面，我們發現他有點讓人討厭。」

「請原諒我問了這個問題。」

「什麼原諒不原諒的？」墨利斯說，教區長沾沾自喜的提到露天這件事讓他有點惱火。

「坦白說，我很高興看到那個特別的年輕人能在船出航之前找到伴侶安頓下來。」他溫和的微笑著，又補上一句：「要是所有的年輕人都能這樣，我都會高興的。」

「他為什麼要出航？」

「他要移民了。」他一面用一種讓人特別火大的抑揚頓挫聲調說著「要移民了」這幾個字，一面去了廚房。

墨利斯在灌木叢裡溜達了五分鐘。食物和酒讓他整個人發熱，他突然無來由的想到，就連老查普曼也有過一段放蕩的日子。只有他（在克萊夫告誡之下）把先進的思想和主日學者的品行結合了起來。他不是老邁的瑪土撒拉[2]，有權利放縱一下。噢！那令人愉快的氣味，那些可以藏身的灌木叢，那片和灌木叢一樣黑暗的天空！它們都後退避開他。他是屬於室內的人，也將在那兒朽爛，一個受人尊敬、從來沒機會行為不檢的社會棟梁。他走的那條小徑再過一扇轉門就是公園，但那裡濕答答的草地可能會弄髒他的鞋，所以他覺得必須回去了。他才一轉身就撞上了一件燈芯絨上衣，還被一雙手臂抱住了一會兒，是斯卡德，他剛從伯雷紐斯先生那兒逃出來。墨利斯被放開之後，又繼續他的幻想。昨天的狩獵，當時沒給他什麼深刻的印象，但現在卻開始微微發光。他意識到，即使在最乏味無聊的時刻，他依然活著。他想起剛到這兒時發生的事，比如搬鋼琴，接著一路想到今天，從五先令的小費事件開始到現在結束。當他到達「現在」這個時間點時，就像有一股電流串起了一連串無關緊要的事件，他扔下它，任它再度散落黑暗中。「該死，今晚是怎麼了啊！」他繼續走，一陣一陣的氣流撞擊著他，同時也彼此碰撞。這時，遠處的轉門輕輕的響了一會兒，然後「砰」的一聲，像是把自由關在外頭，他走進了屋子。

「噢，霍爾先生！」老夫人叫道：「你的髮型眞精緻啊。」

「我的髮型？」他這才發現自己的頭髮完全被月見草花粉染黃了。

「噢！別拍掉。我喜歡它沾在你黑髮上的樣子。伯雷紐斯先生，這不正是酒神的模樣嗎？」

牧師抬起無神的眼睛。他嚴肅的談話被打斷了。「但是杜蘭太太，」他還是堅持說下去：「您明確的告訴過我，您所有的僕人都受過堅信禮了。」

「我是這麼認爲的，伯雷紐斯先生，我眞的這麼認爲。」

「可是我一去廚房，馬上就發現辛考克斯、斯卡德和韋瑟拉爾太太三個人沒受過堅信禮。我可以爲辛考克斯和韋瑟拉爾太太安排一下。斯卡德就難辦了，因爲即使說服了主教，我也沒有時間在他出發前爲他做好充分的準備。」

杜蘭太太努力擺出嚴肅的樣子，但她很喜歡的墨利斯卻笑了起來。她建議伯雷紐斯先生給斯卡德寫張紙條，讓他交給外國的牧師。外國也一定有牧師的。

「您說的是，不過他會交出去嗎？他對教會是沒有表現出敵意，但是他願意費心做這件事嗎？要是當初有人跟我說過哪些僕人受過堅信禮，哪些沒有，這場危機就不會發生了。」

「僕人是很不體貼的。」老夫人說：「他們什麼都不告訴我。唉，斯卡德也是那樣，他告訴克萊夫的時候也很突然。他的哥哥邀他去國外，馬上就要走了。現在，霍爾先生，讓我們聽聽你對這

---

2 瑪土撒拉（Methuselah），天主教《聖經思高本》譯為默突舍拉，在《希伯來聖經》的記載中，他是亞當第七代的子孫，是最長壽的人，據說在世上活了九百六十九年。他的長壽使他的名字成為不少古老東西的代名詞。

場危機的建議：要是你，你會怎麼做？」

「我們的年輕朋友會激進而得意洋洋的譴責整個教會。」

墨利斯打起了精神。如果牧師看起來不那麼醜陋的話，他才不會費心去理他，但他實在受不了那副斜眼嘲笑年輕人的嘴臉。斯卡德會清槍、打包行李、舀乾船裡的水、移居國外，無論如何，他都完成了一些事，而與此同時，這些上流人士就只是窩在椅子上，對他的靈魂挑毛病。如果他真的跟人討小費，那也很自然，如果他沒有，如果他的道歉是真誠的……那麼他就是一個好人。墨利斯無論如何都要說出口：「你怎麼知道他受過堅信禮之後，就會去領聖餐呢？」他說：「像我就不領聖餐啊！」杜蘭太太哼出一聲小曲；這話說得過火了。

「但人家給了你機會。牧師為你做了他所能做的事。如果牧師沒有為斯卡德做他所能做的事，教會會因此受到責罰。這就是為什麼我要把一個你肯定覺得很瑣碎的問題看得那麼重要。」

「我真是太蠢了，不過我想我明白了。你想確保將來會受責罰的是他，而不是教會。先生，這也許是你對於宗教的看法，但不是我的，也不是基督的。」

這是他有生以來最機敏的一次發言。自從做過催眠之後，他的大腦就不時出現異常敏銳的時刻。但伯雷紐斯先生的說法也難以反駁。他愉快的回答：「不信者對於信仰應該是什麼樣子，想法總是非常清楚，我希望我能有他一半的確定。」然後便起身走了，墨利斯和他一起走過穿越廚房菜園的捷徑。他們討論的那個話題人物靠在牆上，毫無疑問是在等待一個女僕；今晚他似乎在這間房子裡遊蕩。現在這裡已經很黑了，墨利斯什麼也看不見；是伯雷紐斯先生對墨利斯和斯卡德兩人低聲說了句「晚安，先生。」他才知道的。空氣中飄著一縷似有若無的水果香；這年輕人恐怕還偷了一個杏子。儘管天氣很冷，那天晚上卻到處都瀰漫著香氣，墨利斯是穿過灌木叢回去的，他聞到的香味也許是來自月見草。

他又聽見了那句小心翼翼的「晚安，先生」，他對這個教會眼中的墮落者很友好，答道：「晚安，斯卡德，有人跟我說你要移民了。」

「是我自己的主意，先生。」那聲音說。

「嗯，祝你好運。」

「謝謝您，先生，雖然感覺還是很怪。」

「我想是去加拿大或澳大利亞吧？」

「不，先生，是阿根廷。」

「啊，啊！是個美麗的國家。」

「您親自去看過嗎，先生？」

「一點也沒想過要去，英國還是比較適合我。」墨利斯邊說邊邁開步子，又撞上了那套燈芯絨衣服。沉悶的談話，無足輕重的會面，卻顯得和當下的黑暗、寂靜十分協調，很合他的心意，他走開的時候，有種幸福感一直跟隨著他，直到他抵達宅邸。透過窗戶，他可以看到杜蘭太太整個人完全放鬆、醜陋的模樣。他一進門，她臉上的表情便瞬間就位，而他也是，兩人就他在城裡度過的這一天交換了幾句裝腔作勢的話，然後分別上床休息。

過去這一年，他老是睡不好，一躺下就知道這又是大費體力的一夜。過去十二小時發生的事讓他靜不下來，在他的腦子裡互相衝撞。一下子是清早出發，一下子是倫敦之行，然後是就診、回程；在這一切的背後，潛藏著一種恐懼，他害怕自己在就診時沒有說出該說的話，怕自己在對醫生的自白中漏掉了某些至關重要的東西。但那是什麼呢？昨天，他就是在這個房間裡草擬那份陳述的，當時他很滿意，現在，他又開始擔心起來。這是拉斯克．瓊斯先生禁止他做的事，因爲想治好自我反省要困難得多。按照醫生的設想，他應該對催眠期間播下的暗示置之不理，不去考慮它們是不是會發芽。但他就是忍不住擔心，彭奇非但沒有讓他麻木，反而似乎比大多數地方更令他感到刺激。彭奇給他的印象雖然複雜，卻是那麼鮮明，那縈繞在他腦海中，糾纏的花朵和水果啊！有些他從來沒見過的東西，比如說從船裡舀出來的雨水，雖然窗簾緊緊拉上，但是今晚他還是能看見。啊，去找它們吧！啊，奔向黑暗吧……不是把一個人困在家具之間的那種屋子裡的黑暗，而是讓人得以自由的黑暗！徒勞的願望啊！他還付給一個醫生兩幾尼，讓他把窗簾拉得更緊一點！再過不久，在這個褐色立方空間中，無法逃脫的唐克斯小姐就會躺在他的身邊。催眠的酵母繼續發酵，墨利斯產生了幻覺，那是一幅不斷變化的肖像，它時而按照他的意願，時而違背他，從男性變成了女性，從他沐浴的那個足球場猛衝過來……他呻吟著，半睡半醒。生命中還有比這些垃圾更美好的東西，只要他能夠得到，愛、崇高……在那片廣大空間裡，激情緊緊擁抱著寧靜，那是任何科學都無法到達的空間，但它們永遠存在，其中一些充滿在樹林裡，撐起了壯麗的蒼穹，還有一個朋友……

他眞的睡著了，而就在這一刻，他突然跳起來，拉開窗簾，大喊一聲：「來吧！」這個動作把他弄醒了；他爲什麼要這麼做呢？霧氣籠罩著莊園的草地，樹幹從霧中伸出來，就像以前那所私立學校附近河口處的航道標誌。天氣非常冷，他發著抖，握起了拳頭。月亮已經升起來了。他的房間底下就是客廳，修理邊間屋頂瓦片的人把梯子靠在他窗台上。他們爲什麼要那麼做？他搖了搖梯子，往樹林裡看了一眼，但是去樹林的願望一旦能成眞，他又不想去了。去了又有什麼用呢？他已經太老，不能在潮濕的地方玩耍了。

但是，當他回到床上時，聽到了一點聲音。那聲音如此靠近，也許是從他自己的身體裡發出的。他彷彿要劈啪作響的燃燒起來了，迎著月光，他看見梯子頂端微微抖動。一個男人的頭和肩膀冒了出來、停住，一把槍非常小心的靠在窗台上，然後，一個他幾乎不認識的人走向他，在他身邊跪下，低聲的說：「先生，您是在叫我嗎？先生，我明白的……我明白。」然後開始撫摸他。

第四部

第三十八章

「我是不是該走了，先生？」

墨利斯覺得太害羞了，假裝沒聽見。

「不過我們可不能睡著，萬一有人進來，我們就尷尬了。」斯卡德繼續說著，聲音裡隱隱帶著愉快的笑意，讓墨利斯覺得很友好，但同時也感到羞怯和悲傷。他勉力擠出一句：「你千萬別叫我先生。」笑聲又響了起來，像是他完全不在乎這些問題。他的一切似乎很有魅力，也很有見識，但是墨利斯的不安卻越來越強烈。

「你叫什麼名字？」他笨拙的說。

「我姓斯卡德。」

「我知道你姓斯卡德。我是說，你的名字。」

「就叫亞歷克。」

「是個好名字。」

「就只是我的名字而已。」

「我叫墨利斯。」

「您第一次搭車來的時候我就看見您了，霍爾先生，不就是星期二嗎？我眞的覺得，您看著我的樣子，生氣裡帶著溫柔。」

「跟你在一起的那些人是誰？」墨利斯停了一下，問道。

「噢，就是米爾呀！那是米莉的表妹。您還記得，就在那天晚上，鋼琴濕了，您花了好大功夫才勉強挑出一本適合自己的書，但後來也沒看，對吧？」

「你怎麼知道我沒看？」

「我看見您把身子探出窗外。而且我第二天晚上也看見您了。我就在外頭的草坪上。」

「你是說雨下得那麼大的情況下，你還待在外面？」

「是的……我在看……噢，沒事，就是得好好看看，不是嗎？瞧，我在這個國家也待不了多久了，我是這麼想的。」

「今天早上我對你的態度太糟糕了！」

「噢，沒事……抱歉，我問一句，那扇門鎖了嗎？」

「我去鎖。」他去鎖門的時候，尷尬的感覺又回來了。他打算往哪裡去？走出克萊夫這段感情之後，又要進入什麼樣的伴侶關係呢？

不久後他們就睡著了。

剛開始，他們分開得遠遠的，彷彿一貼近就會受到騷擾似的，但是快天亮時，他們開始移動，最後，兩人在彼此的懷裡醒來。「我是不是該走了啊？」斯卡德又問了一次，雖然在前半個夜裡，一直縈繞在墨利斯夢裡的想法是：「有一點點不對勁，還好只有一點點。」但是，最後他徹底放下了心，於是低聲說：「不，別走。」

「先生，教堂的鐘已經敲了四下，您得放我走。」

「墨利斯，我叫墨利斯。」

「但是教堂……」

「去他的教堂。」

他說：「我還得爲板球賽去壓平場地呢！」然而他嘴上這麼說，人卻沒有動，而且在微弱的灰色光線下，似乎露出了驕傲的微笑。「我還有幾個年輕女孩子要照顧……船已經弄好了，倫敦先生和費瑟斯頓豪先生都是撲通一聲就跳進蓮花叢裡的，他們跟我說，所有的年輕紳士都會潛水，我倒是從來沒學過。不讓頭浸到水裡似乎更自然一點，我把這稱爲死期未到前的溺水。」

「有人教過我，如果不弄濕頭髮就會生病。」

「嗯，他教你的不是眞的。」

「我以爲是……這只是其中一件事。是一個我小時候很信任的老師教我的。我還記得和他一起在沙灘上散步的情景……噢，天哪！然後潮水漲了起來，周圍一片灰暗，簡直糟透了……」他感覺到自己的同伴從身邊溜走，人一震，整個清醒了：「不要，你爲什麼要走？」

「有板球……」

「不，沒有什麼板球。你都要出國了。」

「嗯，在我出發之前，我們再找個機會見面吧！」

「如果你留下，我就跟你說我做了什麼夢。我夢到了我外公，年紀很大了。他是個怪人，我不知道你會怎麼看他。他曾經認爲死了的人都會去太陽那裡，但是他對自己的員工很不好。」

「我夢見伯雷紐斯牧師想把我淹死，現在我眞的得走了。我不能聊作夢的事，你不明白嗎，不然艾爾斯先生會罵我的。」

「你有沒有夢過你有個朋友，亞歷克？沒有別的，就只有『我的朋友』，他想幫助你，你也想幫助他。一個朋友。」他重複了一次，突然傷感起來。

「一個可以陪伴你一生，你也可以陪伴他一生的人。我想，這種事除了在睡夢中之外是不可能發生的。」

然而，可以談話的時間點已經過去了。社會階級正在呼喚他們回到自己的位置，天一亮就得區分彼此的地位。當他走到窗邊時，墨利斯喊了聲：「斯卡德！」他轉過身，像一條訓練有素的狗。

「亞歷克，你是個可愛的小伙子，我們都很快樂。」

「去睡一下吧！你不用著急的。」他溫和的說，拿起那把守護了他們一整夜的槍。他爬下去的時候，梯子頂端在晨光中顫動，之後便靜止了。碎石路上傳來一陣細碎的劈啪聲，隔開菜園和莊園的籬笆上傳來輕輕的碰撞聲。然後，一切彷彿從未發生，褐色房間裡一片靜默。寂靜不容質疑的降臨在褐色房間裡，過了一會兒，新的一天開始後，才被其他的聲音打破。

第三十九章

墨利斯打開門，接著立刻衝回床上。

「拉開窗簾囉！先生，空氣眞好啊，是個比賽的好天氣。」辛考克斯說著，一面端著茶略帶興奮的走了進來。他看了看客人唯一露出被子外的黑頭髮。沒有回應，霍爾先生在清晨的閒聊這方面向來都是興趣缺缺，於是他把晚禮服和成套搭配的衣飾收拾了一下，帶出去撢灰塵了。

辛考克斯和斯卡德；兩個都是僕人。墨利斯坐起來，喝了一杯茶。現在他得送斯卡德一份大禮，他也確實很想送，但是該送什麼呢？能給那種社會地位的人什麼呢？摩托車是不行的。然後，他想起斯卡德即將移民的事，這倒是讓問題變得容易一點了。但是他的臉上依然帶著焦慮的表情，因爲不知道辛考克斯發現門鎖著的時候是不是吃了一驚。他說的「拉開窗簾囉！先生。」是不是有言外之意？窗下響起了說話聲。他很想再打盹一會兒，但其他人已經開始做事了，讓他沒辦法睡。

「先生，不知道您現在打算穿什麼？」辛考克斯問道，他又回來了：「也許您會想直接穿上您的法蘭絨板球裝；比那套粗花呢好一點。」

「好吧。」

「搭配學院西裝外套怎麼樣，先生？」

「不……隨便。」

「好的，先生。」他拉直一雙襪子，若有所思的繼續說：「噢，我知道了，他們總算把梯子搬走了。也該搬了。」墨利斯這時才發現，那迎著天空的梯子頂端不見了。「我可以發誓，先生，我端茶進來的時候它還在。不過這種事誰也說不準。」

「是啊，誰也說不準。」墨利斯表示同意，他說話時有點吃力，覺得不知所措。辛考克斯離開時，他鬆了口氣，但一想到杜蘭太太和早餐餐桌，想到要給他的新伙伴買合適禮物的問題，心情又輕鬆不起來了。不能送支票，免得兌現時引起懷疑。他換衣服的時候，零零碎碎的不舒服逐漸積累成一股力量。他並不是個時髦的花花公子，現在卻像個郊區紳士一樣，把著裝打扮視爲日常，那些衣服和配件每一樣看起來都跟他格格不入。這時鈴聲響了，就在他準備下樓吃早餐的時候，看見窗台邊有一小塊泥巴。斯卡德向來很小心，但是還不夠小心。當他穿著一身白衣，終於下樓背負起該有的社會地位時，他感到頭痛，以及暈眩。

有信，一大疊信，而且全都有些令人心煩。艾妲的信最有禮貌。吉蒂的信裡說，媽媽看起來累壞了。伊達姨媽寄的是一張明信片，想知道司機是不是應該服從命令，還是說這是個誤會？工作上的各種蠢事，學院使命、地方自衛隊訓練、高爾夫俱樂部和財產保護協會的通知。他幽默的隔著這堆信向女主人鞠了個躬。當他發現對方幾乎沒有回應時，他的臉都燙了。其實杜蘭太太只是正在爲了自己的信件擔心，不過他並不知道，腦袋裡開始胡思亂想。每個人看起來都好陌生，都好可怕。他正在和某個種族說話，這個種族的特性和數量沒人知道，而且他們的食物嚐起來都有毒。

早餐之後，辛考克斯又回到了他的崗位。「先生，杜蘭先生不在，僕人們覺得……如果您能夠在即將舉行的『莊園隊對村民隊』比賽中帶領我們和村民隊對陣，我們將不勝榮幸。」

「我不是板球員，辛考克斯。你們最好的擊球手是誰？」

「我們那個獵場看守人比誰都強。」

「那就讓那個獵場守衛當隊長吧！」

辛考克斯磨磨蹭蹭的說：「要是有個紳士帶隊，打起來總是比較順利。」

「跟他們說，把我放在內場最接近邊線的地方。我不會第一個擊球，如果他願意，把我排在第八個左右吧！別排第一個。你可以跟他說，因爲我要到那個時間才會下來。」他閉上眼睛，覺得有一點想吐。他創造了某樣東西，但忽視了它的本質。如果他有宗教思想，就會稱它爲悔恨，但是，儘管他困惑不安，卻依然保有自由的靈魂。

墨利斯討厭板球。板球需要一種近乎挑剔的乾淨俐落，這一點他做不到；其次，雖然他常常爲了克萊夫下場比賽，但是他並不喜歡和比自己低階層的人打球。橄欖球就不同了，在球場上，他可攻可守，但是在板球賽裡，他可能要打某個粗人投的球，或者被打得落花流水，他覺得這不適合紳士的身分。他聽說自己那一方擲硬幣開球時贏了，所以半個小時都沒下樓。杜蘭太太和一兩個朋友已經坐在棚子裡觀戰了，她們都很安靜。墨利斯坐在她們的腳邊看比賽。情況和往年一模一樣。他的這一隊除了自己之外都是僕人，他們聚集在十幾碼外，圍著計分的老艾爾斯先生：老艾爾斯先生向來都是負責計分的。

「隊長排自己第一個擊球呢！」一位女士說：

「紳士是絕不會這麼做的。我對小地方特別感興趣。」

墨利斯說：「顯然隊長就是我們最好的球員。」

她打了個哈欠，隨即批評起來。她有種直覺，那個人一定自大得不得了。她的聲音懶洋洋的飄進了夏日的空中。可他就要移民了呢！杜蘭太太說，精力充沛的人都移民去了，這讓話題轉向了政治和克萊夫。墨利斯把下巴放在膝蓋上，陷入沉思。厭惡的風暴在他心裡醞釀，他不知道該怎麼引導這股風暴才好。不管女士們說了什麼，不管亞歷克是不是擋住了伯雷紐斯先生的下手球，不管村民鼓不鼓掌，他都感到難以形容的壓迫。他吞下了一種未知的藥物，打亂了自己生活的根基，不知道什麼東西會徹底崩潰。

當墨利斯出場擊球的時候，已經是新的一局了，所以亞歷克接到了第一球。他的球風變了。他不再謹慎小心，大棒一揮，把球打進了一叢羊齒蕨裡。他抬起眼睛，對上了墨利斯的視線，於是微笑起來。球不見了。下一次擊球，他打出了一個越過邊界線的長打。他沒有受過訓練，卻有一副適合打板球的體格，比賽看起來有了幾分眞實感。墨利斯也玩得很開心，他的頭腦清醒了，覺得他們是在對抗整個世界，不只是伯雷紐斯先生和這個球場，而是棚子裡所有的觀眾和全英國的人都圍在三柱門[1]那裡。他們打球是爲了彼此，也爲了他們脆弱的關係。如果其中一個人倒下，另一個也會跟著倒下。他們無意傷害這個世界，然而只要世界發動攻擊，他們必定嚴懲；他們必須保持警惕，然後全力出擊；他們必須讓人看見，只要有兩個人合力，多數派就沒有獲勝的機會。比賽一路進行下去，漸漸和那一夜聯繫起來，並且給了它解釋。然而克萊夫輕輕鬆鬆的結束了這一切。他一來到球場，他們就不再是領頭部隊了；人們轉過頭去，比賽失去了活力，結束了。亞歷克卸下了隊長職務。這時立刻由鄉紳擊球才是最合適、最恰當的。他看也沒看墨利斯一眼，就退了下去。他也穿著白色的法藍絨球衣，寬鬆的衣服讓他看起來像個紳士或其他的某一類人。亞歷克莊重的站在棚子前面，克萊夫的致詞結束，就把自己的板球拍遞給他，克萊夫理所當然的接過球拍，接著他就在老艾爾斯旁邊一屁股坐了下來。

墨利斯迎接他的朋友，整個人充滿了虛假的溫柔。

「克萊夫……噢，親愛的，你回來了？累壞了吧？」

「開會一直開到半夜，今天下午還有一場。不過還是得來打個一分鐘，讓這些人高興一下。」

「什麼！又要離開我了嗎？太差勁了。」

「你說的一點都沒錯，但我今晚是眞的會回來，接著你拜訪這兒的行程才算眞正開始。我有

1　三柱門（wicket）位於方球場兩端，由三根木柱和兩根橫木組合而成。雙方必須保護自己的三柱門不被對方擊倒。

一百件事要問你呢！墨利斯。」
「注意了，兩位先生。」一個聲音說；是個站在後野之外的男老師，一個社會主義者。
「我們挨罵啦！」克萊夫說，但動作並沒有加快：「安妮不會參加下午的會議，所以你可以讓她陪你。噢，看！他們還眞的把客廳屋頂上她那個可愛的小洞補好了。墨利斯！不，我忘了我要說什麼了。我們去參加奧運會吧。」
墨利斯第一球就出局了。「等我一下！」克萊夫喊著，但是他直接朝宅邸走去，因爲他確信自己馬上就要崩潰了。他經過僕人身邊時，大多數僕人都站了起來，瘋狂爲他鼓掌，但斯卡德並沒有這麼做，令他很不安。這是刻意的無禮嗎？那帶著皺紋的前額、那張嘴，說不定是張殘忍的嘴；頭有點太小……爲什麼襯衫領口會在喉嚨那兒開成那樣呢？在彭奇宅邸的大廳，他遇見了安妮。
「霍爾先生，我沒去開會。」然後她看見他蒼白泛青的臉，不禁喊道：「噢，你不對勁啊！」
「我知道。」他顫抖著說。
男人都不喜歡大驚小怪，所以她只是回答：「看你這樣我眞的很難過，我會送點冰塊到你的房裡去。」
「你對我一直這麼好……」
「嘿，找個醫生好嗎？」
「再也不要找醫生了！」他瘋狂的大喊。
「我們總是想對你好一點。當一個人幸福的時候，總希望別人也和他一樣幸福。」
「沒有什麼東西是一樣的。」
「霍爾先生！」
「不管對誰都不會一樣。這就是爲什麼生活就是地獄，如果你做了某一件事，你就要遭天譴，如果你不做，你也要遭天譴……」他停了停，接著說道：

「太陽實在太毒了……是該拿點冰塊來。」

她跑去找人拿冰塊，讓墨利斯自己走了，他飛快的跑上褐色房間。現在，他清楚的明白了自己面對的是什麼樣的事實。他覺得好想吐。

第四十章

他立刻覺得好多了，但也意識到自己必須離開彭奇。他換上嗶嘰衣褲，收拾好行李，很快又下樓講了一個有條有理的小故事。「太陽曬壞我了。」他告訴安妮：「但是，我還收到了一封令我擔心的信，所以我想，我還是待在城裡比較好。」

「你人好多了，眞的好多了。」她滿懷同情的喊著。

「是啊，好多了。」克萊夫附和著，他剛打完比賽回來：「墨利斯，我們本來希望你昨天就把這件事處理好，但我們也非常能理解，如果你非走不可，那就必須走。」

杜蘭老夫人也跟著幫腔。好笑的是，有件事被當成了公開的秘密，那就是城裡有個女孩就快要接受他的求婚了，但還差臨門一腳。不管他看起來有多惡劣，舉止有多古怪，在他們的想像裡，都已經正式成爲一個情人，他們爲每件事都做出了令人滿意的解釋，而且發現他還滿討人喜歡的。

因爲順路，克萊夫開車送他去車站。車在進入樹林前繞過板球場。斯卡德正在防守，看起來既魯莽又優雅。他離他們很近，他用力跺了跺腳，像是在召喚什麼。這就是他最後的身影，墨利斯不知道他究竟是魔鬼還是戰友。噢！這種情況眞是令人厭惡。這一點他是肯定的，而且直到生命盡頭也絕不動搖。但是，肯定某種情況並不等於肯定某個人。一旦他離開彭奇，也許就會看清楚了；無論如何，還有拉斯克．瓊斯先生在。

「那個當我們隊長的獵場看守人是什麼樣的人啊？」他問克萊夫，開口之前，自己還先練習了這個句子，以確保它聽起來不會太奇怪。

「他這個月就要走了。」克萊夫說，覺得這就算是他的回答了。所幸這時他們正經過狗舍，於是他加了一句：「總之，想到這些狗的時候，我們會想念他的。」

「沒有其他方面可說嗎？」

「我覺得我們是想不出來了。不過有一點我會一直記得的。不管怎麼說，他很勤奮，而且顯然很聰明，而我找了要替代他的那個人呢！」他很高興墨利斯對莊園裡的事感興趣，於是就把彭奇的經濟狀況大致對他說了一遍。

「那個人正派嗎？」他問出這個最重要的問題時，整個人都在發抖。

「你說斯卡德？他有點聰明過頭了，不太可能正派。不過我這麼說，安妮會說我不公平的。你不能用我們對誠實的標準去指望僕人，就像你不能指望他們忠誠或者感激一樣。」

「我絕對沒辦法管理一個像彭奇這樣的莊園。」墨利斯停了一下，接著說：「我永遠也不知道該選什麼樣的僕人。比方說斯卡德好了，他來自什麼階層的家庭？這種事我一點都沒概念。」

「他父親不是奧斯明頓的屠夫嗎？是，我想是的。」

墨利斯用盡全身力氣把帽子扔在車廂地板上。

「快到極限了。」他想，一面把雙手插在頭髮裡。

「頭又痛了？」

「快炸了。」

克萊夫同情的保持安靜，直到分手時才打破沉默；墨利斯一路都蜷在座位上，雙手蓋著眼睛。他這輩子知道各式各樣的事，但並不瞭解它們，這是他性格的一大缺陷。他知道回彭奇並不安全，也害怕會有什麼蠢事從樹林裡跳出來撲向他，然而他還是回來了。當安妮說：「她有一雙明亮的棕色眼睛嗎？」他的心怦怦直跳。某種程度上，他知道更明智的作法是不要一次又一次的從臥室窗戶探出身子，對著黑夜大喊：「來吧！」他的內在和大多數人一樣，對各種暗示都很敏感，但是他卻無法理解這些暗示。直到危機來臨，他才明白過來。這一團混亂和在劍橋時大不相同，然而又如此相似，等到他能夠追根溯源，一切都已經太遲了。里斯利的房間對應的是昨天的犬薔薇和月見草，衝過沼澤的邊車則是他在板球賽出場的預兆。

但是劍橋讓墨利斯成了一個英雄，彭奇卻讓他成了一個叛徒。他辜負了主人的信任，在他不在的時候弄髒了他的房子，侮辱了杜蘭太太和安妮。而他一回到家，又遭到了更沉重的打擊；對他的家人來說，他也是有罪的。直到現在，墨利斯都沒把她們放在眼裡。一群必須善待的傻瓜，她們依然是傻瓜，但是他不敢接近她們。在那些平凡的女人和他之間，隔著一道使她們顯得神聖的鴻溝。她們的喋喋不休，她們對於什麼事該先做的爭吵，她們對司機的抱怨，都像是在表達一個更嚴重的錯誤。當媽媽說：「墨利，我想跟你好好談談」，他的心跳都停了。他們和十年前一樣在菜園裡散步，她一樣喃喃唸著各種蔬菜的名字，只是那時他仰望著她，如今則是俯視著她；現在，他已經非常清楚的知道自己想從那個小園丁身上得到什麼了。這時，向來負責送信的吉蒂從屋裡衝出來，手裡拿著一封電報。

墨利斯又氣又怕，整個人顫抖起來。「回來吧！今晚在船屋等你，彭奇，亞歷克」，他居然透過地方郵局送來這麼一個好消息！大概是某個僕人把他的地址告訴他的，因為電報上的地址寫得很正確。這局面還眞是精彩啊！這封信包含了各種敲詐勒索的可能，就算在最好的情況下，也是令人難以置信的傲慢。他當然不應該回應，現在也不可能有什麼送斯卡德禮物的問題了。斯卡得逾越了他的階級，這是他應得的。

但是那一整夜，他的身體渴望著亞歷克的身體，絲毫不顧他的意志。他把這稱為淫慾，一個輕輕鬆鬆就能說出口的詞，而它和他的工作、他的家庭、他的朋友、他的社會地位都站在對立面。他的意志肯定也包含在這個聯盟當中。因為，如果意志可以超越階級，我們所創造的文明就會分崩離析。然而他的肉體卻沒有被說服，它在機緣巧合中遇上的這個伙伴實在太完美了，無論爭論還是威脅都不能讓它靜下來。於是，到了早上，在筋疲力盡、羞愧難當之下，他打了電話給拉斯克．瓊斯先生，約了第二次看診。他還沒來得及去，就收到了一封信。信是在早餐的時候送來的，他在母親的眼皮底下讀了信。信上寫著：

致墨利斯先生。親愛的先生，我在船屋裡等了兩夜。這船屋就像梯子被搬走了一樣，樹林裡太濕，沒辦法躺下。所以，請在明天或後天晚上到船屋來，對其他先生們假裝你想散個步，很簡單的，然後就到船屋來。親愛的先生，在我離開古老的英國之前，讓我和您分享一次，如果這個要求不算太高的話。我有鑰匙，會放您進來的。我會在八月二十九日搭諾曼尼亞號走。從板球賽那天起，我就一直渴望用一條手臂環著您說話，再用兩條手臂摟著您，和您一起分享，對我來說，這比言語更甜蜜。我只是一個僕人，這一點我非常明白，所以我絕對不會利用您深情的仁慈隨意放肆或做其他的事。

A．斯卡德敬上

（C．杜蘭先生的獵場看守）

墨利斯，你是不是像室內僕人說的那樣，因為生病了才離開的呢？我希望你現在已經感覺一切如常了。如果你來不了，記得寫信給我，因為我等了一夜又一夜，沒辦法睡覺，所以明天晚上務必要到「彭奇船屋」來，不然以後就沒機會了。

呃，這是什麼意思？墨利斯緊抓住那句「我有鑰匙」而完全忽略了其他內容。是的，他有鑰匙，而且還有另外一支留在宅邸，可能在他的某個同謀手裡，說不定是辛考克斯……他用這個角度解讀了整封信。他的母親和阿姨、他喝的咖啡、餐具櫃上的學院杯，都在用不同的方式說：「如果你去了，你就完了；如果你回了信，你的信就會被拿來對你施壓。你的處境很糟，不過你有個優勢：他連一小張有你筆跡的紙片都沒有，而且他再過十天就要離開英國了。保持低調，往好的方面想。」他苦笑了一下。屠夫的兒子和其他人也許裝得很無辜、很深情，但是他們讀過《治安法院公報》，他們很清楚……如果他再聽到這個消息，就必須找一位可靠的律師諮詢一下，就像他即將為了感情失敗的事去找拉斯克．瓊斯一樣。他一直都很蠢，但如果在接下來的十天裡謹慎行事，應該可以度過難關的。

第四十一章

「早安，醫生。你覺得這次能撂倒我嗎？」墨利斯一開口就這麼說，態度非常輕率；然後便一屁股坐在椅子上，半閉著眼睛說：「好了，來吧！」他急不可待的想把自己治好。他知道這一次診治可以幫助他勇敢的面對那個吸血鬼。一旦他正常了，就可以安頓下來。他渴望催眠，在催眠狀態下，他的個性會融化，並且被微妙的重塑。至少在醫生努力把意志灌注給他的五分鐘裡，他可以遺忘一切。

「我馬上開始，霍爾先生。先告訴我這段時間你過得怎麼樣？」

「噢，跟往常一樣。呼吸新鮮空氣，鍛鍊身體，完全遵照你的指示。一切都很平靜。」

「有帶著愉快的心情和女性們來往嗎？」

「彭奇是有幾位女士。我只在那兒待了一夜。就是你見我之後隔天，星期五，然後我就回倫敦了。也就是說，回家了。」

「我想，你本來是打算和朋友們多待一會兒的。」

「我想是的。」

接著拉斯克．瓊斯在他的椅子旁邊坐了下來。「現在，讓你自己放鬆。」他平靜的說。

「好的。」

他又做了一次催眠動作。墨利斯像上一次一樣望著火鉤。

「霍爾先生，你要進入催眠狀態了嗎？」

墨利斯沉默了很久之後，才嚴肅的開口說：「我不是很確定。」

他們又試了一次。

「房間完全變暗了嗎，霍爾先生？」

墨利斯說：「有一點。」心裡希望情況能如他所說。而房間也確實變暗了一點點。

「你看見了什麼？」

「嗯，如果房裡這麼暗，也就不能期待我看見什麼了。」

「你上次看見了什麼？」

「一幅畫。」

「確實如此，還有呢？」

「還有什麼？」

「還有什麼？一道裂……裂……」

「地板上的裂縫。」

「然後呢？」

墨利斯換了一個姿勢，然後說：「我跨過去了。」

「然後呢？」

他沉默了。

「然後呢？」那個有說服力的聲音又問了一次。

「我聽得很清楚，」墨利斯說：「麻煩的是我並沒有睡著。一開始我只是有點迷迷糊糊的，但現在我跟你一樣清醒。你也許還有機會。」

他們又試了一次，還是沒有成功。

「到底發生了什麼事？上星期你第一球就能放倒我。你的解釋是什麼？」
「你不應該抗拒我。」
「天殺的，我沒有。」
「你不像之前那麼容易接受暗示了。」
「我不知道這是什麼意思，我不是這些行話的專家，但是我發自內心發誓，我是真的想被治好。我想變得和其他男人一樣，而不是這種沒人要的棄兒……」
他們又試了一次。
「那麼，我就是你那百分之二十五的失敗者之一嗎？」
「上星期我還能在你身上做一些事，但我們確實碰到了意外的失望。」
「意外的失望，是我嗎？嗯，不要氣餒，不要放棄啊！」他虛張聲勢的大笑起來。
「霍爾先生，我並不打算放棄。」
再試一次，他們還是失敗了。
「我身上會發生什麼事？」墨利斯的聲音突然低了下來。他的口氣非常絕望，但拉斯克．瓊斯先生對每個問題都有答案。他說：「恐怕我只能建議你去某個採用拿破崙法典的國家生活了。」
「我不懂。」
「比如說法國或義大利。在那裡，同性戀已經不再是犯罪了。」
「你是說，一個法國人可以和朋友『分享』，而不會坐牢？」
「分享？你的意思是發生關係嗎？如果兩個人都成年了，而且不在公開場合做猥褻的事，當然沒問題。」
「英國的法律也會變成這樣嗎？」
「這一點我很懷疑。英國一向不願意接受人性。」

墨利斯明白。他自己也是個英國人，只是他的煩惱讓自己保持清醒。他哀淒的一笑：「事情就是這樣，永遠會有像我這樣的人存在，將來也一直會有，而且這些人通常都會遭到迫害。」

「確實如此，霍爾先生；或者，用精神病學的話來說，可以想像過去、現在、未來，都會有各種類型的人。你必須記住，曾經，像你這種類型的人在英國是要被處死的。」

「眞的嗎？可是反過來說，他們也可以逃走啊！英國並不是一個到處蓋滿房子、到處都是警察的地方。像我這樣的人可以到綠林去。」

「是這樣嗎？我不知道。」

「噢，這只是我自己的想法。」墨利斯說，一面放下診療費：「我突然想到，希臘人可能還有更多故事……比如說底比斯聖隊，以及其他的。嗯，這並不是不可能的。不然的話，我不知道他們該怎麼團結一心……特別是他們的出身階層如此不同。」

「有趣的理論。」

繼續說了幾句之後，他突然說：「我並沒有對你說實話。」

「果然，霍爾先生。」

這人多令人安慰啊！要是科學只是科學，科學便遠勝於同情。

「我上次來過這裡之後，就犯了錯，和一個……他只不過是個獵場看守人。我不知道該怎麼辦才好。」

「在這一點上，我幾乎沒辦法給你什麼建議。」

「我知道你沒辦法。但是你可以告訴我，是不是他一直不讓我睡著。我有點懷疑。」

「任何人都沒辦法違背自己的意願，霍爾先生。」

「我還以爲是他阻止我進入催眠狀態呢！我眞希望……這似乎有點傻，眞希望我的口袋裡沒有他的信。你就看看這封信吧！我都已經告訴你這麼多了。我覺得自己簡直像走在火山上。他是個沒受過教育的人，他控制了我。他的行爲在法庭上會成案嗎？」

「我不是律師。」那個毫無變化的聲音說：「但是我並不覺得這封信帶有威脅意味。這件事你應該請教你的律師，而不是我。」

「我很抱歉，但是說出來讓我鬆了一口氣。我不知道你會不會非常好心的……再催眠我一次。我已經把事情告訴你了，我覺得這一次可能會成功。本來我還希望可以在不暴露自己的情況下治好呢！人能透過夢去控制別人嗎？有沒有這樣的事？」

「如果這次你確實完全坦白，我就試試看。否則你就是在浪費我和你自己的時間。」

墨利斯是完全坦白的。他沒有放過他的情人，也沒有放過自己。當一切鉅細靡遺的攤在陽光下，那一夜的完美就只像是一場短暫而粗俗的肉體享樂，和他父親三十年前的那次放縱一樣。

「再坐下一次吧！」

墨利斯聽到一個細微的聲響，便轉過身去。

「是我的孩子在上面的那個房間裡玩。」

「我還以爲是鬼呢。」

「只是孩子們而已。」

房間裡再度回歸靜默。午後的陽光透過窗戶照著捲蓋式書桌。這一次，墨利斯把注意力集中在桌上。在重新催眠之前，醫生拿起了亞歷克的信，嚴肅的在他眼前把信燒成了灰燼。

什麼事也沒發生。

第四十二章

透過肉體的愉悅，墨利斯得到了「證實」，這個關鍵字眼也用在最終診斷裡，他證實了自己的精神是扭曲的，也把自己從正常人之中切割出來。他氣急敗壞、結結巴巴的說：「我想知道……我沒辦法告訴你，你也沒辦法告訴我，那樣的鄉下小子怎麼能把我摸得這麼透徹？爲什麼他會在那一個特別的夜晚、在我最脆弱的時候出手威脅我？我的朋友在家時，我從來不讓他碰我，因爲，該死！我多少也算是個紳士啊！我是公學出身，還加入校隊，而且還有別的……我甚至到現在都不敢相信自己跟他在一起。」他很後悔沒有在熱戀時占有克萊夫；克萊夫離開了，離開了他最後的避難所，而醫生依然敷衍的說：「新鮮空氣和鍛鍊說不定會創造奇蹟。」醫生想繼續治療下一個病人，他不喜歡墨利斯這一種類型。他並不像巴利醫生那樣感到震驚，他只是覺得無聊，而且從此沒再想起這個性向和別人相反的年輕人。

走到門階上的時候，有什麼東西重新和墨利斯融合了。也許是過去的他，因爲他走著走著，有個聲音從他的屈辱中出現，那腔調讓他想起劍橋；那個魯莽、年輕的聲音，嘲笑他是個傻瓜，像是在說：「這回你是自作自受。」他走到公園外，因爲國王伉儷正好經過，所以他停下了腳步，一面脫帽致敬，一面在心裡瞧不起他們。那道把他和伙伴們隔開的屏障彷彿又有了另外一面。他不再害怕，也不再羞愧。畢竟，森林和夜晚是站在他這邊的，而不是他們那邊；在圍欄裡的是他們，而不是他。他做了錯事，現在仍然在受罰。但是他之所以錯，是因爲兩個世界最好的東西他都想要。

「但是我必然屬於我自己的階級，這個事實是不會變的。」他堅持的說。

「很好。」過去的那個他說：「現在，回家去吧！明天早上記得搭八點三十六分的火車去上班，因爲你的假期已經結束了。記住，你可別像我一樣，總想把頭轉向雪伍德森林。」

「我不是詩人，我才不是那種傻瓜……」

國王和皇后消失在他們的王宮裡，太陽落到公園的樹後面，這些樹化爲一個巨大的生物，有著綠色的手指和拳頭。

「塵世的生活？墨利斯，你不是也參與其中嗎？」

「嗯，你所謂的『塵世的生活』是什麼？它應該就像我的日常生活……就像社會一樣。像克萊夫曾經說過的，一個事物建立在另一個之上。」

「確實如此。最可惜的是，這些事實並沒有注意到克萊夫。」

「無論如何，我必須堅守我自己的階級。」

「天就要黑了，動作快一點……搭出租車吧！要跟你父親一樣快，趁著列車門還沒關。」

他叫了一輛車，趕上了六點二十分的火車。斯卡德的另一封信已經在門廳的皮托盤上等著他了。他立刻發現上面的稱謂用的是「M．霍爾先生（Mr.）」而不是「紳士（Esq）」，郵票也貼得歪歪扭扭。他又怕又氣，但是並沒有早上那麼嚴重，因爲儘管科學對他絕望了，他對自己卻沒有那麼絕望。畢竟，一個眞正的地獄總好過一個人造的天堂吧？躲開了拉斯克．瓊斯先生的操控，他並不覺得遺憾。他把信塞進晚禮服口袋，一面打牌，那封未讀的信就在口袋裡被拉扯著；他聽著其他人說司機已經遞了辭職信，說眞不知道僕人到底是怎麼回事。他回應說，僕人也許就跟我們一樣，是活生生、有血有肉的人；他的姨媽大聲反對：「他們才不是。」到了就寢時間，他吻了媽媽和吉蒂，並不擔心會玷污她們；她們短命的聖潔已經結束了，她們所做所說的一切，又恢復回原來的微不足道。他鎖上門，凝視郊區的夜色五分鐘，並沒有什麼叛逆的感覺。他聽見了貓頭鷹的叫聲，遠處有軌電車的鈴聲，以及他自己心跳的聲音，它比前面兩種聲音都要響。那封信實在太長了。他展開信的時候，血液開始在他身上翻騰，但是他的頭腦還是冷靜的。他努力把這封信當成一個整體，而不只是一句一句的讀。

霍爾先生，伯雷紐斯先生剛財跟我談過。先生，你待我不公平。下星期我就要搭諾曼尼亞號啟程。我寫信告訴你我要走了，你卻一封信也不回，這樣不公平。我出身有名望的家庭，我認為你把我當成狗一樣對待是不公平的。我的父親是個人人尊敬的商人。我將獨自待在阿根廷。你說：「亞歷克，你是個可愛的小伙子。」但你卻不寫信給我。**我知道你和杜蘭先生的事**。為什麼你說「叫我墨利斯」，之後又對我這麼不公平？霍爾先生，我星期二會去倫敦。如果你不希望我到你家去，那就說個倫敦的地點，你最好見我一面，不然我會讓你後悔的。先生，你離開彭奇之後，沒發生什麼值得注意的事。板球賽似乎結束了，有些大樹正在掉葉子，算是掉得非常早。伯雷紐斯先生跟你說過某些女孩子的事嗎？我確實粗魯過，我忍不住，有些男人天性如此，但你也不應該把我當成狗對待。那些是在你來之前發生的事。會渴望女孩是很自然的，你不能違背人性。伯雷紐斯先生是因為新開的聖餐禮學習班才發現女孩們的事的。他剛才跟我談過。我以前從來沒有這樣和一個紳士說過話。這麼早就被人打擾，你生氣了嗎？先生，這是你的錯，是你把頭靠在我身上的。我有我的工作，我是杜蘭先生的僕人，不是你的。我不是你的僕人，你不能把我當你的僕人對待，我也不在乎別人知不知道這件事。我**只在應當尊敬的地方**表示尊敬，也就是說，只尊敬確實是紳士的紳士。辛考克斯說：「霍爾先生說，把他排在第八個擊球。」我把你排在第五個，可是我是隊長，你沒有權利因為這樣就對我不公平又及：**我知道一些事。**

A・斯卡德敬上

最後這行字是最顯眼的，然而墨利斯還是可以把它納入整封信的脈絡中思考。在底層的僕人世界裡，顯然有一些關於他和克萊夫的醜話正在流傳。但是現在，這又有什麼關係呢？就算他們在藍色房間裡，或者在羊齒蕨叢裡被偷窺、被誤解，那又怎麼樣？他關心的是現在。斯卡德爲什麼要提起這些流言蜚語呢？他圖的是什麼？他爲什麼要說出這些有的下流、有的愚蠢、有些又帶點親切的話呢？實際讀著這封信時，墨利斯覺得它就像一塊腐肉，必須將它扔給律師。但是當他放下信，拿起菸斗時，又覺得這就像是自己會寫的那種信。糊塗嗎？糊塗又怎麼樣？就算糊塗，也很符合他的行事方式啊！他一點也不想收到這樣的一封信，也不想知道寫這封信的目的到底什麼，說不定有六七件呢！但是他沒辦法像當初克萊夫在《會飲篇》那件事時一樣，對這件事採取冰冷強硬的態度，並且主張：「這是一份聲明，我會讓你遵守它的。」他回了信：「亞・斯。好。星期二下午五點鐘，大英博物館門口見。英・博。一座大型建築。不管是誰都能告訴你那是哪一棟。墨・克・霍。」這樣對他來說是最好的。他們兩個都是邊緣人，就算眞的決裂，對社會也不會有任何好處。而他之所以選擇那個會面地點，是因爲不太可能會有認識的人在那裡打擾他們。可憐的大英博物館啊！它那麼莊嚴，那麼純潔！這個年輕人笑了，他的臉變得淘氣而快樂。他的笑，同時也是因爲想到克萊夫終究沒能完全躲開名聲敗壞的下場，儘管他的臉現在變得冷酷，線條也不那麼討人喜歡了，但這證明了他是個運動員，他熬過了一年的痛苦磨練，毫髮無傷。

第二天早上，當他回到工作崗位時，新生的活力依然存在。在和拉斯克・瓊斯的嘗試失敗之前，他一直期待著回去工作，把工作當成一份他幾乎不配享有的特權。工作讓他恢復正常生活，讓他在家裡抬得起頭。但是現在連這個想法也瓦解了，他又想笑了，很納悶為什麼自己被騙了這麼久。希爾與霍爾證券公司的客戶都來自中產階級，他們最大的渴望似乎是庇護所，能一直提供保護的庇護所，不是一個在恐懼時可以躲藏的黑暗巢穴，而是無論何時何地都存在，一直存在到地老天荒，可以抵禦貧窮、疾病、暴力和無禮的庇護所；為了它，人們遠離了快樂；這是上帝悄悄塞進去的懲罰。他看著那些客戶的臉，就像看著他的職員和合夥人的臉一樣，他知道他們從來沒有享受過真正的快樂。社會對他們的照顧太徹底了。他們從來沒有掙扎過。只有掙扎才能把傷感和慾望交纏在一起，化為愛情。墨利斯會是個好情人。他能夠付出，也能接受真正的愉悅。但是，在這些人心裡，這兩樣東西並沒有結合；他們不是愚蠢，就是淫穢，就他目前的心情，他一點也不鄙視後者。他們會來找他，要求百分之六的保證獲利。而他會回答：「你沒辦法既要高獲利又要安全，這是不可能做到的。」最後他們會說：「那如果我把大部分的錢投資在獲利率百分之四的股票上，另外拿一百多鎊玩這個，會怎麼樣？」就算他們這麼只買了這麼一點投機股（不會太多，以免打亂家庭生活），也足以表明他們的美德是虛偽的。而直到昨天之前，他還一直對這些人阿諛奉承呢！

他為什麼要為這種人服務呢？他開始像一個機敏的大學生那樣，討論起自己的職業道德來，但是火車車廂裡的乘客並沒有把他的話當回事。「小霍沒問題的。」大家的看法依然沒變：「他絕對不會丟掉任何一個客戶的，他不會。」他們的結論是，一個商人就算憤世嫉俗也不算不體面。「你可以肯定，他一直都在穩健的投資。記得春天時他還在談貧民窟的事嗎？」

第四十三章

雨下著，還是老樣子，輕輕打在千家萬戶的屋頂上，偶爾也會影響人出入。它平息了煙塵，讓汽油和濕衣服的氣味混雜在倫敦的街上。在博物館巨大的前院，它可以不斷的落下來，落在濕答答的鴿子身上，也落在警察的頭盔上。那天下午天色太黑，裡面有些燈已經開了，這座宏偉的建築讓人聯想到一座墳墓，被死者的靈魂奇蹟般的照亮。

亞歷克先到了，他不再穿燈芯絨的衣服，而是穿戴一套全新的藍色西裝和圓頂禮帽，這是他為了去阿根廷準備的部分衣裝。就像他自誇的，他出身於受尊敬的家庭：酒館老闆、小商人，他看起來像個不馴的森林之子，只是純屬偶然。的確，他喜歡森林、新鮮的空氣和水，喜歡這些勝過一切，他喜歡保護生命，或者毀滅生命，但森林是沒有「出路」的，年輕人想要往上爬，就必須離開森林。現在他盲目的決定要出人頭地。命運在他的手裡放了一個陷阱，現在他打算將它裝設起來。他一步步走過前院，輕快的跳上台階；到了門廊，他便一動不也動的站在廊柱後面，只有一對眼睛靈動的閃著。這種瞬間的步調變化，是這個人的典型特徵，他行動時總是像個散兵，總是一副「趕赴現場」的樣子，就像克萊夫在書面推薦函裡說的：「在A．斯卡德為我服務的五個月裡，我發現他既敏捷又勤奮」，這也是他現在打算表現的特質。當受害目標開車過來時，他心裡半是殘忍，半是害怕。他瞭解紳士，也瞭解伙伴；會說出「叫我墨利斯」的霍爾先生，究竟是哪一種呢？他把眼睛瞇成一條縫，站在那兒，就像在彭奇的前廊外待命一樣。

在生命中最危險的一天來臨之際，墨利斯沒有任何計畫，但是某種東西卻在他腦海中微微起伏，就像健康皮膚下的肌肉。他的心裡並不感到自豪，但是確實覺得自己準備妥當，渴望上場比賽。而且，作爲一個英國人，他希望他的對手也準備妥當了。他想要光明正大，他並不害怕。當他在污濁的空氣中看見亞歷克容光煥發的臉，覺得自己的臉也微微熱辣起來，他決定，除非被攻擊，否則絕不出手。

「你來啦！」他說，用拿著一雙手套的手碰了碰帽沿致意：

「這雨太大了。我們到裡面去談吧！」

「你想去哪裡都行。」

墨利斯友好的望著他，兩人走進了那棟建築。才剛進門，亞歷克便抬起頭，像頭獅子一樣打了個噴嚏。

「著涼了？這天氣。」

「這地方到底都放了些什麼啊？」他問。

「屬於國家的老東西。」他們在羅馬皇帝那條走廊上停了下來。「是啊，天氣眞糟。只有兩天天氣還不錯，再加上一個美好的夜晚，」他調皮的補上兩句，連自己都嚇了一跳。

但是亞歷克並沒有意會過來。這不是他想要的開場白。他期待墨利斯露出恐懼的跡象，好讓自己心裡的卑賤襲擊他。他假裝不懂這個暗示，然後又打了個噴嚏。噴嚏的轟鳴聲迴盪在門廊裡，他那張扭曲、抽搐的臉突然露出了飢餓的表情。

「我很高興你還給我寫了第二次信。你那兩封信我都很喜歡。我沒有生氣……你什麼也沒有做錯。關於板球和別的事，那都是你誤會了。我可以直截了當的告訴你，我喜歡和你在一起，我不知道這算不算是個過錯，它算嗎？我希望你告訴我我做錯了什麼，我眞的不知道。

「放在這裡的是什麼？**這**可不會錯了。」他意味深長的摸了摸胸前的口袋說：「你寫的信。還有你和那位紳士……**這些**是錯不了的，也許有些人會希望是弄錯了。」

「別把這件事牽扯進來。」墨利斯說，但是他並不憤怒，連一絲生氣的感覺都沒有，也不介意劍橋時代的克萊夫失去神聖的光環，這讓他覺得很不對勁。

「霍爾先生……我想你知道，要是有什麼事洩漏出去，對你可不太合適。」

墨利斯發現自己正在努力理解這些話的含意。

亞歷克繼續說下去，同時摸索著取得控制權的方法：「更重要的是，我一直是個受人尊敬的年輕人，直到你把我叫進你的房間取悅你爲止。一個紳士這樣把人拖下水，似乎不太公平。至少我的哥哥是這麼看的。」他說到最後幾個字時有點結巴：「事實上，我的哥哥就在外面等著。他本來想親自過來跟你談談的，他一直痛罵我，但是我說：『不，弗雷德，不，霍爾先生是個紳士，我們也可以相信他會表現得像個紳士，所以把他留給我處理就好。』我說：『至於杜蘭先生，他也是個紳士，過去如此，將來也永遠會是。』」

「關於杜蘭先生，」墨利斯說，他覺得想談談這一點：「我確實關心過他，他也曾經關心過我，但是他變了，現在他已經不再關心我，而我也不再關心他了，結束了。」

「什麼結束了？」

「我們的友誼。」

「霍爾先生，你聽見我說的話了嗎？」

「你說的每句話我都聽見了，」墨利斯若有所思的說，然後他用完全相同的口吻繼續：「斯卡德，爲什麼你會覺得同時關心女人和男人是『自然的』呢？你在信裡是這麼寫的。這對我來說並不自然。我不得不這麼想，所謂的『自然』，指的就只是自己。」

那人似乎很感興趣。「所以你自己生不出孩子來？」他粗魯的問道。

「我已經爲這件事看過兩個醫生了。兩個都沒幫上什麼忙。」

「所以你不行？」

「對，我不行。」

「想生一個嗎？」他問，似乎帶著敵意。

「想也沒用。」

「只要我想要，我明天就可以結婚。」他吹噓道。說話之間，他看見了一頭有翅膀的亞述公牛，表情突然變成了天眞的驚奇：「他眞夠大的，不是嗎？」他說：「他們一定有很厲害的機器，才造得出這樣的東西。」

「我想是吧！」墨利斯說，他也對那頭公牛印象深刻：

「我也不知道。這裡好像還有另外一頭。」

「所以說他們是一對的。這些東西會是裝飾品嗎？」

「這東西有五條腿呢！」

「這頭也是。這個想法眞怪。」他們各自站在一頭怪獸旁邊，相視而笑。接著斯卡德又收起笑臉，冷冷的說：「沒用的，霍爾先生，我看穿你的把戲了，你騙不了我第二次的。我可以告訴你，與其等弗雷德來，還不如和我好好談談。你玩夠了，就得付出代價。」他開口威脅人的時候看起來好帥……連那對邪惡的瞳孔都帥。墨利斯溫柔而熱切的凝視著那對瞳孔。這一次發狠一點效果都沒有，就像一片爛泥似的掉了下來。斯卡德坐在長凳上，嘴裡咕噥著「讓你好好想想」之類的話。不久，墨利斯就坐到他旁邊去。接著，他們繼續逛了博物館將近二十分鐘：從一個展廳走到另一個展廳，像是在找尋什麼東西似的。他們會盯著一座女神像或一個花瓶看，然後在其中一個人的衝動下離開，兩人的行動如此一致顯得有點奇怪，因爲從表面上來看，他們正在交戰。亞歷克又開始進行可怕且卑劣的暗示，但是不知道爲什麼，這些暗示並沒有污染對話之間的寂靜，墨利斯沒有害怕，也不生氣，只是對於人會陷入這樣的混亂而感到遺憾，不管那個人是誰。當墨利斯選擇回應時，他們的目光相遇，偶爾他也會在敵人的唇上看見自己的微笑。他越發相信，當下的情況其實是一個藉口，幾乎可以說是一個惡作劇，掩蓋著某種眞實的東西，某種他們雙方都想要的東西。他繼續堅持自己的認眞與和善，之所以沒有進行攻擊，只是因爲他還沒有激動起來。要讓他激動起來，需要一股來自外部的衝擊，而這就得碰運氣了。

他俯身看著一座雅典衛城模型，微微皺著眉頭，嘴裡喃喃自語的說：「我懂了，我懂了，我懂了。」一位先生在旁邊無意中聽見，吃了一驚，透過一副厚重的眼鏡盯著他，然後說：「沒錯！我可能忘了長相，但絕不會忘記聲音。沒錯！你是我教過的孩子。」是杜希先生。

墨利斯沒有回答，亞歷克悄悄的湊上前去。

「你一定唸過亞伯拉罕斯先生的學校。等等！等等！別告訴我你姓什麼，讓我自己想，我一定會想起來的。你不是桑代，不是吉布斯。我知道了，我知道了！是溫布比。」

他搞錯了，這一點多麼像杜希先生啊！墨利斯本來想直接把自己的名字告訴他，但是現在他比較想要說謊；他厭倦了他們沒完沒了的誤會，他實在受夠了。於是他回答：「不，我姓斯卡德。」他給自己改了姓，腦子裡剛冒出第一個姓氏時他便脫口而出。這個姓氏已經成熟可用，他才剛說出口，就明白爲什麼了。但就在他頓悟的那一刻，亞歷克說話了：「不是的。」他對杜希先生說：「我要對這位先生提出嚴肅的指控。」

「是的，非常嚴肅。」墨利斯說著，一邊把手搭在亞歷克的肩膀上，這樣他的手指就會碰到他的後頸，他這樣做只是因爲他想要，並沒有什麼別的原因。

杜希先生沒有注意。他這個人不多疑，只當這是個粗野的玩笑。既然這位黝黑、有紳士風度的先生說自己不是溫布比，那麼他就一定不是了。他說：「我眞的很抱歉，先生，我很少犯這樣的錯。」接著，他決心要證明自己並不是個老糊塗，便以大英博物館爲主題，對這沉默的兩個人長篇大論起來：這裡不僅是個文物收藏館，還是個人們可以……呃……帶著不那麼幸運的人來，一個相當令人振奮的地方，甚至連小孩的腦子裡都會湧出一個又一個的問題……一個人解答這些問題啊，鐵定是不夠的……他一直滔滔不絕，直到一個很有耐心的聲音傳來：「班，我們都在等你呢！」杜希先生才趕緊過去和他的太太會合。當他離開時，亞歷克也猛然轉身走開，嘴裡喃喃的說：「就這樣吧……我就不找你麻煩了。」

「你要帶著你嚴肅的指控去哪裡？」墨利斯說，表情突然可怕起來。

「不好說。」他回頭一看，臉色和那些英雄雕塑完美卻無血色的臉龐形成了鮮明的對比，那些英雄從來不知道何謂昏亂或是聲名狼藉。「別擔心……我不會再傷害你了，你太有膽量了。」

「去你的膽量。」墨利斯說，突然怒火中燒。

「一切都不會再繼續下去了……」他自言自語：「我也不知道自己怎麼了，霍爾先生；**我**不想傷害你，我從來就不想傷害你。」

「你勒索我。」

「不，先生，不……」

「你就是這麼做的。」

「墨利斯，聽著，我只是……」

「你叫我墨利斯？」

「你也叫我亞歷克啊！我現在跟你是平起平坐的。」

「我看不出你憑什麼跟我平起平坐！」他停頓了一下，彷彿暴風雨前的寧靜；接著突然爆發：「我對天發誓，要是你剛才在杜希先生面前告發我，我早就把你一拳打倒在地上了。這可能要花掉我幾百鎊來擺平，不過這筆錢我出得起，而且警察向來支持我這種人去對付你這種人。你什麼都不懂。我們會用勒索罪讓你坐牢，然後，我就轟掉自己的腦袋。」

「自殺？去死？」

「那時我就該明白我愛你。太遲了……每件事都是這樣，太遲了。」一排又一排的古老雕像在他眼中搖晃，他聽見自己又說了一句：「我沒有別的意思，出去吧！我們不能在這兒談。」他們離開了那棟巨大又過熱的建築，經過一座公認無所不有的圖書館，到戶外尋找黑暗和雨水。在門廊上，墨利斯停了下來，用不愉快的口氣說：「我忘了，你哥哥呢？」

「他在我爸那裡……他什麼也不知道，我只是嚇唬嚇唬……」

「你是爲了勒索我。」

「要是你能理解的話……」他拿出墨利斯寫的便箋說：「如果你想要，就拿去吧……我不想要，從來沒想過……我想，這就是結局了。」

結局肯定不是那樣的。他們根本分不開，卻又不知道接下來會發生什麼，兩人情緒失控的大步狂奔，穿越了這骯髒的一天最後的一絲微光。夜，那獨一無二的夜終於降臨，墨利斯恢復自制力，可以看看激情爲他帶來的新素材了。在一個空無一人的廣場上，他們靠在圍繞樹木的欄杆上停了下來，他開始說起他們的危機。

但是，當他逐漸平靜，另一個人卻變得暴烈起來。就好像杜希先生在他們之間建立了某種令人火大的不平等關係，當其中一個人厭倦了攻擊，另一個就會立刻出手。亞歷克惡狠狠的說：「船屋的雨下得比這裡還大，而且比這裡還冷。你爲什麼不來？」

「因爲混亂。」

「你說什麼？」

「你要知道，我的腦子一直亂成一團。我沒去，也沒寫信，因爲我希望能毫不猶豫的離開你。你不會懂的。你一直把我拖回去，我嚇壞了。當我想在醫生那裡睡一下的時候，我感覺到了你。你嚴重影響了我。我知道有種東西很不妙，但不知道是什麼，所以就一直假裝是因爲你。」

「那是什麼？」

「是……我的狀況。」

「這我不懂。你爲什麼不到船屋來？」

「因爲我害怕……你會苦惱也是因爲害怕。板球賽之後，你就開始害怕我了。這就是爲什麼我們一直想要擊倒對方，而且至今依然如此。」

「我不會拿你一分錢，我連一個小指頭都不會傷害你！」他大聲怒吼，猛搖著那片分隔他和樹木的欄杆。

「但你還是努力的想傷我的心。」

「你爲什麼要走，還說你愛我？」

「你爲什麼叫我墨利斯？」

「噢！我們別說了吧。嗯……」他伸出手，墨利斯握住了它，在那一刻，他們明白了凡人所能贏得的最偉大的勝利。肉體之愛意味著對抗，而它的本質是恐慌。現在，墨利斯明白了，他們在彭奇的那一次原始的放縱會導向危險，是多麼自然的事。他們對彼此的瞭解太少，卻又太多了。他們因此恐懼，也因此殘忍。他無比欣喜，因爲透過自己的恥辱，明白了亞歷克的恥辱，這並不是第一次，他窺見了那個隱藏在人類痛苦靈魂中的天才。他並不是以一個英雄的身分，而是以一個戰友的身分，挺身面對他的咆哮，並且在咆哮的背後發現了孩子氣的一面，而在這孩子氣之後，還有別的東西存在。

過了一會兒，另一個人說話了。一陣悔恨和歉意擊垮了他；他就像個丟掉了毒品的人。然後，他恢復了健康，開始把一切都告訴他的朋友，不再感到羞恥。亞歷克提到自己的親戚……他的階級觀念也根深蒂固。沒有人知道他現在在倫敦，彭奇那邊以爲他在他的父親那裡，他的父親以爲他在彭奇。這個情況很難處理，非常困難。現在他該回家了，去見他的哥哥，然後和他一起回阿根廷。他的哥哥是做貿易的，嫂嫂也是；他的言談間夾雜著一些自吹自擂，沒受過多少教育的人必然如此。他又重複了一次，說自己出身有名望的家庭，不會向任何人低頭，絕不，他絕不輸給任何一個紳士。但是他一邊吹噓，手臂卻勾上了墨利斯的手臂。這樣的愛撫是他們應得的，這種感覺很奇特。言語消失了，又突然再度出現。大膽開口的是亞歷克。

「和我一起過夜吧！」

墨利斯突然一個轉身，兩人緊緊擁抱在一起。現在，他們已經有意識的相愛著了。

「今晚和我一起睡。我知道一個地方。」

「不行，我有約會。」墨利斯說，心跳得很厲害。有個正式晚宴等著他，這樣的晚宴能為他的公司帶來生意，他不可能取消。他差點就忘記這個宴會的存在了。他說：「我現在必須離開你去換衣服。但是聽著，亞歷克；理智一點。改天晚上再見我，哪一天都行。」

「不能再到倫敦來了。我爸和艾爾斯先生都會說閒話的。」

「他們說閒話有什麼關係？」

「那你的約會又有什麼關係？」

他們又沉默了。接著，墨利斯用深情又沮喪的口吻說：「好吧，讓它見鬼去吧！」然後他們一起冒著雨走了。

第四十四章

「亞歷克，醒醒。」

一條手臂抽動了一下。

「我們該談談接下來的計畫了。」

亞歷克挨近了一點，比他假裝的更清醒，更溫暖，更強壯，也更幸福。幸福也淹沒了墨利斯。他動了一下，感覺到那條手臂回應似的抓緊了他，便忘了自己想說什麼了。雨還在下，逐漸凝聚的晨光從外頭照進來，灑在他們的身上。一間陌生的旅館，一個臨時的避難所，暫且保護他們不受到敵人的傷害。

「該起床了，孩子。天亮了。」

「那就起床啊！」

「你這樣抱著我，我要怎麼起床！」

「你不是個心急的人嗎？我就讓你知道什麼叫心急。」亞歷克不再恭順了。大英博物館解決了這個問題。這是一個美好的假期，和墨利斯一起待在倫敦，一切麻煩都結束了，他只想繼續昏睡、虛擲光陰、挑逗、做愛。

墨利斯想要的其實也是一樣的，那樣該有多愉快啊！但是迫近的未來讓他無法專注，漸濃的日光下，這份舒適顯得很不眞實。有些事情必須說出口，必須解決。啊！爲了即將結束的這一夜，爲了沉睡與清醒、強壯與溫柔的融合，那甜蜜的心情、那黑暗中的安全感。這樣的夜晚還會再有嗎？

「墨利斯，你還好嗎？」因爲他嘆了口氣。「還舒服嗎？把頭靠在我身上，再靠過來一點，就像你喜歡的那樣……就是這樣，別擔心。你跟我在一起。沒什麼好擔心的。」

是啊！毫無疑問，他很幸運。斯卡德確實誠實善良。和他在一起，感覺無比美好，他是個絕世珍寶，是個迷人的人，一個千年一遇的對象，一個墨利斯渴望已久的夢想。但是，他夠勇敢嗎？

「我們這樣眞好……」這時，他們兩人的嘴唇如此靠近，幾乎不能好好說話了。

「誰會想到……第一次見到你的時候，我就想著：『眞希望能和那個人……』我就是那樣想的……『我和他能不能……』然後就變成這樣了。」

「沒錯，而這就是我們必須戰鬥的原因。」

「誰想要戰鬥啊？」他聽起來很厭煩：「戰鬥已經夠多了。」

「全世界都反對我們。我們必須振作起來，趁著我們還有辦法，把計畫定出來。」

「你爲什麼要做這種事、說這種話，把事情全都搞砸？」

「因爲這件事非說不可。我們不能允許事情出差錯，像在彭奇那樣，讓他們再次傷害我們。」

亞歷克突然用被太陽曬粗了的手背在他身上擦了擦，說：「會疼，是不是？應該會吧！這就是我戰鬥的方式。」確實有點疼，偷偷幹這種蠢事，本身就帶著某種怨氣。「別跟我談彭奇，」他繼續說：「哼！我去他的！在彭奇，我始終就是個僕人，老是被呼來喚去，斯卡德去做這個，斯卡德去做那個。還有那個老夫人，你猜她說過什麼話？她說：『噢，可否勞駕您替我寄這封信，你叫什麼名字啊？』你叫什麼名字！整整六個月，我每天都到克萊夫那該死的前廊門口聽候差遣，結果他母親連我的名字都不知道。她就是個婊子。我要對她說：『那你叫什麼名字啊？去你的名字。』我眞的差一點就說出口，眞希望我那時候說了。墨利斯，你不會相信他們是怎麼跟僕人說話的。簡直惡劣到沒辦法形容。你老是黏著的那個亞契．倫敦就是那麼壞，還有你，你也一樣壞。開口就是

『喂！來人！』之類的話。你不知道，你差點就得不到我了。你大喊的時候，我差一點就決定絕不爬那個梯子了，我覺得這個人根本不是眞的想要我。後來，你沒有按照我說的話來船屋，我簡直氣瘋了。架子擺這麼大！我們走著瞧。我一直很喜歡船屋。在我聽說你這個人之前，我會到那個地方抽菸。要打開船屋很容易，事實上，我身上一直帶著鑰匙……船屋啊，從船屋裡看著整片池塘，很安靜，偶爾還會有魚跳上來，我還在那裡放了幾個墊子。」

一陣滔滔不絕之後，他突然沉默下來。一開始他既粗野又快活，但是不知道爲什麼變得不太自然，然後他的聲音漸漸消失在悲傷之中，彷彿眞相已經浮出水面，令人無法承受。

「我們還是會在你的船屋見面的。」墨利斯說。

「不，我們不會再見面了。」他把墨利斯一把推開，沉重的嘆了一口氣之後，又幾近暴力的把他拉了回來，緊緊的抱住他，彷彿這就是世界末日。「無論如何，你會記住這一切的。」他鑽出被窩，在黯淡的光線中低頭看，雙臂空蕩蕩的垂著，像是希望以這樣的姿態被記住。他說：「我本來可以輕易殺了你的。」

「或者是我殺了你。」

「我的衣服跟其他東西到哪兒去了？」他看起來有點茫然：「太晚了。我連刮鬍刀都沒有，我根本沒想到會在這裡過夜……我應該……我得馬上去趕火車，不然弗雷德會胡思亂想的。」

「就讓他胡思亂想好了。」

「要是弗雷德看到你和我現在的這副樣子，天曉得會發生什麼事。」

「嗯，他什麼也沒看見。」

「嗯，他說不定看見了呢……我的意思是，明天不是星期四嗎？星期五打包行李，星期六諾曼尼亞號從南安普敦啓航，從此告別古老的英國。」

「你的意思是，我們以後再也見不到面了。」

「沒錯，你說得對極了。」

要是雨別像這樣一直下就好了！經過昨天的那一場傾盆大雨，這是個濕答答的早晨，濕答答的雨，落在家家戶戶的屋頂上，也落在博物館上，落在家裡，也落在綠林裡。墨利斯控制住自己的情緒，小心翼翼的選擇用詞，說：

「這就是我想談的。爲什麼我們不安排一下？這樣我們就可以再見面了。」

「你是什麼意思？」

「你爲什麼不留在英國呢？」

亞歷克吃驚的猛然轉身。他半裸著，看起來像個只進化了一半的人。「留下來？」他怒吼：「你要我別上船，你瘋了嗎？我從來沒聽過這種該死的胡說八道。又在命令我了？嗯？果然是你會做的事。」

「我們的相遇，是千載難逢的機緣，我們再也不會有這樣的機會了，你很清楚。留下來，和我在一起。我們是彼此相愛的。」

「確實如此，但這不是做傻事的藉口。和你在一起，要怎麼做？待在哪裡？要是你媽看見我這副又粗又醜的樣子，她會怎麼說？」

「她絕對不會見到你的。我不會住在家裡。」

「那你要住哪？」

「跟你一起住。」

「噢，跟我住嗎？不，謝了。我家的人絕對不會喜歡你的，我也不怪他們。我想知道，你的工作怎麼辦？」

「我會辭職。」

「你是說城裡那個給了你金錢和地位的工作嗎？你辭不了的。」

「只要我想辭職，就辭得了。」墨利斯溫和的說：「只要弄懂了那個工作是做什麼的，什麼工作你都能做。」他凝視著灰暗的光漸漸轉黃。這場談話中沒有什麼令他吃驚，他無法預測的是談話之後的結果。「我會跟你一起找工作。」他說道。宣布這件事的時機已經到了。

「什麼工作？」

「我們會知道是什麼工作的。」

「知道了，也餓死了。」

「不會的。在我們找工作的這段時間，我的錢還夠我們維持生活。我不是傻子，你也不是。我們不會餓肚子的。我在半夜醒過來，你還在睡，那時候我已經想清楚了。」

接著是一陣沉默。亞歷克的口氣溫和了些，他繼續說：「行不通的，墨利斯。你看不出來嗎？這樣會把我們兩個都毀了，你和我都是。」

「我不知道。或許會，或許不會。『階級』問題怎麼處理，我不知道。不過我知道今天我們要做什麼。我們離開這裡，去吃一份很棒的早餐，然後就去彭奇，或者做任何你想做的事，接著去見你的哥哥弗雷德，跟他說你改變主意，不移民了，你要和霍爾先生一起工作。我會跟你一起去，我不在乎。什麼人我都會去見，什麼事我都會面對。如果他們要亂猜，就讓他們猜好了，我受夠了。跟弗雷德說，把你的船票取消，損失由我來賠，這就是我們獲得自由的開始。然後，我們再進行下一件事。這是場冒險，但哪件事不是冒險呢？我們這輩子只能活一次。」

亞歷克冷笑一聲，繼續穿衣服。他的態度跟昨天一樣，只是少了勒索。

「這是從來不用討生活的人說的話。」他說：「你用『我愛你』之類的話絆住我，接著又打算破壞我的事業。你知道嗎？在阿根廷已經有一份確定的工作等著我了，和你在這裡的情況一樣。可惜諾曼尼亞號星期六就要走了，事實就是事實，不是嗎？我把所有的裝備都買好了，票也買好了，弗雷德和他太太都在等我。」

墨利斯看穿了他虛張聲勢背後的痛苦。但是這一次，洞察力又有什麼用呢？再強大的洞察力，也阻止不了諾曼尼亞號啓航。他輸了。痛苦對他來說已經是必然的，雖然對亞歷克來說可能很快就會結束；當他到了國外，開始他的新生活，就會忘記和某位紳士曾經有過的越軌行爲。時候到了，他就會結婚。這位知道自己利益所在的工人階級精明青年，此時已經把他優美的身體塞進那套難看的藍西裝裡。他露在西裝外的臉紅紅的，手是棕褐色的。他把頭髮抹平。

「好了，我走了。」他說，然後像是覺得這樣還不夠似的，又說：「要是你回頭想想，我們如果從沒相遇過，那還眞是遺憾啊！」

「那也沒什麼問題。」墨利斯說，一面把眼光從正在開門的他身上移開。

「房費你付過了，對嗎？這樣他們就不會在樓下把我攔住了。我可不希望到了最後還有什麼不愉快。」

「那也沒什麼問題。」他聽見門關上的聲音，現在只剩下他一個人了。他等待著心愛的人回來，不可避免的等待。然後，他的眼睛開始劇痛。根據經驗，他知道接下來會發生什麼事，過一會兒他就能控制住自己。他起身走出房間，打了幾個電話，做了一些解釋，安撫了母親，跟老闆道了歉，然後刮了鬍子，把自己打理乾淨，像往常一樣去上班。有一大堆工作等著他去做。他的生活沒有任何改變，也沒有留下一點痕跡。他帶著他的孤獨回來了，一如克萊夫出現之前，以及克萊夫退出之後，今後也將永遠如此。他失敗了，這並不是最悲哀的事，最悲哀的是他眼睜睜看著亞歷克敗下陣來。某種程度上，他們其實是一個人。愛情輸了。愛是一種情緒，透過它，你偶爾能自得其樂一番。但是，光是愛本身，是什麼事都做不了的。

第四十五章

星期六到了，墨利斯去了南安普敦，爲諾曼尼亞號送行。

這是個荒謬的決定，不但毫無用處、有失尊嚴，還帶有風險，他離開家時一點想去的感覺都沒有。但是到了倫敦之後，那夜夜折磨他的飢渴感公然跳了出來，求索它的獵物，他什麼都忘了，只記得亞歷克的臉和身體，於是他選擇了能見到它們的唯一一個辦法。他並不想和他的情人說話，不想聽他的聲音，也不想撫摸他，這一切都已經結束了，他只想在亞歷克的形象永遠消失之前，再看他一眼。可憐的、不幸的亞歷克！誰能責怪他呢？他有辦法做出不同的選擇嗎？只是啊，他們兩個都因此陷入了悲慘的境地。

他作夢似的上了船，醒來時卻出現一種從未感受過的不舒服。沒有亞歷克的蹤影，船上的乘務員又忙，過了一段時間才把他帶到斯卡德先生那兒，他是個一點都不吸引人的中年男子、一個生意人、一個無賴，這就是他的哥哥弗雷德。他的旁邊有個留著鬍子的老人，大概就是那位來自奧斯明頓的屠夫了。亞歷克最大的魅力是他頭髮邊緣波浪似的鮮亮色澤；弗雷德的長相雖然和他一模一樣，頭髮卻是沙土色的，像隻狐狸，油膩感取代了陽光的愛撫。弗雷德和亞歷克一樣自視甚高，但是他的自負來自商場上的成功，他看不起體力勞動。他不喜歡自己有個碰巧長成了粗人的弟弟，他認爲霍爾先生（他從來沒聽說過這個人）一定會擺出居高臨下的施恩姿態，這個想法讓他變得傲慢無禮。「歷奇還沒上船，但是他的裝備已經上船了，」他說：「有興趣看看他的裝備嗎？」他的父親說：「時間還很充裕。」然後看了看錶。他的母親抿著嘴說：「他不會遲到的。歷奇不管說什麼都是認眞的。」弗雷德說：「只要他想要，他就會遲到。身邊沒有他，我也受得了，不過他就別指望我會再幫忙了。我爲了他花了多少錢啊……」

「這就是亞歷克的歸屬。」墨利斯沉思著：「比起我，這些人能讓他更快樂。」他在菸斗裡塡上過去六年裡一直在抽的菸絲，親眼看著這段浪漫愛情枯萎。亞歷克不是英雄，也不是神，只是個和他一樣，卡死在社會裡的人。對他來說，大海、森林、清新的微風和太陽，都不會爲他帶來神化的力量。那天晚上，他們本來就不應該在旅館過夜。期待被拉得太高了。他們應該在雨中就握手道別的。

一種病態的迷戀，讓墨利斯一直待在斯卡德的家人之間，傾聽他們的粗俗言語，在他們的身上尋找自己朋友的姿態。他很想討好別人，也討好自己，但是失敗了，因爲他的自信已經蕩然無存。他還在沉思，卻聽見一個平靜的聲音說：「午安，霍爾先生。」這個驚嚇實在太徹底了，他完全無法回應。是伯雷紐斯先生。他們兩個都不會忘記他一開始的沉默、他驚恐的目光，以及他迅速把菸斗從嘴上拿下來的動作，彷彿神職人員禁止人吸菸似的。

伯雷紐斯先生溫和的向大家作了自我介紹；因爲這裡離彭奇不遠，他是來給他這位年輕的教友送行的。他們談著亞歷克會走哪條路過來，似乎有點不確定，墨利斯想溜走，因爲這個情況讓人不知所措。但是伯雷紐斯先生攔住了他。「要到甲板上去嗎？」他問：「我也是，我也正要去。」他們回到天空和陽光下；南安普敦的淺水灘，在他們周圍延伸出一片金黃，旁邊就是新森林。對墨利斯來說，這片美麗的黃昏景色似乎預示著災難即將降臨。

「你人眞是太好了。」牧師一開口就這麼說。他說話的口氣，就像一個社會工作者在對另一個社會工作者說話，但墨利斯覺得他有言外之意。他很想回應，只要能說出兩三句平常的話就行了，但他什麼也說不出來，下唇抖得像個不快樂的小男孩。「更好的是，如果我沒記錯的話，你其實對小斯卡德是頗不以爲然的。我們在彭奇吃飯的時候，你跟我說他『有點像豬』。把這樣的形容用在一個同類身上，讓我很吃驚。當我在他的親友當中看見你的時候，簡直不敢相信自己的眼睛。相信我，霍爾先生，他會珍惜這份關注的，儘管他可能不會表現出來。這樣的人比外人想像的更敏感，無論善惡。」

墨利斯試圖打斷他，於是他說：「嗯……那你來是爲了……」

「我？**我**來做什麼？你聽了只會笑。我來給他送一封介紹信，是給布宜諾斯艾利斯的一位聖公會牧師的，希望他上岸之後可以行堅信禮。很荒謬，是吧？不過，我既不是希臘主義者，也不是無神論者，我認爲行爲取決於信仰，如果一個人『有點像豬』，那麼原因必定在於他對上帝有所誤解。凡是有異端邪說的地方，不道德必接踵而來，這是遲早的事。可是你……這艘船的出發時間，你是怎麼知道得這麼準確呢？」

「這……它登在廣告上了。」墨利斯全身都在發抖，衣服濕透了，黏在身上。他彷彿回到了學校，毫無防禦能力。他確信這位教區長已經猜到了，或者更確切的說，一道辨認的靈光已經掃過。一個世俗的人什麼都不會懷疑（杜希先生就不會），但是這個人有一種特殊的感受力，是精神上的，能嗅出無形的情感。禁慾主義和虔誠都有實用的一面，它們可以產生洞察力，當墨利斯意識到這一點時，已經太遲了。在彭奇時，他曾經認爲一個穿著法衣、臉色蒼白的牧師絕對無法想像男性之間的愛情，但是，現在他知道，即便是從錯誤的角度，沒有哪一個人性的祕密是正統宗教不曾檢視過的，宗教又遠比科學敏銳，要是再加上洞察力的判斷，那麼宗教就是世上最強大的東西了。由於墨利斯本身缺乏宗教意識，也從來沒有在別人的身上遇到一樣的情況，這種震驚是極爲恐怖的。他對伯雷紐斯先生又懼又恨，想要殺了對方。

亞歷克呢？等他到了以後，也會被扔進陷阱；他們都是承受不起任何風險的小人物。他們的身分，打個比方，比克萊夫和安妮要小得多。伯雷紐斯先生很清楚這一點，他會用自己權力範圍內的唯一手段來懲罰他們。

為了讓受害者有選擇回答的機會，那個聲音停了一會兒，現在又繼續說下去。

「這樣啊！坦白說，我對小斯卡德一點也不放心。上星期二，他離開彭奇的時候，跟我說他要去父母家，結果直到星期三才回去。我對於和他的那一次會面非常不滿意。他很冷酷，他反抗我。我談到堅信禮的時候，他還冷笑。其實呢……要不是你對他有慈善之心，我是不會跟你提起這件事的。其實，他犯了淫蕩罪，」他頓了一下，說：「和好幾個女人，霍爾先生，人們遲早會辨識出那種冷笑，那份冷酷，因為通姦延伸的範圍遠遠超過它的實際行為。如果只是單一行為，我不會把它當成一種詛咒。但是，當國家走上墮落之路時，總是以否認上帝告終。我認為，除非所有不正當的性行為都受到懲罰，而不是只懲罰當中的一部分，否則教會將永遠無法重新奪回英國。我有理由相信，他失蹤的那晚是在倫敦度過的。不過，確實……啊！那一定是他的火車。」

伯雷紐斯先生走下甲板，墨利斯跟在他後面，整個人幾近崩潰。他聽見人們說話的聲音，但聽不懂他們在說什麼；其中一個聲音可能是亞歷克，這是他現在唯一在意的聲音了。「這一次也出了問題。」這句話開始在他腦子裡繞，就像一隻在黃昏時分飛回來的蝙蝠。他彷彿回到了家裡的吸菸室，和克萊夫在一起，聽見他說：「我不愛你了，我很抱歉。」他感覺自己的生命將以一年為週期，最後總要碰上相同的日食。「就像太陽一樣……要花上一年的時間……」他還以為是他外公正在跟他說話；然後，霧氣消散了，原來說話的是亞歷克的母親。「這一點都不像歷奇。」她氣急敗壞地嘟囔著，然後消失在人群中。

像誰？敲鐘了，哨子響了。墨利斯跑上甲板；他的感官能力恢復了，可以無比清晰的看到一群群的人分成了兩批，一批是要留在英國的，一批是要離開的，他知道亞歷克要留下來了。這個下午剎時燦爛起來，白雲飄過金色的水面和森林。在這壯觀的場面中，弗雷德·斯卡德正在大吼大叫，因為他那個靠不住的弟弟錯過了最後一班火車；女人們被推擠到舷梯上，嘴裡還不斷的抗議；伯雷紐斯先生和老斯卡德則抱怨著職員。但是，和晴朗的天氣以及新鮮空氣相比，這一切都變得微不足道了。

墨利斯上了岸，陶醉在興奮和幸福之中。他看著輪船緩緩移動，突然想起了令兒時的他激動不已的維京式葬禮[1]。雖然這樣的比喻並不正確，然而這艘輪船就是英雄之船，它帶走了死亡。絞船索把它拖出碼頭，弗雷德還在嚷嚷，在人們的歡呼聲中，輪船駛進了海峽。一份獻祭，一片輝煌，在夕照中留下一抹煙霧，漸漸淡去，漣漪也消失在林木繁茂的岸邊。墨利斯凝視了它很久，然後轉向英國。他的旅程快要結束了，他要去自己的新家。他已經喚醒了亞歷克內心的男子漢，現在輪到亞歷克喚醒他內心的那位英雄了。他知道那道呼喚是什麼，也知道自己該怎麼回應。他們必須生活在階級之外，沒有親屬，沒有金錢；他們必須工作，互相依靠，直到死亡。但是，英國是他們的。除了相伴一生之外，這也是他們的回報。英國的空氣和天空屬於他們，而不屬於那幾百萬個膽小鬼，這些人擁有這片土地上空氣污濁的小盒子，卻從未擁有自己的靈魂。

墨利斯面前的伯雷紐斯先生，已經完全失去對事態的掌握。亞歷克徹底打敗了他。伯雷紐斯先生認爲，兩個男人之間的愛必然是不光彩的，也因此無法解釋正在發生的事情。他立刻變成了一個普通人，他的諷刺消失了。他用一種直接又十分愚蠢的方式，討論年輕的斯卡德可能遭遇了什麼，然後便動身去南安普敦探望朋友。墨利斯在他身後喊著：「伯雷紐斯先生，你一定要看看這片天空，它燒起來啦！」但是一片燃燒起來的天空，對這位教區長來說根本沒什麼用處，他消失了。

滿懷興奮之中，墨利斯覺得亞歷克離自己很近。亞歷克不在，也不可能在，他在這片輝煌之外的另一個地方，必須找到他。於是墨利斯毫不猶豫，朝彭奇的船屋出發。這幾個字已經滲入他的血液，它是亞歷克的渴望，是他的勒索，也是他在最後絕望的擁抱中做出的承諾；它是墨利斯所能依靠的一切。他就像來時一樣，本能的離開了南安普敦。他覺得這一次事情不但不會出錯，它們也不敢出錯，因爲整座宇宙已經就位了。一列小小的慢車盡了自己的職責，絢麗的地平線還在發光，當光輝漸漸褪去，燃燒的雲依然閃耀，甚至還有足夠的光線，讓墨利斯從彭奇車站穿過寧靜的田野走過來。

他穿過樹籬的缺口，從地勢較低的一頭進入莊園，再次感受到這個莊園荒廢得有多厲害、由它來制訂規則或掌管未來是多麼不適合。天快黑了，有隻鳥叫了起來，動物們紛紛逃竄，他匆匆趕路，直到看見了發著微光的池塘，黑暗籠罩著幽會的場所，他聽見了汩汩的水聲。他到了，或者說，就快要到了。墨利斯依然自信滿滿，提高聲音喊了亞歷克。

沒有回應。

他又喊了一次。

一片寂靜，而夜越來越深。他失算了。

「我早就知道會這樣。」他心想，立刻控制住自己。不管發生什麼事，他都不能垮下。他在克萊夫身上做的已經夠多了，卻毫無效果，要是自己倒在這片灰濛濛的荒野裡，可能就意味著發瘋。要堅強、要冷靜、要相信……船屋依然是唯一的希望。但是，突如其來的失望，讓他意識到自己有多疲累。從大清早起，他就一直奔波，被各種情緒折磨，已經快要撐不住了。再過一會兒，他就會決定下一步該怎麼走。但是現在，他頭痛欲裂，四肢百骸都疼，或者說，都使不上力了，他必須休息一下。

船屋是個方便的休息處。墨利斯走了進去，發現他的愛人睡著了。亞歷克睡在一堆墊子上，在這一天最後的一抹黯淡光線下隱約能看見。他醒來時，似乎並不興奮，也沒有不安，他用雙手撫摸

1 維京人相信死亡不過是去另一個世界旅行，如果死的是國王或者了不起的大英雄，他們會將死者生前的戰船與之一起埋葬或火化。

著墨利斯的手臂，然後才開口說話。「所以你收到電報了。」他說。

「什麼電報？」

「今天早上我發了電報去你家，跟你說……」他打了個呵欠：「對不起，我有點累了，就是各式各樣的事啊……跟你說一定要到這裡來。」墨利斯沒說話，因爲他實在說不出話來。於是，亞歷克又加了一句：

「現在，我們再也不會分開了，一切都結束了。」

第四十六章

克萊夫對印好的選民呼籲書並不滿意。他覺得在當前的氣氛下，這份呼籲書的口吻顯得太高高在上了。當辛考克斯通報「霍爾先生來了」時，他正在試圖修改校樣。時間已經相當晚，夜也黑透了，日落在天空中留下的所有壯麗痕跡都已經消失。儘管他聽見了許多嘈雜聲響，但是從門廊裡什麼也看不見；那位拒絕進屋的朋友正在踢著小石頭，還把鵝卵石往灌木叢和牆上扔。

「嗨，墨利斯，進來吧！幹嘛這樣？」克萊夫有點惱火的問，因爲他的臉在暗處，所以也懶得擺出笑臉了。「很高興看到你回來，希望你好一點了。不幸的是我沒什麼空，但褐色房間空著。進來吧！跟之前一樣睡在那裡。見到你眞是高興。」

「我只待幾分鐘，克萊夫。」

「聽著，老兄，這樣太荒謬了。」他殷勤的往黑暗中走了幾步，手裡還拿著他的校樣，說：「要是你不留下來，安妮會生我的氣的。你能這樣平安回來眞是太好了。我可能還有一些小事要處理，先跟你說聲抱歉。」然後，他在周圍的暮色中發現了一團深濃的黑影，心裡突然湧上一陣不安。他喊道：「希望沒出什麼事。」

「一切都很好……就像你說的。」

這時，克萊夫把政治先放在一邊，因爲他知道這一定是個戀愛事件。他已經準備好表示同情，儘管還是希望呼籲書的事出現在自己沒那麼忙的時候。判斷輕重緩急的能力支撐著他。他領路來到月桂樹後面那條荒蕪的小徑。那裡的月見草發著微光，在夜的屏障下有如淡黃的浮雕。這裡除了他們之外，絕對不會有別人。他摸到一條長凳，整個人躺了上去，雙手放在腦後說：「我願意爲你效勞，不過還是建議你今晚先在這兒睡一夜，早上去找安妮商量比較好。」

「我不需要你的建議。」

「好吧，當然，你愛怎麼樣就怎麼樣，不過，既然你已經這麼友善的把你的希望告訴我們了，碰到女人的問題，我總是會去請教另一個女人，尤其當這個女人擁有安妮那種近乎不可思議的洞察力的時候。」

對面的花朵忽隱忽現，克萊夫再次感覺這位在花朵前晃來晃去的朋友，其實就是暗夜本身。他聽見一個聲音說：「這對你來說比那種情況要糟糕得多；我和你的獵場看守人相愛了。」這番話太出乎意料，對克萊夫而言毫無意義，於是他說：「艾爾斯太太？」然後呆呆的坐了起來。

「不，是斯卡德。」

「小心！」克萊夫叫道，往暗處瞥了一眼。放下心之後，他用生硬的口氣說：「你說的這件事眞是太荒唐了。」

「眞是太荒唐了。」墨利斯回音似的重複了一次，又說：「但是我覺得，我畢竟欠你們一份情，應該親自來告訴你亞歷克的事。」

克萊夫對他的話只有最低限度的理解。他以爲「斯卡德」只是某種表達方式，就像人們可能會用「伽倪墨得斯[1]」代稱美少年一樣。對他來說，與任何社會下層階級之間的親密關係都是不可想像的。事實上，他覺得很沮喪，也很憤怒，因爲在過去的兩個星期中，他還以爲墨利斯是正常人，所以才鼓勵安妮和他親近。「能做的事我們都做了，」他說：「如果你想報答所謂你『欠』我們的東西，就不要把人生浪費在這些病態思想上。聽到你這樣說自己，我非常失望。那晚我們在褐色房間討論這個問題的時候，你還讓我以爲，你終於把另一個世界拋到腦後去了。」

「那時候你還吻了我的手呢！」墨利斯故意挖苦了他一句。

「別再提那件事了。」他立刻回應。這不是第一次也不是最後一次，有那麼一瞬間，這竟勾起了墨利斯這個不法之徒對他的愛。然後克萊夫又恢復理智。「墨利斯……噢！我簡直說不出我有多爲你難過，我眞的、眞的求求你，不要再這麼執迷不悟了。要是你執意如此，會永遠失去一切的。職業、新鮮空氣、還有你的朋友……」

「正如我之前說的，我來這裡不是爲了尋求建議，也不是來聊思想和觀念的。我是活生生的人，如果你願意爲這種下賤的事紆尊降貴一下……」

「是的，完全沒錯；我是個糟糕的理論家，我知道。」

「……並且用他的名字『亞歷克』來稱呼他。」

他們兩個都想起了一年前的情況，然而，現在因這個舉例而退縮的人是克萊夫。「如果亞歷克就是斯卡德，那麼實際上他已經不再爲我做事，甚至不在英國了。他這幾天已經搭船去了布宜諾斯艾利斯。不過，你就繼續說吧！只要能幫上一點忙，我願意重新討論這個問題。」

墨利斯鼓起兩頰，開始從一根高枝上摘花。它們一朵接一朵的消失，就像夜裡一根根熄滅的蠟燭。「我和亞歷克分享過了。」經過一番深思，他開了口。

「分享什麼？」

「我所有的一切。包括我的身體。」

克萊夫嫌惡的哀嚎了一聲，整個人跳了起來。他眞想狠狠痛擊那個怪物之後逃走，但他是個有

1 伽倪墨得斯（Ganymede）：希臘神話中的美少年。特洛伊國王特雷斯之子。因受到宙斯的喜愛，被帶到天上成為宙斯的情人，並為諸神斟酒。水瓶座就是伽倪墨得斯持瓶倒酒的形象。

教養的人，不希望採取這麼激烈的方式。畢竟，他們都是劍橋畢業的人，都是社會棟梁；他絕不能使用暴力。他確實沒有出手；直到最後，他都保持沉默和樂於助人的態度。但是他那站不住腳、尖酸的反對，他的武斷，以及他內心的愚蠢，都讓只能尊重仇恨的墨利斯感到厭惡。

「我說的話會冒犯你，」墨利斯繼續說道：「但是我一定要讓你知道。你和安妮不在的那天晚上，亞歷克和我在褐色房間裡睡了。」

「墨利斯……噢，天哪！」

「在城裡也是。另外還有……」說到這裡，他停住了。

即使極度厭惡，克萊夫也會把事情概略化——這是他因婚姻而心智模糊的其中一部分。

「但是，毫無疑問，男人之間任何關係的唯一藉口，就是它是純柏拉圖式的。」

「我不知道。我是為了告訴你我做了什麼才來的。」是的，這就是墨利斯來找他的原因。這是一本書的結尾，而他永遠不會再讀這本書了，與其讓它躺在那裡等著弄髒，還不如將它闔上。「他們的過去」這本書必須放回原本的書架上，而這裡就是那座書架，在黑暗和凋萎的花朵之間。這也是他欠亞歷克的。他不能容忍新的世界裡混入舊的事物。所有的妥協都充滿危險，因為他們的關係見不得光。而他在坦白完之後，就必須從養育自己長大的這個世界消失。「我也必須告訴你他做了什麼，」他繼續說下去，努力抑制住自己的喜悅：「他為我犧牲了自己的事業……在沒有我會為他放棄任何東西的保證之下。以前我大概什麼都不會為他放棄的……我總是很晚才看清楚。我不知道他的愛是不是柏拉圖式的，但這就是他做的事。」

「怎麼個犧牲法？」

「我剛剛去為他送行，他不在那兒……」

「斯卡德沒趕上船？」這位鄉紳氣壞了，他叫道：「這些人簡直讓人忍無可忍。」然後他停止咒罵，被迫面對未來：「墨利斯，墨利斯，」克萊夫的語氣中帶著幾分溫柔，問道：「墨利斯，你往何處去？[2]你快瘋了。你完全失去理智了……我能不能問一下，你究竟打算……」

「不行，你不能問，」墨利斯打斷了他：「你屬於過去。我會把這一刻以前發生的一切都告訴你，之後的事，我一個字都不會說。」

「墨利斯，墨利斯，你知道，我還是有一點關心你，不然我可受不了你告訴我的這些。」

墨利斯打開手，掌心裡出現了發亮的花瓣。「我確實感覺到你對我還有一點關心，」他承認：「但我不能把人生都寄託在這一點點關心上。你也不會這麼做。你把你的人生都寄託在安妮身上了。你不擔心你和她的關係究竟是不是柏拉圖式的，你只知道它夠強大，值得把一生都寄託在上頭。我不能把我的時間浪費在你從她和政治之外抽出來的那五分鐘上。你什麼都願意爲我做，除了見我。這一整年的地獄生活就是這樣。你讓我隨意住在這棟房子裡，又不斷的想讓我結婚離開，因爲那樣我就會徹底脫離你了。你確實有一點關心我，這我知道，」（這時克萊夫提出了抗議）「但是這沒什麼好說的，而且你又不愛我。要是你願意留我，我曾經是你的，至死不渝，但現在我屬於別人了。我不能永遠哀嘆下去。他也以一種讓你震驚的方式屬於我，但是，你何不停止震驚，全心去關注自己的幸福呢？」

「是誰教會你這樣說話的？」克萊夫倒抽了一口氣。

「要說有誰的話，就是你。」

「我？你居然把這種想法歸咎到我頭上來，眞是駭人聽聞。」克萊夫接話。他敗壞了一個下等人的智力？他沒有意識到，自己和墨利斯都是以兩年前的克萊夫爲起點一路走過來的，只是一個走

2 原文為拉丁文「quo vadis?」，根據作者不明的《彼得行傳》，耶穌門徒彼得逃亡途中，在城外的路上遇見了復活的耶穌，彼得問耶穌：「你往何處去？」耶穌回答他要去羅馬，第二次被釘十字架。彼得聽了之後感到羞愧，便掉頭返回羅馬，接受殉道。

的是體面高尚的道路，另一個走的是叛逆之道，而他也沒有意識到，再往下走，他們的分歧必然會越來越大。這是個糞坑，只要吸到一口濁氣就會在選舉中毀了自己。但是他絕不能逃避責任，他必須拯救他的老朋友。一種英雄主義的氣概悄悄襲上他的心頭；他開始思考該怎麼讓斯卡德閉嘴，如何證明他敲詐勒索。要討論該怎麼做時間已經太晚了，所以他邀請墨利斯在下個星期到他位於倫敦的俱樂部共進晚餐。

他得到的回答是一陣笑聲。他一直很喜歡這個朋友的笑聲，在這樣的時刻，這柔和的、低沉的笑聲令他安心；它象徵著幸福和安全感。「這就對了，」墨利斯說，然後將手伸進一叢月桂樹裡，接著說：「這總比給我來一場長篇大論要好，因爲它既說服不了你自己，也說服不了我。」他最後說的話是：「下星期三，就定在七點四十五分吧！你知道的，穿晚宴服就行了。」

這就是克萊夫最後的幾句話，因爲墨利斯大約在這個時候就消失了，除了一小堆月見草花瓣之外，沒有留下任何痕跡。那堆花瓣彷彿一團即將熄滅的火焰，在地上悲痛的哀悼。直到生命最後的時光，克萊夫仍不確定墨利斯究竟是在什麼時候離開的。隨著年歲漸增，他越來越不確定那個時刻是不是眞的存在過。藍色房間閃起微光，羊齒蕨如浪起伏。在劍橋之外的某個地方，他的朋友開始向他招手，他沐浴在陽光下，抖落一地屬於五月學期的氣息和聲響。

不過，當時的克萊夫只對那樣的粗魯言行有些火大，還把它跟過去類似的失誤比較了一下。他並沒有意識到這就是結局，沒有一點曙光或妥協。他和墨利斯再也不會有交集，他也不會再和見過墨利斯的那些人說話了。他在小徑上等了一會兒，然後便回屋裡去了。他要修改好他的呼籲書，還得想個辦法向安妮隱瞞眞相。

後記

《墨利斯的情人》是在一九一三年開始動筆的，至今幾乎還保留著它最初的樣子。這是我去米爾索普拜訪愛德華．卡本特[1]之後的直接成果。卡本特的聲望至今仍難以爲人所理解。他是個與他那個時代相應的叛逆人物。他多愁善感，有股神聖的味道，因爲他的一生是從當牧師開始的。他是個無視工業主義的社會主義者，一個有獨立收入的簡單生活者[2]，一個心性高貴更勝他的能力的惠特曼式詩人[3]，最後，他還是一位同志之愛的信徒，有時他會稱他們自己爲天王星人。在我孤單的時候，正是他這最後一個層面吸引了我。有那麼一小段時間，他彷彿掌握著解決所有麻煩的鑰匙。

1 愛德華．卡本特（Edward Carpenter, 1844-1929），英國社會主義詩人，哲學家，人類學家，也是同性戀和動物權利的早期活動家。他是一位著名的素食主義者和抗病毒治療師，並就此主題廣泛的寫作。

2 簡單生活（Simple living），或譯簡樸生活、簡易生活、簡約生活、自求簡樸（Voluntary simplicity）等，是一種極力減少追求財富及消費的生活風格。

3 惠特曼（Walt Whitman, 1819-1892），美國詩人、散文家、新聞工作者及人文主義者。惠特曼是美國文壇中最偉大的詩人之一，有自由詩之父的美譽。他的作品在當時頗具爭議性，尤其是他的著名詩集《草葉集》，曾因其對性的大膽描述而被視為淫穢之作。

我透過洛斯．狄更生[4]靠近他，就像一個人靠近救世主。

火花一定是在我第二次或第三次參訪聖殿時點燃的，他和他的親密戰友喬治．梅里爾（George Merrill）一起給我留下了深刻的印象，也觸動了創作的泉源。喬治．梅里爾還碰了碰我的後腰，輕輕的，就在屁股上方。我相信他對大多數訪客都這麼做過。這種感覺很不尋常，我到現在還記得，就像記得一顆已經消失了很久的牙齒的位置。它既是心理上的，也是生理上的。它似乎直接穿過我背後那一小塊地方，進入了我的構思，卻不涉及我的思想。如果它確實有這種作用，那麼就是嚴格的按照卡本特瑜珈化神祕主義的方式，也證明在那一刻，這本書的構想已經在我心裡出現了。

後來我回到哈羅蓋特（Harrogate），我的母親正在那裡接受治療，我立刻開始動筆寫《墨利斯的情人》。我的其他書，沒有一本是這樣開始的。整體規劃，三個角色，其中兩人的幸福結局，都湧進了我的筆下。整個寫作過程非常順利，它於一九一四年完成。我把它拿給朋友們看，他們都非常喜歡，不分男女。但是，這些朋友都是精心挑選過的。到目前爲止，它還不必面對書評或公眾，而我自己因爲涉入程度太深，涉入的時間又太長，所以也無法公正的判斷它的好壞。

幸福結局是絕對必要的，否則我就不必費心去寫它了。我下定決心，在小說裡，無論如何都應該讓兩個男人墜入愛河，並且在小說允許的範圍內永遠相愛，從這個意義上來說，墨利斯和亞歷克應該至今還在綠林中漫步。我把它獻給「更幸福的一年」並不全然是徒勞。幸福是這部小說的基調，順帶說一句，它也帶來了一個意想不到的結果：它讓這本書變得更難出版。除非《沃爾芬登報告》[5]成爲法律，否則它可能必須以手稿型態保存下去。如果結局是不幸的，是以一個小伙子吊在絞刑架上晃蕩，或簽下自殺協議作結，那麼一切都不會有問題，因爲這裡面並沒有色情或引誘未成年人之類的內容。但是，因爲這對戀人逃脫了懲罰，所以就成了鼓勵犯罪。伯雷紐斯先生太無能了，抓不到他們，而這個社會唯一能做出的懲罰，就是他們欣然接受的流放。

關於書中的三個男人

在《墨利斯的情人》裡，我試圖塑造一個和我自己或我想像中的自己完全不同的角色：一個英俊、健康、有肉體吸引力、心智遲鈍，與其說是奸商，不如說是個自命不凡的人物。在這個混合物當中，我加入了一種成分，這種成分迷惑他、喚醒他、折磨他，最終也拯救了他。他身邊的環境太正常了，正常得令他惱火：母親，兩個姊妹，一個舒適的家，一份體面的工作，這一切慢慢轉變爲地獄；他必須摧毀它們，否則它們就會摧毀他，沒有第三條路。我爲他設下陷阱，他有時閃開，有時掉進去，最後他粉碎了，塑造一個這樣的角色確實是個令人愉快的任務。

如果說墨利斯代表郊區，那麼克萊夫就代表了劍橋。我對這所大學，或者說對這所大學某個隱秘的世界瞭如指掌，所以我塑造他的時候毫不費力，並且從一個有一點學術背景的熟人那裡得到了一些初步的線索。冷靜、有優勢的前景、思路清晰頭腦聰明、堅定的道德標準、金髮、不等同於脆弱的纖細、律師與鄉紳的混合身分，這一切都是朝著那個熟人的形象鋪陳的，雖然賦予了克萊夫「希臘」氣質，並且把他丟到墨利斯深情懷抱中的人是我。一到那裡，他就接管了工作，爲這段不同尋常的關係定下了發展路線。他信奉柏拉圖式的克制，也誘使墨利斯默許，這在我看來完全不是

4 狄更生（Goldsworthy Lowes Dickinson, 1862-1932），英國政治學家、古典學者、哲學家。他一生中的大部分時間都在劍橋度過，徐志摩即是在他協助下，進入劍橋大學皇家學院成為特別生。

5 沃爾芬登報告（Wolfenden report），全稱是「同性戀及賣淫問題特別調查委員會報告」(Report of the Departmental Committee on Homosexual Offences and Prostitution)，是一九五七年九月四日英國出版的一份報告，主要涉及英國的同性戀問題，由約翰．沃爾芬登主導。二戰後，英國的同性戀的逮捕人數不斷升高，如科學家艾倫．圖靈等不少知名人士受到審判，引發關注。為應對此問題，英國保守黨政府責成委員會調查相關問題，沃爾芬登報告認為不應繼續將同性戀行為視為犯罪，是西方國家對同性性行為除罪化的轉捩點。

不可能。墨利斯在這個階段是謙卑的，沒有經驗，充滿崇拜，他是從監獄釋放出來的靈魂，如果放他出來的那個人要求他保持貞潔，他會服從的。因此，他們的關係持續了三年，搖搖欲墜，理想主義，富有英國特色：有哪個義大利男孩會忍受這種關係？直到克萊夫轉向女人，把墨利斯送回監獄，這段關係才結束。在此之後，克萊夫一路崩壞，也許我對他的態度也是這樣。他惹惱了我。我對他的抱怨可能太多了，我強調他的枯燥無趣、他的政治野心、還有他日漸稀疏的頭髮，他或他的妻子、母親做的事情沒有一件是對的。這對墨利斯起了相當足夠的作用，因爲它加快了墨利斯墜入地獄的速度，使他在地獄裡變得更堅強，以應付最後那不顧一切的攀登。到了最後一章，當他發現自己的劍橋老友在彭奇莊園裡故態復萌，對象還是個獵場看守人時，必然感受到了我對他揮去的最後一鞭，但這對無意作惡的克萊夫而言可能並不公平。

亞歷克一開始是個從米爾索普產生的想法，他代表我後腰被碰觸的那個區塊。但是他和有條不紊的喬治·梅里爾並沒有更進一步的關連，從很多方面來說，他是一個預兆。我在塑造他的過程中越來越瞭解他，有部分是透過個人經歷，有些經歷是很有用的。他變得不那麼像個同志，而更像是一個人，變得更生動，也更沉重，需要更多的空間，小說中增添的部分（幾乎沒有任何刪減）都是由他而來。關於他的人物設定並不多。他比D. H.勞倫斯筆下那些易怒的獵場看守人誕生得早[6]，因此沒有可借鏡的優勢，就算他遇見了我筆下的史蒂芬·旺漢[7]，他們的共通點也不會比一杯啤酒多。在墨利斯來之前，他的生活是什麼樣的？要回想克萊夫的早年生活很容易，但當我試圖喚起亞歷克過往生活的記憶時，卻成了某種概況描述，不得不作廢。他肯定對什麼都沒有異議，我們知道的就只有這麼多。當他們相遇時，墨利斯知道的也不過如此。這篇小說早期的讀者立頓·史特拉奇[8]認爲，這必然會成爲他們關係破裂的根源。他給我寫了一封令人愉快也令人不安的信，說他們兩人的關係是建立在好奇和慾望之上的，最多只能維持六個星期。我立刻聯想到愛德華·卡本特！聽見他的名字，立頓總是會高興得發出一串細細的尖叫。卡本特相信，天王星人會永遠對彼此忠誠。就我的經驗，雖然忠誠不能指望，但總是可以對它寄予希望，爲它而努力，也許它就會在最不可能的土壤裡成長茁壯。郊區和鄉下的年輕人都有忠誠的能力，聰明的三一學院大學生里斯利卻是沒有的，而關於里斯利，立頓興高采烈的發現，原型就是他自己。

小說中因爲亞歷克而必須增加的地方有兩處，或者更確切的說，可以分爲兩部分。

首先，得引領他登場。他必須逐漸出現在讀者眼前。他從墨利斯開車進入彭奇時掠過的那個模糊男性形象開始發展，藉由蹲在鋼琴旁邊的人、拒收小費的人、在灌木叢出沒的人、偷杏子的人，一路變成給予愛也得到愛、和墨利斯「分享」的那個人。他必須從無到有，直到成爲一切。這必須處理得很小心。如果讀者對於即將發生的事知道得太多，可能會覺得厭煩；要是知道得太少，又會感到困惑。就以伯雷紐斯先生離開之後，兩人在黑暗的花園裡交談的那幾句話來說，已經爲最後的公開聲明埋下了伏筆。這些句子能透露多少訊息，端看寫作方式而定。我草稿裡描寫的方式合適嗎？或者，以亞歷克爲例，當他聽見附近傳來狂野而孤獨的呼喊時，他應該立刻回應，還是（像我最後決定的那樣）他應該猶豫一下，直到呼喊再度出現呢？這些問題需要的藝術技巧並不高，至少沒有亨利．詹姆斯[9]想的那麼高，但如果要讓人對最後的擁抱有共鳴，使用這種技巧還是必須的。

其次是，必須引導亞歷克退場。他冒了一次險，而他們也相愛了。有什麼能夠保證這樣的愛會

6　D. H. 勞倫斯（David Herbert Lawrence, 1885-1930），英國小說家、詩人。他最有名的小說《查泰萊夫人的情人》寫於一九二八年，書中查泰萊夫人私通的對象梅勒斯即是一名獵場看守。

7　史蒂芬．旺漢（Stephen Wonham）是福斯特小說《最長的旅行》（The Longest Journey）中的一個牧羊人。

8　立頓．史特拉奇（Lytton Strachey, 1880-1932），英國傳記作家、評論家。一九一八年，他發表了《維多利亞女王時代名人傳》（Eminent Victorians），為英國文學引入了一種新的傳記形式。

9　亨利．詹姆斯（Henry James, 1843-1916），英國以及美國作家。他出身於紐約的上層知識分子家庭，父親老亨利．詹姆斯是著名學者，兄長威廉．詹姆斯是知名的哲學家和心理學家。他終身未婚，有史學家認為他是同性戀者。

持續下去嗎？沒有。所以，他們的性格、他們對彼此的態度、他們所經歷的考驗，都必須暗示這種關係有持續下去的可能，於是這本書的最後一部必須比原本計畫的要長得多。大英博物館那一章不得不延長，在這章之後，又插入了一個全新的章節，就是寫他們激情四射卻又心煩意亂的第二夜，在這一章裡，墨利斯放得更開了，而亞歷克卻沒有這樣的勇氣。在初稿中，這一切我只採取了暗示手法。同樣的，在南安普敦之後，當亞歷克也冒著失去一切的風險時，我也沒有把他們引向最後的相聚。這些都必須寫出來，這樣他們才可能讓讀者覺得，他們已經盡可能瞭解彼此。等到克服了某些危險和威脅，帷幕才準備落下。

在他們重逢之後的那一章，墨利斯對克萊夫的指責，是這本書唯一可能的結局。我並不是從頭到尾都這樣想的，其他人也不是，還有人鼓勵我寫一個尾聲，採用的形式是：幾年之後，吉蒂遇到了兩個伐木工人，結果舉世譁然。寫尾聲這種事還是留給托爾斯泰吧！我之所以不能寫尾聲，還有部分原因是小說背景大約是一九一二年，等到「幾年之後」，就要進入一戰時期巨變的英國了。

這本書確實有時代的痕跡，有位朋友最近表示，對今天的讀者來說，它除了某個時代的趣味之外沒有別的。我想這不至於，但它的確有時代感，不只是因為它沒完沒了的出現有年代差的事物：半金鎊小費、自動鋼琴紙捲、諾福克夾克、治安法院公報、海牙會議、自由黨、激進派、國防義勇軍、無知的醫生、挽臂而行的大學生，還有一個更重要的原因是，它屬於一個仍然可能隱身的英國，屬於綠林的最後一刻。《最長的旅行》也屬於那裡，所以有相似的氛圍。我們的綠林不可避免的以災難告終。兩次大戰要求嚴格管制綠林，這個要求遺留下來，由公共服務部門採用並擴大範圍，科學為此提供幫助，我們這個島嶼的荒野向來稱不上廣闊，很快就被踐踏、蓋滿了房子、到處有人巡邏。時至今日，已經不再有森林或荒山，對於那些既不想改革也不想腐化社會，只想獨自待著求清靜的人來說，這裡沒有可以蜷縮的山洞，也沒有荒蕪的山谷。人們還是會逃跑，任何一個晚上，都可以在電影裡看到他們。但這些人是歹徒，並不是亡命的邊緣人；邊緣人可以躲開文明社會，因爲他們就是文明社會的一部分。

同性戀

最後，請注意一個至今未提及的詞。從《墨利斯的情人》完成以來，公眾的態度已經有了變化：從無知和恐懼變成了熟悉和輕蔑。這並不是愛德華．卡本特所追求的改變。他希望的是有種情感能得到慷慨的承認，並且希望某種原本就有的東西，能在一般生活中重新擁有存在空間。而我，雖然不那麼樂觀，卻也曾經認爲知識會帶來理解。我們沒有意識到的是，公眾眞正厭惡的不是同性戀本身，而是不得不去思考它。如果它能悄悄的溜進我們的生活，或者在一夜之間透過一道字體小小的法令讓它合法化，就不會有什麼人抗議了。不幸的是，只有議會才能讓它合法化，而議員有義務思考，或者表現出思考的樣子。因此，沃爾芬登的建議將會無限期的被駁回，警方將繼續起訴，而坐在議員席上的克萊夫，將繼續對站在被告席上的亞歷克宣布判決，墨利斯倒是有免罰的可能。

一九六〇年九月

Golden Age 46

墨利斯的情人

【20世紀最甜美不朽的同性小說｜同名電影經典原著】

作　　者　E. M. 佛斯特
譯　　者　王聖棻

野人文化股份有限公司
社　　長　張瑩瑩
總 編 輯　蔡麗真
副 主 編　徐子涵
責任編輯　余文馨
專業校對　魏秋綢
行銷企劃經理　林麗紅
行銷企劃　蔡逸萱、李映柔
封面設計　莊謹銘
內頁排版　藍天圖物宣字社

讀書共和國出版集團
社　　長　郭重興
發行人兼出版總監　曾大福
業務平臺總經理　李雪麗
業務平臺副總經理　李復民
實體通路組　林詩富、陳志峰、郭文弘、王文賓、賴佩瑜
網路暨海外通路組　張鑫峰、林裴瑤、范光杰
特販通路組　陳綺瑩、郭文龍
電子商務組　黃詩芸、李冠穎、高崇哲、沈宗俊
專案企劃組　蔡孟庭、盤惟心
閱讀社群組　黃志堅、羅文浩、盧煒婷
版權部　黃知涵
印務部　江域平、黃禮賢、李孟儒
出　　版　野人文化股份有限公司
發　　行　遠足文化事業股份有限公司
地址：231新北市新店區民權路108-2號9樓
電話：（02）2218-1417　傳真：（02）8667-1065
電子信箱：service@bookrep.com.tw
網址：www.bookrep.com.tw
郵撥帳號：19504465遠足文化事業股份有限公司
客服專線：0800-221-029
法律顧問　華洋法律事務所　蘇文生律師
印　　製　呈靖彩藝有限公司
初　　版　2022年08月

歡迎團體訂購，另有優惠，
請洽業務部（02）22181417分機1124、1135

ISBN　978-986-384-751-9（平裝）
ISBN　978-986-384-749-6（PDF）
ISBN　978-986-384-750-2（EPUB）

國家圖書館出版品預行編目（CIP）資料

墨利斯的情人（20世紀最甜美不朽的同性小說｜同名電影經典原著）／E. M. 佛斯特（E. M. Forster）作；王聖棻譯. -- 初版. -- 新北市：野人文化股份有限公司出版：遠足文化事業股份有限公司發行, 2022.08
面；　公分. --（Golden age ; 46）
譯自：Maurice
ISBN 978-986-384-751-9（平裝）

873.57　　111010124

野人文化
官方網頁

野人文化
讀者回函

墨利斯的情人
線上讀者回函專用QR CODE，你的寶貴意見，將是我們進步的最大動力。